U.G.E. 10 18
12, avenue d'Italie - PARIS XIIIe

Du même auteur
dans la collection 10/18

UNE DEMOISELLE COMME IL FAUT, n° 2169
LA DOUCE COLOMBE EST MORTE, n° 2051
QUATOR D'AUTOMNE, n° 2114
DES FEMMES REMARQUABLES, n° 2250
UNE QUESTION PUREMENT ACADÉMIQUE, n° 2266

Chez Christian Bourgois Editeur

UN BRIN DE VERDURE
UNE DEMOISELLE COMME IL FAUT
LA DOUCE COLOMBE EST MORTE
LES INGRATITUDES DE L'AMOUR
QUATUOR D'AUTOMNE

UN BRIN DE VERDURE

PAR

BARBARA PYM

Traduit de l'anglais par Martine BEQUIÉ
avec la collaboration d'Anne-Marie AUGUSTYNIAK

Préface de René de Ceccatty

10|18

Série «Domaine étranger»
dirigée par Jean-Claude Zylberstein

Titre original:
A Few Green Leaves

ISBN-2-264-01367-2

PRÉFACE

Le 11 janvier 1980, Barbara Pym mourait à Oxford à l'âge de soixante-six ans. Elle laissait de nombreux inédits et son destin littéraire peu commun allait faire l'objet d'analyses parfois stupéfaites. On découvrait que cette romancière qui, dans les années 50, avait connu un succès constant, avait été plongée dans un injuste oubli, malgré la régularité de son œuvre : pourquoi du jour au lendemain l'avait-on négligée ? Pourquoi, surtout, l'avait-on refusée à partir de 1963 ? Son éditeur, Jonathan Cape, pourtant fidèle depuis 1950 où avait paru *Some Tame Gazelle,* écarte, en effet, systématiquement tous les romans que propose Barbara Pym.

Dans son journal, elle notait en date du 24 mars 1963 : « Recevoir un mauvais coup par une soirée de début de printemps (tel que l'annonce que Cape ne veut pas publier *An Unsuitable Attachment* — mais cela pourrait aussi bien être la nouvelle que quelqu'un a cessé de vous aimer), est-ce pire que par une soirée d'automne ou d'hiver ? »

Les refus dès lors s'enchaînent, mais Barbara Pym continue d'écrire. En 1965, du reste, la B.B.C. tire un feuilleton radiophonique de son dernier roman publié, *No Fond Return of Love*. Il y a désormais deux écrivains : l'un en pleine activité et maudit ; l'autre, reconnu mais rejeté dans un passé vaguement désuet. Frappée d'une fausse stérilité, la romancière ne s'avoue pas vaincue. Elle persiste et, comme on le verra, pour le plus grand bonheur de ses lecteurs. Rares sont les exemples d'une telle ténacité, que l'on pourrait appeler fidélité à soi-même.

***

Barbara Mary Crampton Pym est née le 2 juin 1913, à Owestry, dans le Shropshire, à la frontière du Pays de Galles. Elle a une sœur, Hilary, de trois ans sa cadette, qui épousera en 1942 un architecte, Alexander Walton, mais qui, après son divorce, en 1946, vivra avec elle, accomplissant ainsi la curieuse prévision d'un double destin de vieilles filles, formulé par Barbara, dès ses écrits de jeunesse. Hilary Walton sera productrice à la B.B.C. et Barbara Pym, secrétaire de rédaction de la revue *Africa*, de l'International African Institute, de 1945 à 1974, où une attaque la contraint à une retraite anticipée. Voilà pour la surface.

Mais, dans le cas d'une romancière de son type, la surface biographique n'est pas sans rapport avec les profondeurs de l'inspiration. Qu'elle ait travaillé presque toute sa vie dans un bureau n'est pas sans importance. Innombrables sont les références à cette vie ordinaire et régulière, dont elle scrutait les petitesses avec ironie et tendresse. Que ce bureau ait été rattaché à une société savante d'ethnologie, n'est pas non plus secondaire. Ethnologue, Barbara Pym l'était. Ethnologue en chambre, avec pour objets d'étude, non pas des tribus africaines, mais une assemblée d'intellectuels, de secrétaires frustrées, de vieillards passionnés. Oxford, où elle avait fait ses études, avait été le décor de ses premiers romans, dont le posthume *Crampton Hodnet* (paru, en 1986, chez Fayard, dans la traduction de Bernard Turle). A la ville universitaire, succéderont d'autres micromilieux : le Londres des sociétés savantes, le Londres des paroisses et les villages écologiques.

Quoique demeurée célibataire, ainsi que la plupart de ses héroïnes, Barbara Pym eut de nombreuses liaisons amoureuses, comme le signale son biographe américain, Robert Emmet Long, dans l'ouvrage qu'il lui a consacré aux éditions Ungar (New York, 1986). Ces aventures ne sont pas menées à leur terme : c'est dans l'amitié amoureuse que la romancière trouvera son véritable épanouissement sentimental, notamment dans celle qui devait la rapprocher de Richard Roberts, rencontré en août 1962. Ce jeune et bel antiquaire, de trente-deux ans, allait inspirer le personnage principal de *The Sweet Dove Died* (*La douce colombe est morte*). « Que la vie est pleine de situations romanesques ! » lui écrira-t-elle, le 30 juin 1964. Cherchant rarement ailleurs que dans son entourage immédiat des idées de personnages et de romans, Barbara Pym dut payer cher les limites mêmes de son univers. Son éditeur avait fini par ne plus accepter que la méthode de Jane Austen (à laquelle elle avait été souvent comparée) fût appliquée à un monde apparemment trivial, médiocre, terre à terre.

***

A propos des six romans que Barbara Pym publia, entre 1950 et 1961, le critique et romancier, Robert Liddell, parle d'*ecclésiologie,* faisant allusion à la manie que l'écrivain avait de décrire la vie des paroisses. Pourquoi cette passion pour les prêtres anglicans ? Ce sont des figures de la chasteté et de l'interdit, bien qu'une relation amoureuse ne soit pas inenvisageable avec eux. Les prêtres anglicans peuvent se marier, mais circonscrivent l'amour dans un cercle qui tient à la fois de la médiocrité et du sacré. Barbara Pym, dont la mère était organiste et qui, durant son enfance, fréquenta assidûment le milieu clérical, joue, avec humour, sur cette ambiguïté d'une sexualité abstraite et nécessairement insatisfaisante, puisque toujours vécue sur un mode mineur par rapport à une valeur plus spirituelle de l'amour. On ne sera pas étonné que Barbara Pym glisse des prêtres, sujets privilégiés de ses premiers romans (presque à égalité avec les professeurs et ethnologues), aux jeunes homosexuels, marqués, en quelque sorte, d'un double interdit : celui de l'âge et celui du sexe. L'amour pour un homme plus jeune avait été un thème plusieurs fois traité par Barbara Pym, dans des nouvelles et des romans inédits d'avant-guerre. Et elle fut amoureuse d'un étudiant : « Une drôle de petite chose, mais assez fascinante », telle sera, à propos du jeune homme, la sentence de Hilary. Les homosexuels apparaissent très tôt dans l'univers de la romancière, ce qui n'a rien de surprenant chez cette lectrice d'Ivy Compton-Burnett. Ce n'est pas tant l'homosexualité qui, me semble-t-il, l'intéresse, que la forme même d'une liaison impossible. Chez ses héroïnes, la prise de conscience de l'homosexualité des garçons (ou, plus abstraitement, du fait qu'ils ne les aiment pas) est extrêmement lente : et l'on sent le plaisir que l'auteur éprouve à enfoncer ses personnages dans des ténèbres psychologiques d'où ils resurgissent in extremis, à grand-peine, par une espèce de soudaine illumination qui rend enfin le monde transparent et triste.

La jubilation que le lecteur ressent à la lecture des romans de Barbara Pym s'explique, bien sûr, par leur humour et leur finesse psychologique, mais aussi par cette structure spécifique de l'analyse intérieure : avec un art subtil de la dérision, Barbara Pym fait sombrer ses protagonistes dans un brouillard, dont de menues révélations les délivrent. Cela implique que la trame anecdotique soit infime, mais que les coups de théâtre psychologiques soient innombrables, un peu à la manière d'une romancière américaine qui lui doit beaucoup, Alison Lurie, ou encore de sa contemporaine Elizabeth Taylor, dont *Mrs Palfrey at the Claremont* présente bien des traits communs avec son œuvre.

*
**

Le premier roman que Barbara Pym écrivit avait pour titre *Young Men in Fancy Dress*, comme elle le révéla dans une interview télévisée en avril 1978 : elle avait seize ans et racontait la vie de bohème à Chelsea, ce qui la rapprochait d'Antonia White, dont *The Sugar House* a le même thème. Suivirent plusieurs autres tentatives, *Civil to Strangers*, où elle romançait sa liaison avec Henry Harvey, rencontré en 1933 (qui inspirera également *Some Tame Gazelle*), puis *Something to Remember* et *Crampton Hodnet*. Mais c'est surtout à *Some*

Tame Gazelle, que Barbara Pym s'attachera : elle le propose à Jonathan Cape dès 1936 : ce « roman avec des personnes réelles » sera accepté par l'éditeur, sous réserve de quelques modifications. Mais après transformations, le roman est refusé. En août 1938, Barbara Pym part pour la Pologne, où elle est préceptrice de la fille du Dr Michal Alberg. Mais elle en revient au bout de quelques semaines à cause de la situation politique. Ce n'est qu'après la guerre, où elle s'est engagée comme WREN (officier féminin de l'armée anglaise), ce qui la conduira à Naples, qu'elle verra son premier livre enfin publié.

A *Some Tame Gazelle* (1950) succèdent *Excellent Women* (1952), *Jane and Prudence* (1953), *Less Than Angels* (1955), *A Glass of Blessings* (1958) et *No Fond Return of Love* (1961). Ces publications régulières lui assurent un succès honorable : un feuilleton est tiré du deuxième roman. Le dernier, qui est une sorte d'enquête farfelue de deux vieilles filles poursuivant en villégiature un prêtre, est le plus original et en même temps, avec l'amorce de la vieillesse, le plus déchirant. C'est là que l'imprévu se produit : son septième roman est refusé.

⁂

Nous sommes en 1963. *An Unsuitable Attachment* raconte l'expédition d'une paroisse anglicane à Rome. C'est l'univers habituel de Pym qui décrit une Italie, jusqu'ici inédite dans ses romans, bien qu'elle y ait vécu pendant la guerre. Ce refus absolument injustifié inquiète profondément l'auteur qui commence à douter d'elle-même et s'astreint à écrire un roman « académique », c'est-à-dire situé dans un milieu universitaire, comme ceux de Margaret Drabble, qui était en tête des best-sellers. Avec *An Academic Question* (qui ne sera publié qu'en 1986, chez Macmillan), Pym tente de se mettre au diapason des succès commerciaux. En vain : elle ne renonce pas à elle-même, dans ce roman tout aussi pymien que les précédents.

Elle a, cependant, fait la connaissance (épistolaire) de quelqu'un qui allait être déterminant pour sa résurrection littéraire : le poète Philip Larkin. Ils ne se rencontreront pas avant 1975.

The Sweet Dove Died (*La douce colombe est morte*) est refusé par vingt éditeurs. Elle décide de se dissimuler sous un pseudonyme, prenant les noms de son père et de sa mère et forgeant Tom Crampton. Elle propose le manuscrit sous différents titres : *Leonora* ou *An Object of Virtue*. Sans plus de succès. Envoyant le manuscrit à Philip Larkin, en septembre 1968, elle ironisait : « Un polar sur les élections présidentielles aux Etats-Unis ? »... Un an plus tard, après de nombreux refus d'éditeurs, elle écrira amèrement : « Quelle lectrice voudrait s'identifier à Leonora ? Si seulement on pouvait écrire sur les personnages du genre de ceux de Margaret Drabble ! Mais je suppose que j'en aurais été incapable, même à son âge, alors... Peut-être que la meilleure chose à faire maintenant est de ne plus écrire que des bibliographies. » (Lettre à Philip Larkin, 27 mai 1969, in *A Very Private Eye*, An Autobiography in Letters and Diaries, Panther ed., 1985).

***

En mai 1971, Barbara Pym est opérée d'un cancer du sein. Elle s'en remet et continue à travailler à l'Institut africain. Sa sœur achète un cottage à Finstock, à une vingtaine de kilomètres à l'ouest d'Oxford. En 1974, après son attaque, elle s'installera définitivement dans le village qui sera le théâtre de son dernier roman *A Few Green Leaves* (*Un brin de verdure*). C'est à Finstock, que Barbara Pym écrira le roman de son *come back, Quartet in Autumn,* bouleversante chronique de la vieillesse, qui met en scène quatre petits employés de bureau qui prennent leur retraite. Ce roman, soumis à Cape, sera refusé comme les autres.

Durant cette période, Barbara Pym note dans ses carnets : « Quel tort y a-t-il à s'intéresser à des trivialités ? Certains l'ont reproché à *The Sweet Dove Died.* De quoi est pleine la tête de mes critiques ? De quelles pensées plus nobles et plus dignes ? »

*
**

Le 21 janvier 1977, le *T.L.S.* (le supplément littéraire de *Times*) interroge quelques critiques sur les écrivains anglais qu'ils pensent sous-estimés. Barbara Pym est la seule à être citée deux fois. Par son ami Philip Larkin, bien sûr, et par Lord David Cecil qui devait écrire : « Ses romans dépourvus de toute prétention, subtils, accomplis, sont pour moi les exemples les plus beaux de comédie brillante, parus en Angleterre durant ces soixante-quinze dernières années. »

C'est assez pour intriguer les éditeurs si unanimes dans leur rejet. C'est vrai, se demande-t-on alors, qu'est devenue Barbara Pym ? A la différence de Jean Rhys que, jusqu'à la parution de la *Prisonnière des Sargasses,* tout le monde croyait morte et enterrée, il était difficile d'ignorer sans mauvaise foi que Barbara Pym était bien vivante. Avec une parfaite régularité les manuscrits signés de son nom étaient tombés sur les bureaux des conseillers littéraires et aussitôt renvoyés avec d'anonymes formules de refus.

Cette fois-ci, Macmillan, l'éditeur auquel Barbara Pym s'adresse, accepte immédiatement *Quartet in Autumn,* qui se trouve en tête des listes des meilleures ventes et qui est acclamé par la critique, bientôt suivi par *The Sweet Dove Died,* chez le même éditeur. Les Etats-Unis reprennent ces titres. Et Barbara Pym constate avec ravissement : « On m'enseigne à l'université ! »

Plusieurs rechutes (des attaques, une crise cardiaque, la réapparition de son cancer) ne l'empêcheront pas de terminer *Un brin de verdure,* qui paraîtra après sa mort. Nulle amertume dans les dernières lettres de Barbara Pym. Sinon peut-être dans cette lettre adressée à son ami Bob Smith, qui l'avait interrogée sur la réaction du modèle de *La douce colombe est morte* après la parution si longtemps retardée du livre : « Qu'a-t-il dit du livre ? Eh bien, il a été assez prudent pour ne formuler aucun commentaire, sauf pour dire qu'il l'avait lu avec plaisir. C'était une si vieille histoire de toute façon... Je n'ai guère pensé que quoi que ce soit de plus profitable que ce roman en sortirait. »

***

D'un de ses personnages, Barbara Pym écrivit : « Dans les films et les romans, elle se délectait des scènes palpitantes, mais dans la vie réelle, elle les trouvait à la fois embarrassantes et déprimantes. Elle savait qu'en définitive, la réalité n'avait jamais l'intensité de la fiction et elle était heureuse qu'il en fût ainsi. » C'est un jugement ambigu, c'est une phrase d'écrivain. Oui, ses personnages redoutent de vivre ce qui leur semble ne relever que de la littérature, la passion à la Jane Austen, ou même à la Rosamond Lehmann ou Elizabeth Bowen (que lisent, en effet, certaines de ses héroïnes). Mais en même temps, Pym savait que l'écrivain avait cette force unique de rendre réelle la fiction, de permettre au lecteur de vivre ce que, s'il n'est pas écrivain lui-même, il ne pourra vivre autrement que dans les livres qu'il lit. Ce qui, en somme, exprime une véritable philosophie de la littérature.

René DE CECCATY,
1987.

I

Le dimanche après Pâques — Emma pensait qu'on l'appelait le dimanche de Quasimodo — les villageois avaient la permission de se promener dans le parc et dans les bois autour du château. Elle s'était demandé si elle participerait à cette promenade. C'était son premier week-end au village, et elle avait l'intention d'observer les habitants, dissimulée derrière ses rideaux, comme le voulait la tradition. Mais en voyant les gens se rassembler devant le pub, avec leurs costumes de tweed et leurs chaussures bien sages, une canne pour certains, elle n'avait pas pu résister à la tentation de se joindre à eux.

Cette promenade annuelle était un droit qui datait du XVIIe siècle, lui avait dit Tom Dagnall, le pasteur. C'était un homme grand, d'une beauté austère, mais ses yeux marron ne lui donnaient pas cet air de bon gros chien que cette couleur évoque si souvent. Du fait qu'il était veuf, il ne se liait généralement pas avec des femmes seules ; pourtant, Emma était la fille de sa vieille amie Béatrix Howick et elle était sans doute de celles que les journaux féminins se font fort de « transformer », bien que cette idée n'eût jamais traversé l'esprit de Tom. Il ne voyait en elle qu'une personne raisonnable de trente ans passés, aux cheveux bruns, maigre, et probablement capable de parler intelligemment de l'histoire locale, sujet auquel il portait un intérêt passionné. D'autre part, elle était venue récemment s'installer dans la maison de campagne de sa mère et il avait le sentiment que, d'une certaine manière, il était de son devoir, en tant que pasteur, de lui faire bon accueil.

« Les villageois ont encore le droit de ramasser du bois à brûler — des " fagots ", ainsi que le formule un très vieil édit —, mais ils y montrent moins d'ardeur qu'autrefois », dit-il.

« La plupart ont le chauffage central de toute façon ou bien ils préfèrent mettre un radiateur électrique quand ils ont froid », dit la sœur du pasteur, Daphné. Elle avait cinquante-cinq ans, quelques années de plus que son frère, un teint hâlé, et des cheveux blancs touffus. Elle ne parlait pas en l'air car il n'y avait pas de chauffage central au presbytère, mais ce n'était pas la seule raison pour laquelle ses vacances annuelles en Grèce étaient la grande affaire de sa vie. Pour le moment elle allait se joindre à Emma et à son frère, et demandait à Emma si elle était bien installée dans le village et si elle allait s'y plaire, questions auxquelles il était impossibe de répondre ou même sur lesquelles il était inutile de s'interroger, pensa Emma.

Derrière eux marchait Martin Shrubsole, jeune homme blond aux allures de nounours et à l'air plein de bonté, associé du vieux docteur Gellibrand — le docteur G., comme on l'appelait — qui avait un peu passé l'âge de faire des choses comme se promener dans les bois, bien qu'il le recommandât souvent à ses patients. La femme de Martin, Avice, marchait quelques mètres derrière lui — ce qui reflétait bien leur vie de couple, selon certains. Cette jeune femme grande et belle avait été assistante sociale et était encore active dans la vie paroissiale du village ; pour le moment elle était occupée à écarter avec un gros gourdin les herbes qui empiétaient sur le sentier.

« On est censé tenir ce sentier dégagé », dit-elle farouchement. « Bientôt il va être envahi par les orties. »

« Les orties, ça sert à toutes sortes de choses », dit Miss Olive Lee, qui faisait partie des habitants du village assez anciens pour se souvenir des vieux jours à la grande maison, comme elle ne se lassait pas de le rappeler aux autres, époque où la famille de Tankerville y habitait et où Miss Vereker était la gouvernante des filles. Depuis, la maison avait changé de mains plusieurs fois, et comme le propriétaire actuel n'existait pas beaucoup dans la vie des gens du village, il était naturel que l'intérêt se concentrât sur le passé.

« Les orties ? Oui, j'en suis persuadée », dit Emma, se tournant poliment vers elle. Elle n'avait pas encore parlé à Miss Lee, elle l'avait seulement entendue chanter à l'église, avec sa voix qui hululait et faisait des piqués comme un hibou ou autre oiseau nocturne. « Est-ce que ça ressemblerait à quelque chose comme des épinards une fois cuit ? Il faut que j'essaie d'en faire un jour », ajouta-t-elle sans conviction, se demandant jusqu'où il fallait aller quand on habitait à la campagne. « Oh, est-ce que c'est la maison que j'aperçois ? » Elle s'arrêta de marcher pour observer la grande bâtisse de pierre grise qui apparaissait maintenant devant eux. Les yeux levés vers les fenêtres muettes, elle attendait impatiemment que quelque chose d'intime se manifestât, ne fût-ce même qu'une petite note domestique comme un brin de linge suspendu quelque part. Mais les fenêtres étaient aussi peu accueillantes que des yeux fermés.

« Sir Miles n'est pas au château », expliqua Tom. « Il évite généralement le week-end de la promenade annuelle. De toute façon, il est davantage intéressé par la chasse. »

« Il nous évite, nous ? » demanda Emma, perplexe.

« Eh bien, pas nous en particulier, mais je pense qu'il va y avoir un groupe de villageois — et ils vont se joindre à nous. »

Ce fut à ce moment-là qu'une silhouette apparut sur la terrasse, mais ce n'était que Mr Swaine, le régisseur, et il avait l'air tout à fait affable au moment où il identifia le groupe qui approchait, des gens si éminemment respectables sous l'égide du pasteur et de l'un des docteurs, en aucun cas le genre de personnes à s'aventurer plus loin qu'il n'était permis ou à prendre quelque liberté que ce fût.

« Belle journée pour la promenade », dit Tom à haute voix.

« C'est généralement le cas quand Pâques se situe tard dans l'année », dit le régisseur, comme si Tom en était responsable, pensant peut-être même qu'il était en son pouvoir d'en fixer la date.

« Vos jonquilles sont superbes cette année », dit Miss Lee, comme si le régisseur, lui, était responsable des merveilles de la nature.

« Oui, nous en sommes assez fiers », acquiesça-t-il.

Emma regarda les fleurs au loin. Elle commençait à se lasser quelque peu des jonquilles.

On avait trop abusé de leur exubérance wordsworthienne, à son sens ; il y en avait à profusion dans les jardins du village et voilà qu'on en retrouvait un peu partout en taches si poétiques dans le parc et dans les bois. Elle aurait aimé voir les bois nus en hiver, les lignes nobles et bien dessinées des arbres, mais la sœur du pasteur venait d'interrompre ses pensées.

« On continue à vivre dans l'espoir d'un nouveau printemps », dit Daphné dans un élan d'émotion. « Et n'est-ce pas là une touffe de violettes ? » Elle montra du doigt quelque chose de violet sur le sol, mais ce n'était pas une fleur de printemps peu commune ou même la plus humble violette mais l'emballage abandonné d'une barre de chocolat, comme Tom eut tôt fait de le faire remarquer.

« Oh, mais bientôt il y aura des campanules dans ces bois — encore une raison de survivre à l'hiver », poursuivit-elle. Le braiment d'un âne à l'aube ce matin-là l'avait ramenée à Delphes et au martèlement délicat des sabots sur la pierre, et elle continuait à marcher en rêvant des Météores, du Péloponnèse, et de lointaines îles grecques non encore identifiées.

A cette explosion d'enthousiasme, le jeune docteur Shrubsole s'éloigna d'elle, espérant qu'elle ne s'en était pas aperçue. Bien qu'il fût un homme plein de bonté et s'intéressât vivement aux personnes âgées ou vieillissantes, son intérêt était distant et clinique. Il éprouvait du plaisir à prendre la tension — il lui arrivait même d'avoir fortement envie de poursuivre avec son sphygmomanomètre le groupe de femmes âgées qui gravitaient autour du pasteur — mais il avait de la répugnance à pénétrer d'autres aspects de leur vie. Il pensait que le rôle des médicaments qu'il prescrivait pour faire tomber la tension était aussi de mettre un frein aux débordements d'émotions et à l'ardeur des passions qui pouvaient encore brûler — et c'était bien regrettable — dans les cœurs desséchés de ceux qui n'étaient plus tout jeunes. Que Daphné eût si brusquement exprimé son espoir de voir un nouveau printemps l'avait perturbé et il s'était mis à rabattre systématiquement les broussailles avec sa canne, comme si une action violente pouvait avoir des chances de maîtriser Daphné.

« Ce sentier est censé être public », répéta Avice. « Et qu'est-ce que ce tas de pierres mal rangées ? »

« Il est possible que ce soit le site du V.M.A. — village médiéval abandonné », expliqua Tom. « C'est quelque part par ici, pour autant qu'on sache. »

Emma s'attarda sur le côté chaleureux du terme V.M.A., qui lui rappelait un ersatz de viande qu'elle avait un jour acheté au supermarché quand elle essayait de faire des économies, quelque chose comme D.A.P... Elle sourit mais ne révéla pas sa pensée frivole.

« Et tout ce crève-chien », dit Miss Lee, « on devrait tout de même faire attention. »

« Oui, j'en suis navré », dit Tom, comme s'il avait pu d'une manière ou d'une autre l'empêcher de pousser, « mais évidemment, c'est un signe d'habitation ancienne, le crève-chien. »

Le groupe digéra cette information en silence. Ils s'étaient maintenant quelque peu éloignés du château et passaient devant quelque chose qui pouvait être une maison en ruine dans les bois. Pourtant, mis à part la végétation pour le moins intempestive qui l'entourait, il semblait bien qu'il fût possible d'y habiter, pensa Emma. Il s'en dégageait un romantisme que n'avait pas le château. Elle se mit à se poser des questions sur son éventuelle histoire. « Peut-être qu'il y a des gens parmi ceux-là qui sauraient », dit-elle innocemment, alors que le son d'un transistor annonçait l'approche d'un groupe de villageois.

Tom rit. « J'en doute », dit-il, mais il était content, il se réjouissait presque de ce qu'ils eussent exercé leur droit de pénétrer dans le parc et les bois tout comme ils avaient dû le faire au XVIIe siècle, sauf pour ce qui était du bavardage stupide d'un transistor que son propriétaire n'avait pas pris la peine de baisser. Il en fit part à Emma et elle lui accorda qu'il était bon de voir que ce droit ancien subsistait encore, tout en se disant que la radio n'était pas la seule différence entre aujourd'hui et il y avait trois cents ans. On remarquait tout de suite que tous les jeunes portaient des jeans, mais aussi que les personnes les plus âgées dans le groupe de villageois portaient des vêtements plus neufs, plus élégants et aux couleurs plus vives que le pasteur et son groupe.

On échangea des salutations sur un pied d'égalité. Tom n'essaya pas de s'enquérir des parents, des enfants, des petits-enfants ou même du bétail, comme le seigneur du château ou ses propres prédécesseurs l'auraient sans doute fait. Il avait remarqué parmi les villageois Mrs Dyer, la femme qui venait faire le ménage au presbytère, et sa présence le gênait pour se lancer dans ce genre de conversation. Il savait que très peu d'entre eux seraient aux Vêpres. Dans son propre groupe cet après-midi, il ne pouvait compter que sur sa sœur, Miss Lee — et peut-être que Miss Grundy (« Flavia »), avec qui elle habitait, serait là aussi. Elle était un peu plus jeune que Miss Lee, mais d'un âge indéfinissable assurément. Pourtant, Tom soupçonnait Miss Grundy de préférer des Vêpres solennelles et une bénédiction à l'office de village plus simple qui était tout ce qu'il avait à proposer. Le jeune docteur et sa femme venaient rarement à l'église, et pour ce qui était d'Emma, bien qu'elle l'eût fait une fois par curiosité, on ne pouvait pas savoir. Il tenait de sa mère qu'elle était plus ou moins scientifique et qu'elle s'était installée au village pour rédiger les résultats d'un travail de recherche quelconque. Il se dit que même si elle ne venait pas aux Vêpres, elle pouvait être utile d'une autre façon. Elle tapait peut-être bien à la machine, mais il pouvait difficilement lui demander de faire un travail aussi dépourvu d'intérêt, ou peut-être même qu'elle était experte dans le déchiffrage de l'écriture élizabéthaine, aptitude qu'aucune des bonnes âmes qui l'aidaient ne possédait.

II

Après la promenade, Emma retourna à Robin Cottage, maison qui devait son nom à un propriétaire précédent parce qu'un rouge-gorge était un jour apparu alors qu'il travaillait à son carré de légumes et qu'il s'était perché sur sa bêche. La maison appartenait maintenant à la mère d'Emma, Béatrix, qui enseignait la littérature anglaise aux étudiantes d'une université et était spécialiste du roman des XVIIIe et XIXe siècles. Cela expliquait peut-être le prénom d'Emma, car il avait semblé injuste à Béatrix d'appeler sa fille Emily, nom qu'elle associait aux serviteurs de sa grand-mère plutôt qu'à l'auteur des *Hauts de Hurlevent ;* le prénom d'Emma avait donc été choisi, sans doute dans l'espoir de retrouver en elle certaines des qualités que possédait l'héroïne du roman. Emma n'avait pas jusque-là répondu à l'attente de sa mère, mais était devenue — Dieu savait comment — anthropologue. Et elle ne s'était pas mariée non plus, et n'avait pas de vie sentimentale quelle qu'elle fût. Béatrix aurait aimé la voir se marier — c'était ce qui se faisait, semble-t-il —, bien qu'elle-même ne fît pas si grand cas de ce statut. Son propre mari — le père d'Emma — avait été tué à la guerre, et ayant, si l'on peut dire, joué son rôle de femme, Béatrix avait pu retourner à ses études universitaires la conscience claire.

Emma, si tant est qu'elle portât à son nom un quelconque intérêt, l'associait non pas à l'héroïne de Jane Austen mais plutôt à la première femme de Thomas Hardy, dont on pouvait dire qu'elle n'était pas sans défauts. Elle se fit une tasse de thé, se disant qu'elle aurait pu inviter le pasteur et sa sœur à venir en boire avec elle. Mais elle se rendit compte alors qu'elle n'avait pas de gâteau, seulement un reste de pain plutôt rassis, et de toute façon Tom avait ses Vêpres. Elle connaissait les heures des offices et était allée à l'église une fois, mais elle n'avait pas l'intention de le faire régulièrement pour le moment. Chaque chose en son temps, quand les circonstances lui auraient permis de mieux connaître le village, de mieux savoir ce qu'elle pourrait « en tirer ». Pour le moment, elle continuerait à rédiger les notes qu'elle avait rassemblées avant de venir au village — il s'agissait d'une de ces villes nouvelles avec tous les comportements possibles et imaginables qu'on peut y rencontrer. Ici, dans ce cadre presque idyllique, avec son paysage qui ondulait doucement, ces bois mystérieux et ces vieux bâtiments de pierre, elle arriverait à se détacher de la dure réalité des notes qu'elle avait prises sur le terrain, et peut-être même à trouver l'inspiration pour entreprendre un travail différent.

Trop tôt, car elle n'avait fait aucun travail, Emma se mit à songer au dîner. Que mangeaient les gens du village ? se demanda-t-elle. Le dîner du dimanche soir était certainement plus léger qu'un repas normal de jour de semaine, avec les maris qui rentraient du travail. Le hachis Parmentier confectionné avec les restes du rôti du dimanche apparaîtrait au presbytère sous la forme d'une sorte de moussaka, pensa-t-elle, étant donné l'intérêt passionné de Daphné pour la Grèce. D'autres sortiraient des plats cuisinés ou même un morceau de viande de leurs congélateurs, ou bien auraient acheté au supermarché des soupes instantanées aux noms alléchants dans des sachets aux couleurs vives. Parfois il y aurait peut-être même du poisson, car un homme passait de temps en temps avec du poisson frais à l'arrière de sa fourgonnette, rappelant l'heureux temps où l'on trouvait au moins un nombre respectable de gens pour manger du poisson le vendredi. Mais y avait-il jamais eu des catholiques dans le village ? Et puis il restait les gens seuls, comme elle, qui se contenteraient d'un morceau de fromage ou bien ouvriraient une petite boîte de quelque chose.

Ce serait une omelette, voilà tout, ce que toute femme digne de ce nom était censée savoir faire en un tournemain ; mais il y avait quelque chose qui n'allait pas dans l'omelette d'Emma ce soir — les œufs pas assez battus, la cuillerée d'eau oubliée, un détail qui n'était pas tout à fait ce qu'il aurait dû être. Mais elle avait faim et elle n'était pas assez concernée pour analyser quelle erreur elle avait pu faire. Il valait mieux ne pas être trop maniaque, surtout si l'on vivait seul, pas comme Adam Prince en face, qui se déplaçait beaucoup pour son travail de critique dans une revue gastronomique et passait ses journées à manger — goûtant, essayant, critiquant (surtout critiquant), pesant le pour et le contre, et presque inévitablement trouvant à redire. La mère d'Emma lui avait raconté qu'avant d'exercer cette profession il avait été prêtre anglican et était « passé à Rome », mais elle n'avait pas développé cette déclaration audacieuse. Il était absent en ce moment, car Emma avait remarqué des instructions méticuleuses à l'intention du laitier sur une espèce d'ardoise en plastique tarabiscotée qu'il avait mise devant sa porte pour dire exactement combien de lait il voulait ou ne voulait pas.

Pour accompagner son omelette, Emma se versa un verre de vin rouge d'une bouteille déjà entamée, qui avait chauffé à côté du radiateur à accumulation tout le week-end. Elle était sûre qu'Adam Prince n'aurait pas approuvé cela, mais elle se sentait détendue et paisible tout en mangeant et buvant. C'était une heure à allumer la télévision, à regarder paresseusement ce qui s'y donnait, peu importait quoi.

Il semblait s'agir d'une discussion. C'était un face à face entre deux hommes et une femme, et un homme politique d'une des nouvelles Républiques d'Afrique, général de brigade formé à Sandhurst, dont le visage noir lançait des éclairs. La discussion s'envenima au moment où les participants assis sur des chaises trop basses se penchèrent maladroitement vers une table encore plus basse sur laquelle se trouvaient des rafraîchissements quelconques — peut-être rien d'autre que de l'eau — dans de larges verres teintés. Les fauteuils paraissaient recouverts d'une espèce de fourrure dont Emma, qui n'avait pas la télévision en couleurs, pensa qu'elle ressemblait à de la peau de phoque ou de loutre. Ce détail la fascinait et elle était hypnotisée par la complexité de la discussion qu'elle avait du mal à suivre, ayant pris l'émission au milieu. Le présentateur, homme plein de douceur qui avait l'air d'être terrifié par la femme à la langue acérée, faisait de son mieux pour veiller à ce que les hommes aient chacun leur temps de parole, comme il l'aurait sans doute formulé. Ce ne fut que lorsqu'elle l'eut entendu appeler l'un d'eux « Docteur Pettifer » qu'Emma comprit qu'il s'agissait de Graham Pettifer, homme avec lequel elle avait eu autrefois une brève liaison. Dire qu'il avait été son « amant » était une manière somme toute trop solennelle de décrire ce qu'avait été leur association ; peut-être même qu' « histoire d'amour » n'était pas tout à fait exact, car il n'y avait pas eu tant d'amour que ça, ils avaient été ensemble, rien de plus, et ils avaient éprouvé l'un pour l'autre une affection modérée. Mais enfin, il n'aurait pas été faux de dire qu'elle avait autrefois « assez bien » connu Graham Pettifer, bien qu'elle ne l'eût pas revu depuis de nombreuses années. Il était parti enseigner quelque chose qui s'appelait « études sociales » dans une des universités d'Afrique et était sans doute maintenant revenu, peut-être même pour prendre un poste ici en Angleterre ?

Il devait approcher de la quarantaine, calcula-t-elle, et il avait embelli, il s'était étoffé peut-être. Elle vida son verre, méditant sur ce fait. Puis, voyant qu'il restait encore du vin dans la bouteille, elle la finit. Ce vin était chaud, décidément, un peu trop chambré, aurait dit Adam Prince, mais cela la réconfortait et lui donnait de l'audace. Se rendant à peine compte de ce qu'elle faisait, et faisant tout juste la distinction entre la réalité et la fiction, elle glissa une feuille de papier dans la machine à écrire et se mit à composer une lettre.

« Cher Graham », disait cette lettre, « Je viens de te voir dans un débat à la télé ! Quel moyen extraordinaire de rapprocher les gens qui ne se sont pas vus depuis des siècles !

J'habite ici (pour un certain temps) dans la maison de ma mère, alors si vous » — elle s'arrêta, incapable de se souvenir du nom de sa femme — « vous trouvez dans les parages, venez me voir. » Le « vous » pouvait très bien couvrir une femme et plusieurs enfants, pensa-t-elle, se représentant un énorme break arrivant un jour, rempli par Graham Pettifer et sa famille. Elle se rendit compte qu'elle n'avait pas dit si elle avait aimé le débat, mais elle avait dit qu'elle l'avait reconnu, ça suffisait certainement ?

Plus tard au lit ce soir-là, elle se rappela que bien sûr le nom de sa femme était Claudia — elle pourrait placer ça quand l'occasion se présenterait. Si c'était un jour le cas.

III

Le lundi était toujours une journée chargée au cabinet médical, bâtiment neuf plutôt austère qui se trouvait à côté de la salle paroissiale. « Ils » — les patients — n'étaient pas pour la plupart allés à l'église le jour précédent, mais ils rachetaient cela par une assiduité fervente à un lieu dont ils attendaient moins d'y faire leurs dévotions, bien qu'il y eût de ça chez certains, que d'y recevoir des conseils et du réconfort. Il était possible de parler au pasteur — certains le reconnaissaient sans conviction —, mais il ne pouvait pas vous délivrer d'ordonnance. Il n'y avait rien dans le fait d'aller à l'église qui égalât le moment de triomphe où l'on sortait du cabinet médical en serrant bien fort le bout de papier consacré.

Martin Shrubsole traversa à la hâte la salle d'attente, la tête baissée, comme s'il redoutait de recevoir un coup. Il ne voulait pas savoir qui étaient les patients qui attendaient là, préférant être pris par surprise, mais il en remarqua deux qu'il n'avait pas particulièrement envie de voir — la sœur du pasteur, et Miss Lickerish, vieille fille excentrique. Elles étaient sans doute là pour voir le docteur Gellibrand, mais Martin ne l'avait pas encore entendu arriver, il était donc bien possible qu'il soit obligé de les prendre toutes les deux.

Il entra dans le cabinet de consultation, s'assit, s'installa dans une attitude réceptive et consolatrice et se prépara à écouter ses patients. La première fiche sur le bureau était celle de Miss Lickerish, il semblait donc que c'était elle qu'il devait voir d'abord. Il pressa le bouton de l'interphone et elle entra.

« Bonjour, Miss Lickerish », dit-il à la petite femme courbée qui portait un bonnet tricoté et un vieux manteau de tweed malodorant.

« Bonjour, docteur... » Elle semblait avoir du mal à lui reconnaître le droit à ce titre, mais bien qu'il n'eût pas beaucoup plus de trente ans, il était tout aussi qualifié que le docteur G. et beaucoup plus moderne dans ses traitements et les médicaments qu'il prescrivait.

« Comment allez-vous aujourd'hui ? » demanda-t-il timidement, car, après tout, elle devait avoir plus de quatre-vingts ans et il y avait quelque chose en elle qui tranchait sur les sages rangées de vieilles personnes humbles qu'on rencontrait à l'hôpital où il avait commencé à s'intéresser à la gériatrie. Enfin, tout le monde savait que dans les villages les gens étaient différents. Ses yeux vifs en boutons de bottines étaient pleins de vie et il était parfaitement raisonnable de lui demander comment elle allait.

« Ce sont les puces », dit-elle, « et ça m'empêche de dormir. J'aimerais que vous me donniez des cachets pour dormir, vous savez. »

« Eh bien, nous allons nous en occuper », dit-il vivement. Inutile de lui dire qu'il ne distribuait pas de somnifères à tous ceux qui en demandaient. Pas la peine de lui expliquer que si l'on s'obstinait à avoir des hérissons dans sa maison, on avait aussi des puces. Ce n'était pas exactement le genre de problème auquel il s'attendait à devoir faire face un lundi matin, jour où les patients s'imaginaient plus volontiers qu'ils souffraient des maux dont ils avaient entendu parler dans les journaux du dimanche, mais Martin fut à la hauteur de la situation. « Débarrassons-nous d'abord des puces, d'accord ? » dit-il. Conseillère médicale, infirmière à domicile, assistante sociale, demoiselles de charité du village, même sa propre femme Avice — on pouvait faire appel à toutes ces personnes pour lui venir en aide, et si on y ajoutait un petit mot autorisant l'achat d'un insecticide adéquat, le tour serait joué. « Le suivant, s'il vous plaît », se dit-il à lui-même, content de s'être défait de Miss Lickerish.

Les trois patients suivants furent parfaitement ordinaires et, à vrai dire, satisfaisants — un jeune homme avec de l'acné, une jeune femme mariée avec un problème de contraception, un homme plus âgé qui avait besoin de faire contrôler sa tension. La quatrième personne qui entra dans la pièce, souriant d'un air d'excuse comme si elle savait d'avance qu'elle allait lui faire perdre son temps, était la sœur du pasteur, Daphné.

« Bonjour, Miss Dagnall ! » Il adopta son ton le plus enjoué. « Quoi de nouveau sous le soleil ? » C'était stupide de dire ça, comme il s'en avisa immédiatement, répétant machinalement ce vieux cliché. « Asseyez-vous et bavardons un peu », continua-t-il. Le docteur avait autant besoin de se détendre que le patient, même s'il savait qu'il y en avait encore tout un tas qui se morfondaient dans la salle d'attente.

Daphné ne savait pas exactement ce qu'elle avait, si tant est qu'elle eût quelque chose. Elle était déprimée (ou elle traversait une « période de dépression »), elle aspirait à quitter le village, le printemps humide du West Oxfordshire, elle avait envie de vivre dans une maison blanchie à la chaux sur les rives de la mer Egée.

« Est-ce qu'ils ont des maisons de campagne là-bas, telles que nous les connaissons ? » demanda Martin pour gagner du temps. Pourquoi donc n'allait-elle pas voir le docteur G. ? se demanda-t-il. Elle devait être sa patiente depuis bien longtemps déjà lorsque lui (Martin) était arrivé au cabinet. Il ne pouvait pas savoir que Daphné l'avait délibérément choisi parce qu'elle ne savait que trop bien ce que le docteur G. lui aurait dit. « On ne rajeunit pas — l'hiver a été long — tout à fait normal de se sentir un peu mal fichu — allez vous acheter un nouveau chapeau, ma chère » —, sa panacée à presque tous les maux féminins, alors que les femmes ne portaient plus de chapeaux depuis des années. Des conseils complètement dépassés, et il ne prescrivait même pas les comprimés qu'il fallait. Elle attendait mieux de Martin Shrubsole.

« Bien sûr, je ne peux pas laisser mon frère », dit-elle. « Je suppose que le problème est là, en fait. »

« Vous n'aimez pas vivre au presbytère ? » Si c'était le cas, la situation avait quelque chose d'ironique, car le beau vieux presbytère de pierre grise était la seule maison du village que lui et sa femme eussent convoitée. « Voilà la maison que je veux », avait dit Avice.

« C'est tellement grand, avec toutes ces pièces qui n'en finissent plus ... » continua Daphné désespérée. « Vous ne pouvez pas savoir à quel point il est difficile à chauffer. »

Avice lui avait fait remarquer qu'ils n'avaient même pas de chauffage fonctionnant sur les heures creuses, se rappelait Martin, seulement quelques poêles à pétrole, et assez inefficaces en fait. Avaient-ils droit à une allocation chauffage supplémentaire ? se demanda-t-il. Sans doute que non, dans la mesure où ils n'étaient encore ni l'un ni l'autre à la retraite. Est-ce que Miss Dagnall portait des vêtements assez chauds ? Est-ce que son chemisier était bien suffisant pour cette fraîche journée de printemps ? « Evidemment, je pourrais vous recommander des sous-vêtements de laine », dit-il sur le ton de la plaisanterie, espérant par sa bonne humeur chasser son état dépressif.

« Ne me parlez pas de laine », dit-elle. « Vous savez bien que mon frère est obsédé par l'histoire locale — maintenant il a découvert qu'en seize cent et quelques on était obligé d'enterrer les gens dans de la laine. »

« Vous avez toujours vécu avec votre frère ? » demanda Martin.

« Oh, non, seulement depuis que sa femme est morte, mais c'est déjà ancien, en fait. Je lui ai redonné un foyer — c'était la seule chose à faire apparemment, le moins que je puisse faire, ont dit les gens. »

« Et que faisiez-vous avant ? »

« J'avais un petit travail, pas grand-chose, genre bonne à tout faire dans une agence de voyages. Je partageais un appartement avec une amie. »

Peut-être que c'était une lesbienne inavouée, pensa Martin, utilisant un lieu commun à la mode. On pouvait penser à ça aujourd'hui quand on voyait des femmes qui vivaient ensemble, mais Daphné était, bien sûr, plus âgée. Il jeta un regard rapide sur son visage tanné et sa crinière de cheveux blancs désordonnés. Peut-être qu'une nouvelle coiffure lui ferait du bien — voilà en quoi Martin était plus moderne que le docteur G. qui conseillait à ses patientes d'acheter un nouveau chapeau — mais de toute évidence, il ne pouvait pas suggérer une telle chose.

« Nous allons vous prendre la tension, si vous voulez bien ? » dit-il, ayant recours à un traitement plus conventionnel. Son bras était maigre et desséché, à cause du soleil grec ou de l'approche de la vieillesse. « Il faudrait que vous grossissiez un peu », dit-il. « Est-ce que vous avez bon appétit ? »

Alors qu'elle sortait du cabinet, serrant précieusement son morceau de papier — on lui avait prescrit quelque chose, au moins —, Daphné eut le sentiment que Martin, le « nouveau docteur », comme on l'appelait dans le village, lui avait fait du bien. Il l'avait écoutée, il avait été compréhensif, et elle se sentait incontestablement mieux. Bien mieux qu'elle ne se serait sentie si elle était allée voir le docteur G., il ne se donnait jamais la peine de prendre la tension, lui.

Le deuxième cabinet de consultation était une pièce plus grande, plus belle que celle dans laquelle Martin Shrubsole officiait, mais le docteur Gellibrand regrettait toujours l'époque où il voyait ses patients dans le cadre plus raffiné de sa propre maison. A présent, c'était pourtant avec entrain qu'il donnait confirmation de sa grossesse à une jeune femme du village de toute évidence destinée à être la mère de nombreux et beaux enfants. Elle était petite et trapue, avec des cuisses énormes que découvrait généreusement la courte jupe démodée qu'elle portait. Il semblait tout à fait approprié que le docteur G., qui avait maintenant presque soixante-dix ans, s'occupât des jeunes, alors que Martin, avec l'intérêt qu'il portait à la gériatrie, était responsable des personnes âgées. Le docteur G. n'aimait pas beaucoup les personnes âgées ; en revanche, il éprouvait du bonheur à penser que la vie renaissait et se perpétuait. Ç'avait été un soulagement pour lui de pouvoir se décharger de certains de ses anciens patients — un visage jeune et gai, et Martin possédait certainement cela, leur ferait un bien immense. Car le docteur G., bien qu'aimé et respecté dans le village, n'avait pas exactement l'air gai — les gens disaient souvent qu'il ressemblait plus à un pasteur que le pasteur lui-même, mais ce n'était pas surprenant parce qu'il était fils de pasteur et son plus jeune frère était vicaire d'une paroisse de Londres.

Quand la jeune femme enceinte fut partie, il y eut une pause, et la secrétaire apporta du café. Les pensées du docteur G. maintenant allaient moins à ses patients qu'à la visite qu'il avait faite à son frère pendant le week-end. Une de ses maximes favorites était : « Un petit changement vaut bien un bon repos », et il ne manquait pas de la mettre en pratique quand il arrivait à échapper à la tyrannie de sa femme Christabel. La paroisse où son frère était vicaire était minable et délabrée, « des immigrés qui habitent dans des H.L.M. », avait-il pensé, ce qui n'était pas tout à fait juste ; ce n'était pas une paroisse en plein essor, c'était certain, mais quand il avait vu comment son frère avait mené la grand-messe, il avait été impressionné et même un peu envieux. Cela lui rappelait l'époque, il y avait presque cinquante ans maintenant, où il avait lui-même joué avec l'idée d'entrer dans les ordres. Il s'était imaginé officiant à l'occasion de diverses fêtes, prononçant de superbes sermons et marchant en tête de processions magnifiques, mais il s'était rappelé à temps tous les autres devoirs qui allaient de pair avec la responsabilité d'une paroisse, sans compter les innombrables tasses de thé trop sucré et les inévitables biscuits, comme son frère ne se lassait jamais de le lui rappeler. Puis, peut-être parce qu'il avait été baptisé Luc, il s'était imaginé en médecin distingué ou même en chirurgien, pratiquant des opérations dramatiques mais réussies, comme on en voyait aujourd'hui à la télévision dans des émissions médicales importées des Etats-Unis. Pour finir, bien sûr, il s'était retrouvé généraliste, le bon vieux docteur, médecin de famille, « Le journal du Docteur Finley », pas ces histoires hautes en couleur de certains autres feuilletons.

Sa secrétaire était à la porte. Est-ce que le Dr. G. s'était assoupi sur son café ? Le patient suivant attendait et il n'avait pas appuyé sur le bouton. Vive et aimable, elle lui dit : « Etes-vous prêt pour le suivant, docteur G. ? C'est Miss Grundy », ajouta-t-elle, comme si elle lui proposait un mets de choix.

Mais il savait d'avance que Miss Grundy ressemblerait probablement beaucoup aux autres femmes âgées qu'il soignait, vieilles filles pour la plupart, le genre de malades qu'il était content de céder à Martin Shrubsole. La sœur du pasteur lui avait épargné cette démarche au moins, pensa-t-il avec satisfaction.

Alors qu'elle achetait un pain au magasin de Mrs Bland, Emma se demanda ce qui se passait ce lundi-là dans le bâtiment qui était situé à côté de la salle paroissiale.

« Mais ce sont les consultations — le lundi et le jeudi », lui répondit-on.

« Est-ce que les gens du village sont malades, alors ? » demanda Emma dans son innocence.

Mrs Bland sembla déconcertée, presque indignée par cette question, alors Emma n'insista pas. Bien sûr que les gens étaient malades, toujours et partout.

Elle jeta un coup d'œil par la porte du cabinet médical qui était entrouverte et elle eut envie de se trouver parmi ces gens qui semblaient prendre du plaisir à quelque chose dont elle était exclue. Mais se rappelant son rôle d'anthropologue et d'observatrice — la nécessité d'être à l'extérieur pour regarder à l'intérieur —, elle se retira sans bruit, méditant sur ce qu'elle avait observé. Il y avait là de toute évidence de quoi rédiger une note.

IV

« Août 1678 », lut Tom Dagnall dans le journal d'Anthony à Wood. « L'acte qui autorise à enterrer les gens dans un linceul de laine prend effet le premier de ce mois. »

L'idée d'enterrer quelqu'un dans de la laine au mois d'août était incontestablement oppressante, mais elle avait quelque chose de réconfortant par cette matinée de printemps incertaine dans ce bureau mal chauffé qui donnait sur les tombes désordonnées. Daphné avait mis à côté de lui un poêle à pétrole, mais il dégageait plus d'odeurs que de chaleur. Tom se demandait si beaucoup de ses paroissiens avaient été enterrés dans de la laine. Il ne serait pas trop difficile de le savoir en consultant les dates sur les registres d'état civil, bien sûr. C'était le genre de travail qu'il pourrait confier à l'une de ces dames si dévouées qui lui venaient en aide, des femmes du village voisin, ou même Miss Lee ou Miss Grundy, un bon petit « dossier ». De nos jours, naturellement, tout cela n'avait plus de sens — on utilisait sans doute des fibres synthétiques — acrylique, courtelle, dralon ou nylon, jamais du simple coton ou de la laine. C'était à vérifier. Puis il pensa à Miss Lickerish qui avait creusé une tombe pour un hérisson mort et l'avait enveloppé dans un pull-over de laine tricoté à la main qu'elle avait acheté à une vente de charité, et à ce moment-là, sa sœur entra dans la pièce avec du café, lui disant qu'elle avait vu Miss Lickerish au cabinet médical ce matin même.

Pourquoi Daphné était-elle allée chez le docteur ? se demanda-t-il négligemment. Aurait-il dû manifester quelque inquiétude fraternelle ? Il valait mieux ne pas demander de détails : au cas où il se serait agi seulement d'un problème de femme, ils auraient tous deux été gênés. Il ne lui avait pas trouvé l'air malade, et à la voir maintenant se répandre en éloges sur le nouveau docteur qu'elle trouvait si charmant, il se disait qu'elle était en parfaite santé.

« Bien mieux que le docteur G. », ajouta-t-elle.

« Oh, sûrement pas mieux », protesta Tom. Il ne souhaitait pas contester au vieux docteur sa position privilégiée dans le village, qui faisait de lui une sorte de chef de la communauté, position égale ou même supérieure à la sienne.

« Le docteur Shrubsole m'a demandé si je voulais des tranquillisants », dit Daphné avec fierté.

« Et qu'as-tu répondu ? »

« Oh, il ne m'est pas possible de te le dire. Une consultation entre un docteur et son patient est une affaire confidentielle. Comme le confessionnal. »

« Bien sûr — excuse-moi d'avoir posé la question. » Tom, en tant que frère cadet, avait été remis à sa place, et ce coup de patte à propos du confessionnal était destiné à lui rappeler l'époque où Tom avait voulu introduire ce genre de chose — de façon très déplacée — dans le village.

Daphné remplaçait bien mal sa femme Laura, mais ils avaient été mariés si peu de temps, ç'avait été comme un rêve. Il y pensait à peine maintenant, il n'était même plus sûr de la couleur de ses yeux. Il comprenait aujourd'hui qu'il aurait dû se remarier après la mort de Laura, mais il n'avait pas encore trouvé l'énergie de réfléchir à ce qu'il allait faire, dans l'état d'affliction et de détresse où il se trouvait, que déjà Daphné accourait, si l'on peut dire, fermement décidée à faire son devoir. Elle avait essayé d'organiser la vie de la paroisse, pour le laisser libre de poursuivre des études qui, au bout du compte, étaient restées à l'état d'ébauche. Il aurait pu faire des promenades dans les bois avec Laura, sans vraiment prêter attention ni attacher d'importance au village médiéval abandonné... Maintenant il était seul, et il avait le sentiment d'avoir gâché la vie de Daphné, car, même si elle prenait chaque année des vacances en Grèce, elle ne le quitterait plus jamais.

« Il m'a pris la tension », continua Daphné.

« Oh ? » Tom ne savait pas s'il devait exprimer de l'inquiétude ou si le fait de prendre la tension méritait des félicitations, car cette pratique ne faisait pas partie des habitudes du Dr. G.

Il y eut un bruit métallique derrière la porte du bureau. Mrs Dyer, la femme de ménage, manifestait ainsi que quelque chose la contrariait. Dyer était son nom, et sinistre son caractère, pensa Tom, rassemblant son courage pour l'affronter.

Mrs Dyer entra dans la pièce. C'était une femme à l'air rébarbatif qui portait un pantalon et un chapeau qu'elle ne quittait jamais, sauf dans les grandes occasions à la salle paroissiale ou — supposait-on — quand elle allait se coucher ou qu'elle était sous le coup de quelque émotion forte. Tom trouvait qu'il y avait quelque chose de bizarre, si l'on y réfléchissait, dans le fait de porter un chapeau avec un pantalon, ou du moins ce chapeau-là, mais il n'aurait pas su dire ce que c'était.

« Bonjour, Mrs Dyer », il l'accueillit d'un ton qu'il espérait agréable et encourageant. « Je viens juste de lire qu'on devait enterrer les gens dans de la laine autrefois. »

« Je ne suis pas au courant », déclara-t-elle. « Moi, je n'en ai jamais entendu parler. »

« Non, bien sûr, c'était au XVIIe siècle, à la fin du XVIIe siècle », corrigea Tom. « Anthony à Wood en parle ici. »

Elle regarda d'un air méfiant le volume qui se trouvait sur le bureau de Tom.

« Si vous êtes prête, Mrs Dyer », dit Daphné. « Je vous aiderai à déplacer ces choses. » Elle était contrariée de voir Tom faire perdre son temps à Mrs Dyer, et lui faire perdre le sien du même coup, car c'était bel et bien une perte de temps que d'essayer de la faire parler du passé, ou même de vouloir enregistrer ses discours dans l'espoir de tirer quelque chose des inepties qu'elle proférait. Car bien souvent Mrs Dyer faisait effectivement des discours — elle débitait des inexactitudes sur « l'ancien temps » et ce qui se passait alors. Mais « l'ancien temps » dont il s'agissait ne remontait pas au-delà de la fin des années 30, et ce n'était pas exactement ce qui intéressait Tom.

« Tu n'as pas oublié que nous faisons le nettoyage de printemps dans cette pièce aujourd'hui, Tom », dit Daphné avec patience. « Je t'ai dit que ça devait être aujourd'hui. »

« Oh, mon Dieu... » Tom se sentit pris d'une agitation ridicule. Comme un pasteur de comédie ou un professeur distrait dans une farce au théâtre, il remuait des papiers sur son bureau, laissant tomber plusieurs feuilles qu'il essayait de rassembler. « Aujourd'hui ? Il faut que je parte, alors. »

« Oui, je crois qu'il le faut — à moins que tu ne souhaites rester assis protégé par une housse. Tu pourrais sortir, non ? Faire quelques visites, je ne sais pas ? »

« Le matin ? » Tom hésita, car faire des visites était déjà assez difficile quand la situation s'y prêtait. Alors le matin, ça semblait impossible, même si l'on avait moins de chances de se trouver aux prises avec la télévision.

« Tu pourrais aller voir Miss Howick, par exemple ? Elle ne travaille pas », dit Daphné avec impatience, pressée de voir son frère quitter la pièce.

« Si, elle fait un travail de recherche », dit Tom sans conviction. « Je suppose qu'elle travaille le matin, qu'elle écrit, peut-être... »

« Si l'on peut appeler ça du travail », dit Daphné avec mépris. « Et pourquoi pas les gens d'Apple Tree Cottage, alors ? » Il y avait une note de défi dans sa voix, et Tom savait exactement à quoi elle était due. Les gens d'Apple Tree Cottage, un couple d'enseignants assez jeunes qui étaient récemment venus s'installer là, étaient pour ainsi dire des inconnus. Des allures « bohème », un jardin à l'abandon, souvent au pub à midi, jamais à l'église... Tom se remémora tout ce qu'il savait d'eux et décida que ce n'était peut-être pas une bonne idée de leur rendre visite le matin.

« Très bien, alors », dit-il, se levant de son bureau. « Je vais sortir. » Lui, le pasteur, serait vu dans le village, marchant tranquillement le long de la rue principale.

Adam Prince, critique gastronomique, de retour d'une tournée particulièrement ardue, prit la bouteille de lait qui se trouvait sur le pas de sa porte. Au moins, le laitier avait vu son mot, mais — une ombre de contrariété passa sur son visage — il n'avait pas laissé du lait de ferme, seulement des « capsules blanches », comme on disait, qui était moins crémeux. Et puis, il était tracassé par un ou deux petits détails concernant les restaurants où il venait d'aller et sur lesquels il devait maintenant écrire son rapport. Ce céleri habilement camouflé dans une sauce onctueuse, était-ce bien du céleri frais ? Et la mayonnaise qui accompagnait le premier plat servi dans un joli saladier en céramique portugaise, n'était-ce pas de la mayonnaise en pot ? La longe de veau, marinée au Pernod et servie avec des champignons, des amandes, de l'ananas et une sauce à la crème, était un peu trop riche et il commençait à regretter de l'avoir choisie. Mais si souvent dans ce travail, on n'avait pas le choix — ça faisait partie du métier. Et à présent, qu'allait-il boire ? Il était trop tard pour le café et trop tôt pour un apéritif — pourtant, était-il jamais trop tôt pour un verre de Tio Pepe, légèrement frappé ? Ce fut à ce moment qu'Adam vit arriver le pasteur, et ses pensées s'orientèrent vers du madère qu'il pourrait servir avec une tranche de gâteau au carvi ou un biscuit digestif Bath Oliver. De la bonne nourriture bien anglaise, si l'on exceptait la boisson.

« Bonjour ! » cria-t-il à Tom. « Entrez, je vous invite à boire un verre de madère. »

Tom fut surpris, ne voyant pas immédiatement qui lui avait adressé la parole, mais il saisit les mots « un verre de madère », et alors il devina que ce devait être Adam Prince qui l'invitait à aller chez lui. Voilà qui était un peu délicat, songea Tom, car il n'arrivait pas à faire abstraction du fait qu'Adam avait autrefois été pasteur de l'Eglise d'Angleterre, jusqu'au jour où ses doutes quant à la validité des ordres anglicans l'avaient fait passer à Rome. Cela signifiait qu'il avait tendance à donner son opinion sur les affaires de la paroisse, à dire ce que lui, Adam, aurait sans doute fait ou ferait à la place de Tom, d'une manière qui semblait à ce dernier à la fois gênante et impertinente. Et puis, aussi, sa connaissance et son amour de la fine cuisine avaient quelque chose de déplacé, et cela mettait Tom mal à l'aise. Accepter l'invitation d'Adam à ce moment n'était donc pas du tout ce qu'il avait en tête alors qu'il tentait de rassembler son courage pour faire ses visites de pasteur. Malgré tout, il était infiniment plus agréable d'être assis dans le « salon » soigneusement meublé d'Adam avec un verre à portée de la main que de remplir les obligations de son métier. Il éprouvait même un certain plaisir à écouter Adam parler des endroits où il venait d'aller — des plats trop riches ou mal cuits qu'il avait essayé de manger, des vins servis à la mauvaise température qu'il avait été obligé de goûter.

« Ce soir », disait-il, « je ne serai capable de manger rien d'autre qu'une assiette de spaghettis — il prononça le mot avec un accent italien exagéré — « parfaitement *al dente*, vous comprenez — douze minutes et demie exactement, à mon avis — avec un soupçon de Parmesan et une noix de beurre. »

« Ah, du beurre », dit Tom, s'emparant du seul détail qui lui fût familier. « Quelle sorte de beurre ? » eut-il l'idée de lui demander, car il savait qu'il existait une grande variété de beurres.

« Je préfère le beurre danois pour les spaghettis, autrement du beurre de Normandie, bien sûr. »

« Et qu'est-ce que vous allez boire ? » demanda Tom, pensant à du thé en sachets, du café instantané ou de l'eau minérale.

« Ce qu'on boit avec des spaghettis n'a pas tant d'importance que ça, alors je vais me faire une surprise. Je vais aller dans ma cave, je vais fermer les yeux, et je tendrai la main vers une bouteille et alors, ah alors, qui sait ce que ça pourra bien être ! » Les petits yeux pâles d'Adam, comme des galets lavés par la mer, brillaient, et l'impatience semblait gonfler son corps mou et grassouillet. « Est-ce qu'il vous arrive de faire ça ? » demanda-t-il à Tom. « D'aller simplement à votre cave et de choisir une bouteille au hasard ? »

« Malheureusement, je n'ai pas de cave, à proprement parler », dit Tom, car naturellement il y avait des caves au presbytère, un étage entier sous la maison.

Adam eut l'air surpris. « Mais le vin fait tellement partie de votre métier », dit-il.

« Oh, bien sûr », acquiesça Tom, bien qu'il n'eût jamais envisagé son métier tout à fait sous cet angle. Et l'idée d'avoir une cave bien remplie au presbytère n'avait pas non plus grand-chose à voir avec les quelques bouteilles de vin de messe qui se trouvaient entreposées dans le garde-manger de la sacristie. « Le conseil paroissial aurait son mot à dire, je le crains, si l'on se lançait dans l'achat d'un vin autre qu'ordinaire », ajouta-t-il.

« Vraiment ? De mon temps à moi », — Adam ne résista pas à l'envie de faire référence à son statut passé, laissant entendre qu'il avait sans doute eu plus d'autorité que Tom sur les membres de son conseil paroissial — « nous avons réussi à essayer un Vino Sacro qui était loin d'être désagréable, nous avons même goûté un vin blanc une fois, rien ne l'interdit, vous savez, dans la mesure où c'est du jus de raisin fermenté. »

Dans l'église romaine, se rappela Tom, on ne communiait que sous une seule espèce, les laïcs n'avaient pas droit au calice et Adam était « laïc » maintenant. Il se pouvait bien qu'il repense à sa période anglicane avec un certain regret. Il n'y avait pas d'église catholique romaine dans le village, Adam était donc obligé d'aller à la messe en voiture, assis bien droit dans sa Renault rouge rubis. Et au bout du chemin, cette messe en anglais assez horrible, maigre consolation pour quelqu'un qui avait été éduqué selon les principes de renouveau anglo-catholique du XIXe siècle et du célèbre « Le Pourquoi Du Rituel » — Tom se permit un léger sourire. « Il faudra que je voie si je peux faire quelque chose pour commander un vin de meilleure qualité », dit-il.

« Vous ne devriez pas avoir trop de mal à la bailler belle à votre trésorière », dit Adam.

« Oui, c'est une femme formidable. Je suppose que je pourrais faire ça. »

« Les femmes s'en laissent facilement conter, pour ce qui est de certaines choses », dit Adam. « Autrefois, je ne trouvais pas ça bien difficile. »

Tom sentait qu'au point où ils en étaient arrivés, il était grand temps de prendre congé, et il se leva pour partir, se demandant dans quelles circonstances les femmes s'en étaient laissé conter par Adam Prince. « Je dois aller faire une visite aux Barraclough », dit-il.

« Le matin ? » Adam parut surpris. « Vous

avez l'intention d'interrompre le bruit de la machine à écrire ? »

« Ah ? Ils travaillent le matin ? Je suppose que vous devez connaître un peu leurs habitudes, étant si près. »

Adam consulta sa montre. « Ils vont aller jusqu'au pub à midi », dit-il. « Mais vous avez des chances de les attraper avant qu'ils ne sortent. »

Présentée de cette façon, l'idée de rendre visite aux Barraclough semblait encore moins bonne que Tom ne l'avait d'abord supposé. Il serait bientôt possible de retourner au presbytère en vue du déjeuner. Même avec son nettoyage de printemps, Daphné trouverait moyen de lui faire une « assiette paysanne », ou sa version grecque de ce plat — un quignon de pain rassis, quelques petites olives noires trop dures, les olives plus grosses et plus juteuses étant introuvables ici, et quelque chose qui ressemblerait à du fromage de chèvre. Pas de beurre évidemment, un raffinement décadent comme celui-là n'étant pas compatible avec un déjeuner attique.

Il passa lentement devant la maison des Barraclough. Il ne semblait pas y avoir de rideaux aux fenêtres du salon du rez-de-chaussée et une scène s'offrait à sa vue comme au théâtre. Il y avait une grande table en bois rustique à laquelle les Barraclough — Robbie et Tamsin — étaient assis, lui avec sa barbe rousse ressemblant à une représentation victorienne de l'un des apôtres, elle avec ses cheveux bruns frisés dans le style « afro » et des lunettes rondes à monture métallique. Elle était installée devant la machine à écrire, les mains immobilisées au-dessus des touches, il était à côté d'elle un cahier à la main comme s'il était en train de lui dicter ce qu'elle devait écrire...

« Et Il créa l'homme et la femme », pensa Tom. La table était jonchée de papiers, mais dans un coin il y avait un pain de seigle sur une planche, un morceau de fromage et deux bouteilles de bière. Peut-être que les Barraclough n'iraient pas au pub après tout, mais auraient ce que les hommes politiques appelaient quelquefois un « déjeuner de travail ». De toute évidence, ce n'était pas le moment de les interrompre. Tom passa devant la maison rapidement, en espérant qu'ils ne l'avaient pas vu les regarder.

Il approchait maintenant de la maison d'Emma Howick et ici aussi il s'attendait à entendre le bruit d'une machine à écrire, mais tout était silencieux. Elle était sans doute sortie, pensa Tom, et il n'eut donc pas de scrupule à regarder par la fenêtre plus franchement qu'il ne l'aurait fait autrement. A sa grande stupéfaction, il se trouva face à face avec Emma, confronté à elle, pour ainsi dire. Elle était au milieu de son salon, un plat à la main. Tom ne vit d'abord qu'un moule, il pensa tout de suite au blanc-manger de son enfance, mais il ne pouvait évidemment pas s'agir de cela. Des gens comme Emma ne mangeaient pas ce genre de chose aujourd'hui — c'était certainement une mousse, une préparation à base d'œufs et de crème.

Tom sourit et fit un signe amical de la main. Il lui semblait que c'était ce qu'il avait de mieux à faire, dans la mesure où il avait été surpris à regarder dans la maison. Emma, toujours encombrée de son plat, ne put pas lui rendre son salut, mais elle adressa à Tom un sourire qui lui sembla cordial alors qu'il poursuivait déjà sa route en direction du presbytère.

V

Emma espérait que la stupéfaction qui avait été la sienne quand elle avait vu Tom devant sa fenêtre n'était pas apparue sur son visage. Elle était en train de sortir une mousse au jambon du réfrigérateur pour la mettre dans un endroit moins froid mais assez frais quand elle l'avait vu passer avec l'air de quelqu'un qui s'apprête à entrer. Mais qui d'autre que le pasteur d'un village de campagne était mieux désigné pour faire ce genre de chose ?

Son plat encore à la main, elle lui avait rendu son sourire, puis, à son soulagement, il avait poursuivi sa route. Elle mit la mousse sur une étagère dans le garde-manger avec les salades qu'elle avait déjà préparées. Elle ne savait pas du tout quand Graham et Claudia Pettifer arriveraient, il fallait donc prévoir un repas froid, avec un potage pour commencer et du fromage ensuite. Il aurait évidemment été impossible d'inclure le pasteur dans ce groupe — bien sûr, cela aurait fait deux hommes — mais la conversation aurait certainement été quelque peu délicate si l'on songeait qu'elle n'avait pas vu Graham depuis si longtemps, qu'elle n'avait jamais eu l'occasion de rencontrer sa femme, et qu'elle connaissait à peine le pasteur. D'autre part, il était certainement attendu par sa sœur pour le déjeuner.

La lettre irréfléchie qu'Emma avait écrite à Graham après l'avoir vu à la télévision et avoir imprudemment terminé la bouteille de vin avait été postée, regrettée, puis oubliée. Elle se souvenait à peine l'avoir écrite, et ne se rappelait certainement pas ce qu'elle avait dit, quand la réponse arriva au dos d'une carte postale — une reproduction d'un tableau de Corot, avec des arbres gris-vert et une silhouette vague dessous. « Tu te souviens comme tu aimais ce tableau ? » avait-il écrit. Elle avait complètement oublié lui avoir jamais confié cela. S'était-il trompé et l'avait-il confondue avec quelqu'un d'autre ? C'était possible. On savait que des erreurs de ce genre se produisaient entre un homme et une femme... « Je serai près de chez toi lundi », continuait la carte. « Je passerai donc dans l'espoir de te voir — probablement en fin de matinée, en fonction des circonstances. » Quelles « circonstances » ? se demanda-t-elle. Probablement un rendez-vous ailleurs. Il ne faisait pas mention de sa femme — il n'avait pas dit « nous », mais il valait mieux se tenir prête, elle avait donc mis la table pour trois. Elle s'était rappelé autre chose au sujet de sa femme, elle avait été étudiante à Béatrix's College — il faudrait qu'elle pense à parler de Claudia à sa mère un jour.

Une voiture se déplaçait lentement le long de la rue du village. L'homme qui était au volant regardait autour de lui, puis il sortit et s'avança vers la maison d'Emma.

« Emma ! »

« Graham... » Emma était au portail, elle tendait déjà la main, mais il fallait garer la voiture, et elle fut d'abord trop occupée à proposer diverses solutions pour remarquer qu'il était seul.

« Ta femme n'est pas avec toi ? » demanda-t-elle alors qu'ils entraient dans la maison.

« Non, je suis seul — comme tu vois. Ça m'a paru préférable, d'une certaine manière. »

« Préférable ? » Cela ne semblait rien présager de bon. En quoi cela aurait-il pu être préférable ? Elle conduisit Graham dans le salon et servit deux verres de sherry. Ils s'assirent l'un en face de l'autre.

« Eh bien, à la tienne », dit-elle avec une chaleur forcée. Elle s'était courageusement préparée à cette rencontre et maintenant, la tension était tombée. « Je t'ai vu dans cette discussion à la télé ce dimanche soir, et voilà, je t'ai écrit un mot comme ça. J'ai pensé que si tu étais quelque part dans la région, si tu passais par ici — les gens sont souvent de passage à Oxford en fait, ou près d'Oxford, et ce n'est pas vraiment si loin que ça de Londres —, on y passe pour aller à pas mal d'endroits... » Elle sentait qu'elle parlait et parlait comme une imbécile, car maintenant que Graham était ici pour de bon — qu'il était devenu réel, pour ainsi dire — il était évident qu'il allait être plutôt difficile de lui parler. Même la mention des jours anciens à L.S.E., qu'elle jetait à présent dans la conversation, ne fit pas grand-chose pour détendre l'atmosphère. Elle n'avait encore jamais connu la situation inconfortable et bizarre qui consiste à revoir quelqu'un qu'on a un jour aimé et à qui on ne pense plus maintenant.

« Eh bien, eh bien », dit Graham s'enfonçant dans son fauteuil, mais ne faisant pas vraiment avancer les choses ; et sa remarque suivante ne fut guère plus heureuse. « Et pourquoi m'as-tu écrit ? » demanda-t-il.

« Une envie soudaine », dit Emma. « J'ai pris l'émission au milieu, mais je ne m'attendais pas à te voir — tu sais comment c'est, quand on voit quelqu'un qu'on connaît à la télé, on éprouve... »

« Un sentiment très particulier ? » suggéra-t-il, non sans suffisance.

Emma lui resservit du sherry et en reprit une goutte. Ils étaient assis à se contempler. Il était encore assez beau, pensa Emma, bien qu'il eût un peu grossi, et ses cheveux bruns étaient épais et plutôt plus longs que la dernière fois où elle l'avait vu. Elle, pensa Graham, était encore plus maigre qu'il ne se la rappelait, et il n'aimait pas les femmes maigres. Il l'avait connue tout de même plus élégamment habillée ? Elle portait maintenant une jupe marron foncé dont la longueur trahissait davantage son manque de goût que son souci d'être à la mode, même s'il était incapable de définir exactement pourquoi elle n'allait pas. Son chandail bleu moulant étriqué indiquait qu'il n'y avait, hélas, pas grand-chose « côté seins » — cette expression le fit sourire intérieurement — à montrer ou à cacher. Emma était une femme de trente ans qui n'avait rien de particulièrement attirant et avec qui il avait eu à un moment donné une brève liaison — rien de plus — et elle lui avait écrit parce qu'elle avait de toute évidence envie de le revoir. Qu'est-ce qui lui avait pris de répondre quand il paraissait bien probable qu'on ne lui proposerait même pas à manger ? Car rien n'indiquait que quelque chose avait été préparé et il n'y avait pas d'odeurs de cuisine.

« J'ai pensé que nous pourrions manger un repas froid — je vais aller réchauffer le potage. J'ai mis la table dans la cuisine. J'espère que ça ne te gêne pas. »

« Si ça me gêne ! Bien sûr que non ! » Le moral de Graham remonta quand il vit la table devant la fenêtre de la cuisine, la nappe à carreaux rouges et blancs, le vase de tulipes, les fromages, une baguette, et une bouteille de vin. Puis, il remarqua qu'il y avait trois couverts. Emma ne savait manifestement pas où il en était.

« Quand tu m'as écrit », commença-t-il, « j'ai pensé que peut-être on t'avait dit, mais ce n'était évidemment pas possible, à moins que... »

« Dit quoi ? » Emma était immobile, la louche en suspens au-dessus de la casserole. C'était la deuxième fois de la journée qu'on la surprenait dans une activité ménagère, d'abord sa confrontation avec le pasteur devant la fenêtre quand elle avait son plat à la main, et maintenant ceci.

« Que Claudia et moi ne sommes plus ensemble », dit Graham.

« Non, bien sûr qu'on ne me l'avait pas dit. » Emma était embarrassée, c'était bien compréhensible. « Autrement, je n'aurais jamais écrit comme je l'ai fait. » Si seulement elle avait pu se rappeler ce qu'elle *avait écrit*, gardé un double ! Mais les choses que l'on écrit sous le coup d'une émotion, le débordement spontané de sentiments forts, ça ne se passait jamais comme ça. « Je suis désolée, vraiment », dit-elle, ne sachant pas si c'était l'attitude qui convenait en l'occurrence.

Graham entama son morceau de pain. « Tu n'as pas à être désolée », dit-il. « Ce n'était sans doute qu'une question de temps, et maintenant au moins, je peux continuer mon livre. Ça ne t'ennuie pas que je t'en parle ? »

Bien sûr que ça ne l'ennuyait pas, et elle aurait pu difficilement dire le contraire même si ça avait été le cas. Mais elle constata avec grand plaisir que le fait de raconter une histoire douloureuse ne l'avait pas empêché de faire un bon repas et il lui fit ensuite grand compliment de sa mousse au jambon.

« Le déjeuner n'est pas encore prêt ? » dit Tom, sans beaucoup de tact, il s'en rendit compte, mais c'était la première chose qui lui était venue à l'esprit. Le pain et le fromage sur la table des Barraclough et la vue d'Emma tenant ce moule décoré de fleurs avaient sans doute orienté ses pensées dans cette direction.

« Le problème n'est pas que ce soit *prêt* » — le ton de Daphné était peu avenant — « quand il n'y a rien à *préparer*. Je n'ai pas eu un instant à moi. Mrs Dyer est partie manger il y a une demi-heure, mais je me suis dit qu'il fallait finir ça. »

« Peut-être que tu as vu trop grand pour ce matin », dit Tom. « Aller chez le docteur, et ensuite le nettoyage de printemps. » Si seulement les femmes ne travaillaient pas si dur, se mélangeaient un peu ! « Du pain et du fromage, ça m'ira très bien », murmura-t-il. Il se demanda si les Barraclough auraient partagé leur repas avec lui, mais il se gardait bien de rendre visite à ses paroissiens aux heures des repas.

Il retourna dans son bureau et fut bientôt absorbé par la lecture d'Anthony à Wood, tant et si bien que lorsque Daphné l'appela vingt minutes plus tard, il ne l'entendit pas, ce qui ne fit qu'ajouter à l'irritation de sa sœur.

VI

La rencontre n'avait pas été particulièrement réussie, pensa Emma, alors qu'elle regardait la voiture de Graham Pettifer qui s'éloignait, mais il avait tout de même mangé avec appétit. En la quittant, il s'était approché d'elle comme pour l'embrasser, puis il s'était apparemment ravisé et il était parti. Mais au moins, cette visite lui avait permis de se confier à elle, oreille féminine compatissante, et c'était peut-être un bien pour tous les deux.

Il aurait peut-être mieux valu que je sois romancière, pensa Emma, tout occupée à faire la vaisselle du déjeuner. Peut-être même y aurait-il eu dans l'histoire de Graham des détails dont elle aurait pu se servir, mais pour une étude sociologique du mariage moderne, quel que soit le titre qu'on lui donne, il n'y avait rien dans cette affaire qui ne fût banal et prévisible — c'était le genre de chose qui arrivait tout le temps. Elle se demanda négligemment si elle le reverrait. Il ne partait pas en Afrique cette année, il resterait donc dans le monde universitaire, il travaillerait à ce livre dont il avait parlé. Et il aurait bien des occasions de repasser à la télé, soit dans des débats, soit en tant que « spécialiste » de certains aspects des informations. Mais cette fois-ci, elle n'écrirait pas...

Après une tasse de thé, elle retourna à son bureau. Il y avait déjà une page sur la machine à écrire, mais elle n'avait pas envie de poursuivre son travail. De sa place, elle regardait par la fenêtre et elle voyait les gens qui vaquaient à leurs occupations dans le village. Elle se mit à regretter de n'avoir pas choisi un environnement rural pour son travail de recherche plutôt que ces villes nouvelles si arides avec leurs difficultés et leurs problèmes trop évidents. Elle ôta la page à demi finie de la machine à écrire et en mit une autre. « Quelques observations sur les aspects sociaux d'un village du West Oxfordshire », tapa-t-elle. Est-ce que quelque chose dans ce genre ne serait pas acceptable, et certainement plus intéressant ? Mais le mot « village » n'allait pas, il avait un côté trop intime — le mot technique « communauté » conviendrait mieux. Ou bien, et elle tapa de nouveau. « Le rôle des femmes dans une communauté du West Oxfordshire », ne pourrait-elle pas trouver une formulation dans ce genre ? Inspirée par cette idée, elle se mit à considérer tous les habitants du village, tels qu'elle les connaissait à ce moment, et à rédiger des notes à leur sujet.

Il était évident qu'on commençait par l'église. Le *pasteur* — le révérend *Thomas Dagnall*. Pauvre Tom. « Tom a froid » — *Le Roi Lear*, non ? Mais pourquoi une phrase comme celle-là lui venait-elle à l'esprit quand elle pensait au pasteur ? Peut-être parce qu'il était veuf et qu'il habitait avec sa sœur ? Maison sans doute beaucoup trop grande et froide. Sœur (Daphné), vieille fille pleine d'énergie, va en vacances en Grèce avec amie.

Après l'église, la médecine. *Dr. Luke Gel-*

librand (Dr. G.) « Le vieux docteur » — aimé dans le village, mais pas très efficace. Répugne à prescrire des médicaments nouveaux, ou des médicaments tout court, en fait — préfère les remèdes de bonne femme. Habite une vieille maison grande et belle, digne du presbytère, mais à la différence de celui-ci, bien chauffée et bien meublée. Tout du meilleur goût — femme redoutable (Christabel) — reçoit le matin, sherry parties chic, compositions florales sophistiquées à l'église (c'était du moins ce qui se disait) — fait un peu penser à une châtelaine. Experte en congélation — gros congélateur au garage. Enfants grands partis de la maison.

Ensuite, l'autre docteur — *Martin Shrubsole et sa femme Avice.* Homme jeune et sympathique, pas particulièrement intelligent, mais plein de bonnes intentions, généreux et moderne — s'intéresse à la gériatrie parce que c'est à la mode. Habite maison du XVIIe retapée avec parties modernes, un peu trop petite pour eux (trois enfants et la mère de Mrs S., venue récemment s'installer chez eux). Femme Avice, ancienne assistante sociale, plutôt dynamique et serviable, a probablement envie d'une maison plus grande, plus prestigieuse (sans doute même le presbytère).

C'était réglé, en ce qui concernait les docteurs, mais qui venait ensuite — sans doute *Adam Prince,* critique de bonne cuisine et ancien pasteur de l'église d'Angleterre ? La plus jolie maison du village (bien qu'Emma n'y fût encore jamais entrée, elle imaginait des meubles anciens choisis avec soin, de beaux livres grand format, et une cuisine modèle).

Robbie et Tamsin Barraclough. Habitent vieille maison plutôt délabrée près de chez Adam Prince — jardin à l'abandon. Tous deux universitaires — souvent au pub. Robbie B., grand, plutôt beau, accent écossais. Tamsin B., allure assez hippie. Juste assez jeune pour porter des robes Laura Ashley et des habits achetés aux puces (le genre de vêtements qu'Emma était juste un peu trop vieille pour mettre).

Miss Lee (*Olive*). Habite à Yew Tree Cottage. Bien établie dans le village, solide, un certain âge, genre de personnes dont on dit qu'elles sont « les piliers de la nation ». Plutôt bien habillée, porte généralement un chapeau. Va à l'église, cuivres et bouquets, mais en moins bien que Christabel G. S'intéresse à l'histoire locale — aide le pasteur à recopier les registres d'état civil, etc. Membre de l'Institut des femmes. Belle maison, joli petit jardin. Regarde sans doute de travers les nouveaux venus dans le village. Vit avec amie, Miss Grundy.

Miss Flavia Grundy. On dit (Emma l'a appris par sa mère) que Miss G. a autrefois écrit un roman historique romantique, mais on n'en a jamais parlé. Personnage plutôt triste. Membre de la High Church de Londres, parachutée à la campagne, nostalgique de l'encens (?). Sous la coupe de Miss Lee.

Geoffrey Poore, organiste de l'église. Habite à côté de Miss Lee et Miss Grundy. Emma ne savait rien de l'organiste sinon qu'il était maître d'école, qu'il avait les cheveux mi-longs et qu'on le voyait souvent au pub.

Elle se mit à considérer les gens du village en général. La plupart des habitants d'origine vivaient maintenant dans des H.L.M. aux abords du village et on avait peu de contacts avec eux. Il y avait le pub (*The Bell*) et son propriétaire dont Emma ignorait le nom, mais elle avait entendu dire qu'il lui arrivait de couper l'herbe du cimetière. Et, bien sûr, il y avait Mrs Dyer, qui faisait le ménage au presbytère et dans une ou deux autres maisons — une femme à la langue bien pendue, pas très agréable, qui pouvait être médisante et ne manquait pas de remarquer « ce qui se passait », le cas échéant. Elle avait plusieurs enfants adultes, notamment un fils du nom de Jason, qui avait ouvert un magasin et se faisait passer pour antiquaire, et qui avait glissé sous la porte d'Emma une carte qui portait cette inscription macabre : « On débarrasse les affaires des morts. » La chose la plus intéressante sur Jason Dyer était qu'il avait à une oreille une boucle en or en forme de crucifix.

Miss Lickerish. Emma commença un nouveau paragraphe pour décrire Miss Lickerish, qui était une personne difficile à répertorier. Elle avait sans doute été « domestique dans une bonne famille » dans sa jeunesse. Elle vivait maintenant dans une maison qui tombait en ruine, habitée par du bétail et chauffée par un très vieux poêle à mazout (avec des flammes jaunes qui flamboyaient dangereusement, Daphné avait dit à Emma — « j'ai essayé de lui dire que la flamme devait être bleue, et qu'il fallait nettoyer la mèche de temps en temps... »). Avait tendance à avoir son francparler. Un vrai « personnage », c'était peut-être ainsi qu'il fallait la décrire ?

L'idée que Miss Lickerish avait pu un jour être domestique rappela à Emma qu'elle n'avait pas fait mention de la petite noblesse — les gens qui habitaient au château. A strictement parler, elle aurait dû les nommer en premier, mais qui était, qu'était la petite noblesse maintenant ? Elle n'avait jamais vu Sir Miles ni personne de sa famille, et elle avait à peine entrevu le régisseur, Mr. Swaine, pendant la promenade après Pâques. *Faire des recherches plus approfondies* était le genre de note à laquelle on avait recours pour ce qui ne menait apparemment nulle part. L'histoire du château appartenait au passé, il fallait la chercher sur les plaques aux murs de l'église et sur les monuments, dans le mausolée qui avait été construit à la mémoire des De Tankerville à un moment du siècle dernier. Il ne devrait pas être trop difficile de trouver là quelque chose...

Emma sortit la page de la machine à écrire et la mit de côté. Cela ne comptait pas vraiment comme du « travail », pensa-t-elle, les questions qu'elle se posait comme ça sur les gens du village. Il fallait faire des recherches plus approfondies dans bon nombre de directions, et qui savait ce qui pouvait en résulter.

VII

Tous les matins maintenant, surtout avec la perspective de l'été, Daphné se réveillait en se demandant comment elle quitterait un jour le village. Elle, sœur du pasteur, enverrait tout promener et partirait vivre sur une île grecque, ou à Delphes, ou même dans l'une de ces tours du Péloponnèse. C'était ridicule, bien sûr, surtout l'idée d'habiter dans une tour, mais par une journée d'été anglais comme celle-ci, la promesse du printemps maintenant oubliée et le soleil caché sous des nuages gris, cela l'aidait à faire son travail.

Aujourd'hui, elle recevait des choses pour une vente de charité qui devait avoir lieu le samedi suivant. Les gens avaient été invités à laisser leurs paquets dans l'une des remises du presbytère, mais il y en avait qui préféraient venir jusqu'à la maison, presque comme si, au lieu d'éprouver un sentiment de gêne bien naturel, ils voulaient que leur participation fût connue et reconnue.

Tamsin Barraclough fut la première à arriver, apportant de vieux fichiers cassés, une série de livres de poche et deux robes dont elle ne voulait plus. Elle mit le tout sous le porche et partit discrètement comme quelqu'un qui se concilie un dieu païen. Daphné eut juste le temps de l'apercevoir qui s'éloignait rapidement le long de l'allée, sa longue jupe de coton traînant sur le gravier, ses cheveux crépus embrumés de pluie fine.

Vint ensuite Adam Prince. On considérait qu'il n'était pas du ressort des hommes d'apporter ou de transporter des affaires pour les ventes de charité, à moins qu'il ne s'agisse d'un objet particulièrement lourd ou de quelque chose qui nécessitât l'usage d'une voiture, mais Adam n'était pas considéré comme un homme ordinaire qui part le matin et rentre le soir, qui a un vrai « travail », si l'on peut dire. Ce matin, il apportait un vieux costume qui était de si bonne qualité qu'il estimait qu'il fallait le mettre en évidence, par exemple en le suspendant à une tringle comme on le faisait pour les vêtements les plus beaux, et il voulait s'assurer que la sœur du pasteur s'en rendait compte. Dissimulée dans un ballot anonyme de vieux rideaux avec une nappe en peluche fanée, il y avait aussi une paire de jeans trop étroits, qu'il n'avait plus l'âge de porter, sans aucun doute « une mauvaise affaire » comme l'auraient dit les journaux de mode. Il ne voulait pas attirer l'attention sur ces choses-là et il prit soin de placer le paquet sous un autre à un moment où Daphné ne regardait pas.

« C'est tellement gentil », murmura-t-elle, admirant le costume. « Il nous arrive très peu de chose dans l'habillement pour hommes. »

Adam sourit au mot « habillement », il avait l'impression que peut-être elle ne l'avait pas utilisé sciemment ; ce jargon des ventes de charité lui avait sans doute échappé parce qu'elle se trouvait dans une situation où les choses que l'on portait étaient désignées sous les noms d'habillement ou de tenues plutôt que simplement de vêtements.

« Voici la femme du docteur », dit Adam, qui se tenait sur le pas de la porte. « Elle a l'air d'apporter beaucoup de choses. »

Avice Shrubsole poussait un caddy rempli de vêtements d'enfants et de quelques habits à elle, avec une veste de tweed à son mari sur le dessus. On pouvait penser qu'un vêtement appartenant au docteur aurait des propriétés magiques, comme si le simple contact pouvait guérir, et Daphné manifesta la gratitude qui convenait. Mais elle savait que la vraie raison de la venue d'Avice était de revoir le presbytère, de souligner à quel point il était trop grand pour le pasteur et sa sœur, et de s'arranger d'une façon ou d'une autre pour monter au premier étage et même dans les chambres, ce qu'elle n'avait encore jamais réussi à faire.

« Est-ce que je peux aller au cabinet ? » demanda Avice sans détour, se préparant à monter l'escalier.

« Oh, il y a des toilettes à gauche de la porte d'entrée », dit Daphné, qui avait envie de la contrarier. « Inutile de monter. »

Avice partit au moment où Mrs Dyer entrait dans la pièce. Ce jour de la semaine était consacré à quelque chose de précis, mais cela ne l'empêcha pas de passer vingt bonnes minutes à examiner et à dénigrer les affaires, essayant de deviner qui avait apporté ceci ou cela. Les jeans d'Adam Prince déclenchèrent un éclat de rire rauque et elle critiqua la façon dont les vêtements d'enfants avaient été lavés — les lainages avaient rétréci ou feutré, ou bien les couleurs avaient passé, manifestement on n'avait pas utilisé la bonne lessive, on n'était pas assez attentif aux publicités à la télévision. Daphné connaissait tout ça par cœur et ne fit pas de commentaire, laissant Mrs Dyer réciter son couplet jusqu'à ce que finalement elle eût épuisé le sujet. Daphné amena alors certains ballots dans le salon, pièce noble misérablement meublée, dont on aurait pu penser qu'elle n'était pas l'endroit le plus approprié pour trier des affaires, mais au presbytère le travail de la paroisse passait avant tout. Il y aurait peut-être une bonne jupe de tweed de Mrs G., et Daphné n'aurait pas honte d'en donner 30 p. et de la porter à l'automne... Mrs G. ne se rendrait pas compte que la sœur du pasteur se promenait avec ses vieux vêtements sur le dos, ils seraient méconnaissables. Christabel G. remarquerait peut-être à l'occasion que Daphné portait une jupe plutôt plus belle que d'habitude, elle se rappellerait éventuellement qu'elle avait eu une jupe d'un tweed très ressemblant à celui-ci, mais ça n'irait pas plus loin.

Les habits de la première boîte était décevants dans l'ensemble — des mini-jupes, du courtelle, de l'acrylique et autres fibres synthétiques, rien d'un peu ample ou d'assez long, aucun vêtement en pure laine ou en coton. Daphné passa à une boîte de vieilleries disparates — des tasses ébréchées et des soucoupes dépareillées idéales comme assiettes à chats, des boucles d'oreilles en plastique, un vieux collier de perles dont la nacre s'écaillait, un roman tout déchiré dans une collection bon marché dont la couverture représentait les épaules nues d'un couple au lit, un paquet d'aiguilles à tricoter, un beurrier en plastique avec un coin fendu, un vieux livre de prières sans couverture auquel il manquait des pages, une râpe à muscade rouillée, une montre-bracelet cassée, un animal en porcelaine de sexe indéterminé avec une seule oreille, un autre en verre avec une jambe en moins, un miroir de poche fêlé, un petit poste transistor, un cadre avec la photographie fanée d'une personne sur une plage, une broche sans épingle qui disait « maman », une bombe de laque vide, un pot de fond de teint desséché, un collier rouge pour un petit chien ou même un chat, une fourchette aux dents tordues, un vieux porte-savon... Rien de bien intéressant, le genre de choses que personne n'achèterait sauf peut-être un enfant avec quelques sous à dépenser si quelque objet invraisemblable lui tapait dans l'œil. Puis l'attention de Daphné fut attirée par une gravure montée en passe-partout, qui se trouvait au fond de la boîte. C'était une estampe en couleurs représentant un scotch-terrier qui regardait d'un air suppliant un invisible maître ; elle portait cette légende : « Le chien, ton serviteur. »

La gravure à la main, Daphné se leva et s'approcha de la fenêtre. Elle se trouvait transportée quarante ans en arrière à l'époque de sa confirmation, quand son amie Heather lui avait donné une reproduction de cette même gravure. Les deux jeunes filles avaient alors quinze ans et aimaient les animaux, et c'était un cadeau qui leur avait semblé convenir à la circonstance, leur directrice s'étant sagement abstenue de tout commentaire. Regardant avec amertume la pluie qui tombait au-dehors, Daphné se demandait pourquoi elle n'avait pas de chien maintenant. Tom n'y aurait pas été hostile — il ne l'aurait même pas remarqué — la campagne, c'était de toute évidence l'endroit idéal pour en avoir un. Elle prendrait un chien — pourquoi pas ? Elle l'emmènerait se promener — pourquoi n'y avait-elle encore jamais songé ? Quand la femme de Tom était morte, elle était accourue pour lui venir en aide sans penser à elle-même. Toutes ces années sans chien ! « Ton serviteur, le chien », murmura-t-elle doucement pour elle-même, c'était autre chose que les chats, avec leur regard froid et insolent qui vous jugeait. « Aime passionnément les animaux », c'était dans ces termes que Daphné aurait pu se décrire, si quelqu'un le lui avait demandé, et c'était dans ces termes qu'elle avait maintenant décidé de penser à elle-même. Les animaux étaient meilleurs que les hommes de toute façon. Mais si elle prenait effectivement un chien et s'attachait à lui, comme cela arriverait immanquablement, qu'en ferait-elle quand elle partirait vivre en Grèce, aurait-elle le droit de l'emmener avec elle ? Quelles étaient les lois de quarantaine ? Cela pourrait entraîner des complications — il valait peut-être mieux attendre de voir comment allaient évoluer ses projets...

Emma se demandait si elle devait tout simplement aller à la porte et sonner. Ou pouvait-elle se permettre de frapper doucement à la fenêtre puisque la sœur du pasteur était là et regardait dehors avec un air lointain ? L'avait-elle vue ? Se rendait-elle compte qu'Emma s'approchait de la porte d'entrée avec un sac en papier plein de vieilles affaires ?

Daphné ne la vit qu'à ce moment-là. Elle remit « Ton serviteur, le chien » dans la boîte et vint ouvrir la porte.

« Ah, vous apportez quelque chose », dit-elle cérémonieusement, « entrez donc, je vous prie. »

Emma n'était encore jamais venue au presbytère ; elle avait seulement l'intention de déposer son paquet, mais elle ne put résister à l'occasion qui se présentait de jeter un coup d'œil à l'intérieur de la maison.

« J'étais juste en train de trier des affaires. »

Daphné était contente d'être interrompue et elle se sentait toujours bien en compagnie d'une autre femme, car elle y trouvait une espèce de confort que n'apportait pas la compagnie des hommes, ou du moins de la catégorie d'hommes qu'elle avait l'occasion de rencontrer, principalement son frère Tom et les pasteurs des environs. Peut-être était-ce un échantillon trop étroit pour tirer des conclusions...

Les deux femmes — la cinquantaine et la trentaine — s'observèrent avec circonspection. Elles s'étaient déjà trouvées ensemble une ou deux fois et avaient bavardé pendant la promenade, mais Daphné pensait qu'Emma était trop jeune et trop différente d'elle — ne faisait-elle pas de la recherche ? — pour devenir un jour une véritable amie, mais en cette matinée sinistre, elle lui fit bon accueil.

« Il y a juste quelques petites choses », dit Emma, en désignant le contenu de son sac en papier. Il était toujours gênant d'avoir à étaler une jupe usagée, un cardigan qui avait rétréci, et ses vieux sous-vêtements, même propres. « Je crains que personne ne veuille les acheter », dit-elle d'un ton d'excuse.

« Vous avez raison », dit Daphné. « Les femmes du village ont des choses tellement merveilleuses maintenant. Elles n'iraient pas s'intéresser à des vieilleries. C'est nous qui les achetons. Naturellement, c'est tant mieux », ajouta-t-elle, sentant qu'il fallait dire quelque chose dans ce goût-là. « Il n'y a plus la même pauvreté qu'autrefois. »

Emma espérait qu'elles trouveraient un autre sujet de conversation et cherchait quelque chose de nouveau à dire. Elle voyait que la pièce dans laquelle elles se tenaient, bien que défigurée par les paquets et la table à tréteaux, était belle avec ses fines moulures au plafond.

« C'est votre salon ? », demanda-t-elle. « C'est une pièce magnifique. »

« Eh bien, nous n'avons pas de salon à proprement parler, mais cette pièce en serait un si nous en avions l'usage. Et si une réunion n'a pas lieu dans la salle paroissiale, nous la faisons ici. On pourrait même y tenir une vente de charité. » Elle rit.

Elles étaient revenues aux ventes de charité.

« Quel triste temps », dit Emma en regardant au-dehors les arbres dégouttants de pluie dans l'allée du presbytère.

« Oui, n'est-ce pas. C'était tellement agréable quand les jonquilles étaient en fleur et on avait vraiment l'impression... J'ai une idée — si nous buvions un verre de sherry ? Je sais que Tom en a une bouteille quelque part. »

La révélation des misérables réserves d'alcool du pasteur fit hésiter Emma. La bouteille que Tom gardait « quelque part » aurait sans doute tristement diminué quand il viendrait la chercher la prochaine fois. Mais Daphné insista et Emma dut lui accorder que la journée s'en trouverait sans doute améliorée. Elle se rappela que la dernière fois qu'elle avait bu du sherry en compagnie de quelqu'un était le jour où Graham Pettifer était venu la voir, et elle se demanda pourquoi elle y pensait maintenant, dans des circonstances si différentes. Elle n'allait manifestement pas le revoir et il n'y avait rien eu de particulièrement mémorable. C'était seulement la situation, deux personnes assises à une table à boire du sherry, qui lui avait rappelé tout ça...

« Le nouveau docteur, comme nous continuons à l'appeler », disait Daphné, « Martin Shrubsole » — elle s'attarda presque avec amour sur son nom — « pas le docteur G. ».

« Oh, je me suis dit qu'il faudrait que je voie

le docteur G. », dit Emma. « C'est la chose à faire, semble-t-il, et ma mère a toujours dit qu'il était si gentil. On a davantage confiance en quelqu'un de plus âgé — par chance, je ne suis jamais malade, en fait. »

« Je trouve le docteur Shrubsole si sympathique », dit Daphné. « Il a compris exactement ce que j'avais. Je crois qu'il est vraiment très important dans un village d'avoir un bon docteur en qui on a confiance — le docteur est vraiment la personne la plus importante, vous ne trouvez pas ? »

Emma exprima de la surprise. Dans la mesure où le châtelain n'avait plus l'importance d'autrefois, le pasteur, plutôt que le docteur, était à n'en pas douter la personne la plus importante ?

« Eh bien, le pasteur est mon frère, alors je suppose qu'on ne peut pas me demander de voir les choses ainsi, je suis son aînée. Il y avait une petite comptine que nous récitions dans notre enfance quand nous jouions, et elle me revient toujours.

Pêche, poire, pomme,
C'est Tom qui sortira... »

« Oh, c'est un peu comme *Amstramgram...* », dit Emma. « Je ne connais pas celle-là. » Elle la répéta pour elle-même, en souriant. « C'est Tom qui sortira. »

« Sa femme est morte, vous savez », dit Daphné, comme si elle donnait une explication. « Oh, ça a été triste — il ne s'est jamais remis de la mort de Laura, d'une certaine manière. Et, bien sûr, j'ai dû faire face, j'ai tout abandonné, en fait. J'ai toujours voulu avoir un chien. »

Emma la regarda, de nouveau surprise. « Mais vous pourriez certainement avoir un chien ? Habitant à la campagne, il n'y aurait pas de problème pour lui faire prendre l'air et tout ça, quand on pense à l'air pitoyable de ces animaux que l'on voit collés à la vitre de l'appartement au moment où l'on part travailler... »

Ce fut au tour de Daphné d'avoir l'air surpris, son imagination n'arrivait pas à suivre celle d'Emma. « On n'aurait pas besoin de l'enfermer », expliqua-t-elle. « Je ne comprends pas pourquoi je n'en ai jamais eu — je vais avoir cinquante-six ans... »

En la regardant, Emma constata que le sherry n'avait pas fait que lui délier la langue et lui faire raconter ces détails intimes, elle avait maintenant le visage plutôt rouge. Les femmes âgées ne devraient sans doute pas boire, pensa-t-elle, ou les femmes d'un certain âge — mais quel pouvait bien être cet âge ?

« Je crois que je vais prendre un chien », dit Daphné, quand Tom fut de retour pour le déjeuner.

« Un chien ? Et pourquoi donc ? »

« Oh, tu sais, j'ai toujours eu envie d'avoir un chien », s'exclama-t-elle.

« Ah bon ? Tu ne me l'avais jamais dit. »

« Oh, Tom, tu sais que j'aime passionnément les animaux, je les ai toujours aimés. »

Tom considéra cette déclaration en silence, repassant dans sa mémoire les animaux domestiques de leur enfance, lapins et cochons d'Inde et, oui, il y avait eu un chien. Mais dire d'un enfant qui jette des feuilles de laitue à travers les barreaux d'un clapier qu'il aime passionnément les animaux... ? Il était sceptique. Et pendant toutes ces années, s'il fallait la croire, Daphné avait été privée — dans son égoïsme, il l'avait empêchée de réaliser ses désirs les plus chers !

En passant dans le salon, où ils prenaient quelquefois le café après le repas, il tomba sur la boîte dans laquelle se trouvait « Ton serviteur, le chien ». De nouveau, ses pensées le ramenèrent à son enfance, à la confirmation de Daphné dont il avait un vague souvenir, mais il n'aurait pas pu dire pourquoi cet objet précis lui avait rappelé ce moment-là. En tout cas, cela lui fit penser aux enfants qui faisaient leur confirmation dans son propre village et au fait qu'il faudrait qu'il s'entende avec le pasteur d'un village voisin pour grouper les deux classes. Tom savait d'avance comment les choses se passeraient — il serait obligé de faire tout le travail, car ce collègue prêtre était maître dans l'art de se décharger sur les autres. Peut-être serait-il judicieux de demander conseil à Adam Prince — il était sûr que lui ne se retrouvait jamais avec quelque chose qu'il n'avait pas envie de faire.

Il plongea la main dans la boîte, prit la gravure et la contempla. La citation n'était-elle pas le titre d'un livre de Kipling ? Mais ce n'était pas Daphné qui pourrait le renseigner, et il se borna donc à lui dire : « Je ne vois aucune raison pour que tu ne prennes pas un chien ? Pourquoi ne t'en occuperais-tu pas ? »

VIII

Martin Shrubsole observait sa belle-mère. Il était assis en face d'elle, inattentif à l'émission de télévision qui l'absorbait tant, mais discrètement il prenait des notes. Il n'aurait pas voulu la blesser, bien qu'elle ne fût pas, à son avis, une personne particulièrement sensible.

Magdalen Raven avait presque soixante-dix ans, elle était petite et avait tendance à grossir, mais Martin avait réussi à la « sevrer » de sucre dans le thé et le café, si bien qu'elle avait maintenant dans son sac à main des sucrettes dans une petite boîte décorative que lui avait donnée l'un de ses petits-enfants. Martin lui avait également interdit de manger du beurre et on plaçait devant son assiette un pot d'une préparation allégée quelconque à chaque repas. On avait donné ordre à Avice de servir des fruits frais à la place des gâteaux et d'essayer de dissuader sa mère de prendre un biscuit avec son café de onze heures. De cette manière, Martin remplissait son devoir de généraliste consciencieux et il soignait la mère de sa femme exactement comme ses patients âgés. Mais, à dire vrai, il se demandait parfois s'il voulait vraiment conserver sa belle-mère à ce point.

Elle était veuve et Avice était sa seule enfant, et comme elle était maintenant venue habiter chez eux, la maison était en fait trop petite pour trois adultes et trois enfants. Pour le moment, il était hors de question pour eux d'acheter quelque chose de plus grand. Pourtant, si la mère d'Avice était un peu moins dorlotée et un peu moins bien soignée, si on lui autorisait tout le pain blanc, le sucre, le beurre et les gâteaux vers lesquels sa nature authentiquement dépravée la portait, si — pour ne pas mâcher les mots ou appeler les choses par leur nom — elle venait à tomber raide morte, les Shrubsole auraient assez d'argent pour acheter une maison plus grande. Cette pensée, immédiatement réprimée, était plus d'une fois venue à l'esprit de Martin pendant ses heures d'insomnie. Mais, bien sûr, à chaque fois que cela se produisait, il s'appliquait avec une conscience accrue à maintenir sa belle-mère en bonne santé. Il était depuis quelque temps plus que préoccupé par un article qu'il avait lu dans un journal du dimanche selon lequel on avait la preuve que certains types d'édulcorants artificiels (aux Etats-Unis, évidemment) étaient la cause de cancers chez les souris. « Est-ce que vous ne pourriez pas essayer de boire votre thé et votre café sans sucrettes ? » avait-il suggéré en homme honnête, mais elle avait dit qu'elle n'aimerait pas ça du tout. Sa réponse avait été tout à fait nette. Même pendant la guerre, elle ne s'était pas habituée à boire son thé sans sucre, comme l'avaient fait tant de gens.

Pour l'instant, alors qu'il l'observait assise devant la télévision, avec ses nouvelles lunettes — il avait plaisir à le constater —, ses cheveux bien coiffés, les mains desséchées avec leurs petits ongles vernis roses occupées à tricoter pour l'un de ses petits-enfants, la bonté naturelle de Martin s'exprima. « Vous vous habituez à vos doubles foyers, n'est-ce pas, mère ? » demanda-t-il. « Je crois que vous vous en trouverez beaucoup mieux, de ne pas avoir à quitter vos lunettes tout le temps quand vous consultez votre livre de tricot. »

Bien sûr que c'était beaucoup mieux — tout ce qui venait de son gendre était « mieux ». Magdalen Raven le savait parfaitement. Bien, mieux, très bien — et le mieux de tout était que Martin eût accepté qu'elle vienne vivre avec eux maintenant que le bail de son appartement était arrivé à expiration — « partager leur vie », c'était ce que les gens disaient. Elle avait de la chance d'avoir un gendre si bon, même s'il ne la laissait pas manger ce dont elle avait vraiment envie — tout le monde était d'accord là-dessus. Et si d'aucuns pensaient que sa fille lui faisait faire gratuitement le travail d'une bonne d'enfants ou d'une baby-sitter, eh bien, elle aimait ses petits-enfants, voilà. Qu'est-ce qu'une femme pouvait désirer d'autre, qu'aider à élever ses petits-enfants, la chair de sa chair, après tout. Combien de veuves avaient cette chance ? Et ce soir, elle n'aurait même pas à faire du baby-sitting, parce qu'il y allait y avoir une « sherry-party » — un apéritif, comme disait Avice. Christabel Gellibrand, la femme du vieux docteur, avait invité Magdalen Raven sans Avice et Martin, pour la présenter à quelques femmes du village.

« Apparemment, elle a invité cette femme anthropologue — Emma Howick — tu te rappelles, nous l'avons vue dans son jardin, et tu avais demandé qui c'était ? »

« Oui, que faisait-elle dans son jardin ? J'ai oublié. »

« Eh bien, elle ne faisait rien de particulier », dit Avice impatiemment. « Elle se trouvait là simplement, elle ramassait peut-être quelque chose — ça n'a pas d'importance. Mais elle vient d'arriver au village elle aussi, alors ce sera bien que tu la rencontres. »

« Et d'autres gens aussi, bien sûr », dit Martin, remarquant l'air sceptique de sa belle-mère. « Le pasteur et sa sœur, j'imagine — oh, et quelques dames qui s'intéressent à l'histoire locale. Vous vous rappelez, nous avions pensé que vous auriez peut-être envie de vous joindre à elles », ajouta-t-il avec espoir, car lui et Avice s'étaient dit que la mère d'Avice pourrait s'occuper utilement à recopier les registres d'état civil ou à avoir une activité de cet ordre qui, pensait-on, pourrait contribuer à maintenir son cerveau en bon état, à le faire fonctionner doucement, si l'on pouvait dire, plutôt que de tricoter du matin au soir et de regarder la télévision. C'était très important, cela, pensait Martin ; il ne manquait jamais de conseiller à ses patients âgés d'avoir une occupation intellectuelle.

« Eh bien, ce sera sympathique », dit Magdalen en examinant ses ongles. « Je crois que je vais les refaire — qu'en penses-tu ? » Elle écarta les doigts.

« Ils ont l'air très bien », dit Martin avec sincérité. « Pas écaillés du tout. »

« Maman, tu n'as pas le temps de te faire les ongles », dit Avice. « Martin, tu conduis maman avec ta voiture, n'est-ce pas ? »

Martin répondit que oui, mais le mot « maman » appliqué à Magdalen Raven ne lui venait pas facilement et il ne l'utilisait jamais. Il ne pouvait pas non plus se résoudre à l'appeler « Magdalen », ce qu'elle aurait préféré. Quand il employait pour s'adresser à elle un mot autre que le simple vous, il l'appelait « mère », mais cela ne semblait pas convenir tout à fait non plus, car elle n'était pas et ne pourrait jamais être « mère » pour lui.

Il valait certainement mieux, pensait Emma, ne pas savoir comment vivait son docteur, ne pas poser le pied sur de fins tapis persans ni apercevoir des porcelaines délicates ou des verreries exquises dans un placard d'angle ancien. Mais, en entrant dans le vestibule élégamment meublé de la maison des Gellibrand — on pouvait presque dire « la résidence » — Emma eut la surprise de détecter sous le parfum de cire à la lavande une légère odeur de chat — légère, certes, mais qui ne trompait pas. Puis elle se souvint avoir vu un gros chat noir et blanc sortir d'un massif d'arbustes, la tête haute, un oiseau dans la gueule. Probablement un chat non châtré, ce qui expliquait l'odeur. Et Daphné n'avait-elle pas dit que le vieux docteur ne s'intéressait qu'aux jeunes, aux bébés, et à l'éclosion de la vie en général ? Alors il se pouvait bien qu'il ne soit pas dans ses idées de contrecarrer les lois de la nature...

A peine les invités étaient-ils entrés dans la maison qu'on leur demandait de ressortir par la porte-fenêtre du salon pour aller sur une pelouse, et là, ils se virent contraints et forcés, plus que conviés, à marcher le long d'un parterre de fleurs vivaces sur lequel il fallait faire des remarques admiratives et poser des questions. A l'extrémité de ce parterre, le jardin devenait une sorte de jungle cultivée (des bulbes au printemps, maintenant disparus, bien sûr, et des campanules tardives dont on voyait encore les restes). Certains invités, qui avaient mis leurs plus belles chaussures en l'honneur de la réception, semblaient peu disposés à quitter la pelouse pour ce jardin sauvage, mais leur hôtesse les y entraîna et leur fit même descendre un sentier rocailleux qui menait à une mare où un nénuphar, avec son premier bourgeon, attendait qu'on l'admire.

Emma, incapable de faire sur ce phénomène un commentaire avisé, fut contente d'être distraite par un bruit confus derrière elle. Miss Grundy avait trébuché sur le sentier rocailleux et elle avait failli tomber. Elle, auteur d'un livre romantique, venait de se trouver dans le type de situation qui pouvait fournir une intrigue pleine de promesses ; sauf que ce ne fut pas le fils de la maison qui vint à son secours, ni un bel inconnu, mais Emma, l'anthropologue observatrice des comportements humains. Ah, que la vie était triste, pensa-t-elle.

« Oh, Miss Grundy, vous ne vous êtes pas fait mal ? J'ai cru que vous alliez tomber. »

« Ce sont ces chaussures — si j'avais su... »

Autrefois, on appelait ça des talons Louis XV, pensa Emma, alors qu'elle aidait Miss Grundy à remonter l'allée au sommet de laquelle attendait Christabel G.

« Je vous avais bien dit de ne pas mettre ces chaussures », dit Miss Lee à Miss Grundy, et Emma se souvint qu'elle avait déjà remarqué l'attitude autoritaire de Miss Lee en d'autres occasions. Elle supposait que quand deux personnes vivaient ensemble, il y en avait forcément une qui était dominée ou dirigée par l'autre — Miss Grundy par Miss Lee, Tom par Daphné, peut-être le docteur G. par Christabel G. Pour ce qui était des Shrubsole et des Barraclough, elle ne savait pas ; peut-être avaient-ils réussi à établir une relation d'égalité, bien qu'elle soupçonnât Avice de mener un peu son mari par le bout du nez.

Tout le monde parut soulagé de se retrouver en sécurité à l'intérieur de la maison, afin que la réception puisse commencer « pour de bon ». Un rapide coup d'œil circulaire apprit à Emma qu'il ne s'agissait pas d'une assemblée très intéressante, du moins à première vue, car la plupart des gens qui se trouvaient là, tenant leur verre de sherry, ou espérant qu'on leur en proposerait un, étaient âgés, et rien dans leur attitude ne laissait supposer qu'ils avaient pu avoir une vie remarquable. Elle avait entendu dire que Mrs G. aimait donner plusieurs réceptions chaque année et qu'elle veillait à ne pas mélanger les gens qui n'allaient pas ensemble. Emma avait beau être une anthropologue distinguée, elle ne savait pas comment il fallait classer ce groupe-là. Il était bien possible que sa raison d'être soit de servir d'avertissement aux nouveaux arrivants plus jeunes comme elle et les Barraclough — elle venait de voir Robbie et Tamsin entrer dans la pièce — de leur rappeler que l'on attendait d'eux qu'ils restent à leur place, qu'ils ne cherchent pas à changer quoi que ce soit ou à se mêler des traditions de la vie du village telles qu'elles avaient été établies par des gens comme Mrs G. Ou bien, il ne s'agissait peut-être que d'un geste de bienvenue destiné aux nouveaux arrivants, car elle avait remarqué la belle-mère du jeune docteur parmi les invités.

Emma vit que Mrs Dyer était là pour faire le service, elle se déplaçait prestement avec des assiettes de chips et des petits « amuse-gueule ». Comme pour marquer son apparition dans un rôle légèrement différent, elle avait modifié sa tenue pour l'occasion et portait une blouse de nylon bleu vif et un chapeau plus élégant que d'habitude, un feutre bordeaux orné d'une ancre en strass. « Farouche était le flot sauvage, sombre était la nuit », pensa Emma, se rappelant un hymne de son enfance. « Lourdes étaient les rames, blanche l'écume qui scintillait... »

Mrs Dyer avança une assiette dans sa direction, mais Emma attendait qu'on lui eût servi à boire pour commencer à manger et on ne lui avait encore rien offert. Elle se tenait debout, pas très à son aise, car ne pas avoir de verre du tout dans une soirée est encore plus gênant que d'avoir un verre vide, mais sa gêne ne dura qu'un instant, car le pasteur, ce « pauvre Tom » — c'est ainsi qu'elle pensait désormais à lui —, était à ses côtés et lui offrait du sherry.

« Le docteur G. a les mains pleines », expliqua-t-il, « et Mrs Dyer ne comprend pas vraiment ce qui est important dans une réception. »

Emma se sentait reconnaissante, mais ce sentiment s'estompa quand il se mit à lui poser des questions sur son « travail » et qu'elle fut obligée de lui donner des explications sur l'étude du milieu urbain qu'elle venait de terminer, et naturellement Tom lui demanda si elle avait l'intention de faire une étude du village. Les gens lui posaient immanquablement ce genre de question, pour la taquiner, peut-être, quand ils apprenaient ce qu'elle faisait.

« Je suppose que je pourrais faire une étude du village », dit-elle, « mais d'abord, il faudrait que je sache de quel genre de réception il s'agit ce soir — j'imagine qu'il y en a de toutes sortes. »

Tom fut un peu décontenancé par sa franchise et il ne savait pas trop quoi répondre. Il n'osait pas dire à Emma que cette réception en particulier était moins destinée à faire bon accueil aux nouveaux arrivants — bien que cet aspect-là n'en fût pas absent, en un sens —

qu'à séparer le bon grain de l'ivraie, si l'on pouvait dire, et trouver diverses personnes susceptibles de « faire » des choses dans le village, essentiellement participer à la préparation de la Fête des Fleurs que Christabel organisait dans l'église. Mais voilà qu'elle arrivait, grande, maigre, menaçante d'une certaine manière, dans sa superbe robe de soie à fleurs, regardant autour d'elle comme un oiseau prêt à fondre sur sa proie. Il essaya de se perdre dans la foule alors que Christabel se précipitait sur Emma.

« Dites-moi », sa voix résonnait, autoritaire, « vous étiez à Somerville, n'est-ce pas ? »

« Non », dit Emma. Elle n'osait pas trop dire qu'elle avait passé sa licence à la London School of Economics, mais mentionna tout de même qu'elle était anthropologue.

« Oh ! » Christabel balaya l'anthropologie et tout ce que ça pouvait impliquer. « Savez-vous faire des bouquets ? » demanda-t-elle.

« Oui, je crois... »

« Mais enfin, toutes les femmes savent faire des bouquets », dit Adam Prince, se faufilant vers le petit groupe.

« Je faisais allusion à la Fête des Fleurs, bien sûr », dit Christabel.

Elle était « bien fichue », pensa Emma, et elle avait manifestement été belle — mais le ver était dans le fruit, bien que ce ne fût pas une chose à dire au cours d'un apéritif. C'était certainement le mot « fleur » qui l'avait fait songer au fruit et au ver...

« A la campagne », continuait Adam Prince, « on voit si souvent dans les maisons des bouquets de fleurs tout simples dans des pots de confiture. »

« Oh, Mr Prince, nous avons l'intention de faire un peu mieux que ça », rétorqua Christabel sur un ton jovial. « La belle-mère du docteur Shrubsole va venir nous aider — elle a l'air d'en avoir très envie. C'est une petite dame bien sympathique — il faut essayer de la faire participer aux choses maintenant qu'elle est installée parmi nous. »

« Oui, c'est vrai », dit Tom, sentant que cette remarque lui était destinée. Il ne révéla pas qu'il espérait engager Mrs Raven pour l'associer à certaines de ses recherches sur l'histoire locale. Une femme modeste, de plus de soixante ans, pouvait rendre des services inestimables, et il fut heureux de constater qu'elle était maintenant en grande conversation avec Miss Lee et Miss Grundy. Elles étaient peut-être même en train de discuter d'un « dossier » auquel pourrait participer Mrs Raven.

« Je n'oublierai jamais ce dimanche matin », disait Magdalen Raven, « Mr Chamberlain devait parler à la T.S.F. — comme on l'appelait à cette époque — et mon mari — évidemment, il était en vie à ce moment-là — ne cessait de dire que la conciliation ne marcherait jamais. Il disait toujours qu'il ne fallait pas faire confiance à Hitler, et bien sûr, il avait tout à fait raison. »

« Et les évacués », Miss Grundy l'interrompit avec passion, « vous vous souvenez des évacués, et cette mère de famille qui était tout bêtement assise dans son lit à fumer ! »

« Les gens fumaient beaucoup à cette époque », dit Magdalen, presque avec regret. « Quelles drôles de cigarettes on avait — vous vous rappelez les Tenners, dans un paquet bleu ? » Fumer était, bien sûr, encore un de ces plaisirs que son gendre lui refusait. Il n'y avait pas de cendrier dans la maison.

« On disait qu'Hitler ne pourrait pas supporter une guerre longue », dit Miss Lee, « mais on avait l'impression qu'elle n'en finissait pas, avec cette école au château et toute la famille qui avait quitté le village. »

« La famille ? » demanda Magdalen.

« Oui, les filles et Miss Vereker, leur gouvernante, qui s'obstinait à essayer de maintenir le mausolée en bon état... »

« Le mausolée, et la gouvernante qui le maintenait en bon état ? »

« Oui, à côté de l'église, vous avez dû le voir, c'est là que sont enterrés certains membres de la famille. »

« Oh, il faudra que j'y aille un jour », dit Magdalen poliment. Miss Lee semblait submergée par ses souvenirs et elle essaya de diriger la conversation sur l'après-guerre : la vie ne s'était pas alors beaucoup améliorée, même si l'on ne se battait plus. « Vous vous rappelez que les rations de viande avaient baissé à huit pence et qu'on utilisait du vieux mouton dans certains plats ? »

« Miss Vereker était très forte pour ça », dit Miss Lee, toujours dans ses souvenirs. « Elle avait de l'imagination comme cuisinière... »

« Je vois que vous avez intégré Mrs Raven à votre petit groupe », dit Tom, se dirigeant vers elles.

« Oui, nous avons parlé du passé », dit Miss Lee, « de quelque chose que personne n'a oublié. » Mais il y avait un peu de provocation dans son ton et Tom savait que quand elle parlait du « passé » elle ne pensait pas à la même chose que lui. Enfin, c'était un début.

Il regarda autour de lui, car il voulait dire quelque chose à Miss Howick — il commençait à penser « Emma » — mais elle était partie. Il se prépara donc à passer une soirée avec sa sœur, qui n'était pas venue, et à lui raconter « tout ce qui s'était passé ».

IX

Un matin, Tom entra dans l'église, comme cela lui arrivait souvent, pour y passer une demi-heure environ. Ce n'était pas exactement pour méditer ou prier, mais pour se promener sans but précis dans les bas-côtés, et prendre le temps de penser aux divers habitants du village. C'était en fait un peu une façon de prier, c'était comme s'il avait rassemblé dans l'église tous ces gens qui étaient si peu nombreux à y venir vraiment, à y mettre les pieds, pour utiliser une expression plus familière. Il étudia les monuments et les plaques commémoratives, notant les réparations à faire, remarquant des cuivres qui étaient ternis (c'était le tour de qui la semaine dernière ?) et déplorant parfois les ajouts de l'époque victorienne à ce qui avait été à l'origine un bâtiment très simple.

La famille du château avait le mémorial le plus important et le plus intéressant, avec des inscriptions dans un style fleuri qui mettaient à l'épreuve vos souvenirs de latin. C'était peut-être dommage de ne plus commémorer les morts dans ces termes, pensait Tom, repassant dans sa tête les inscriptions plus laconiques du XXe siècle. Maintenant on voyait même des coussinets devant la table de communion en guise de mémorial — une vraie bénédiction pour les vieux genoux un peu rouillés — ou des plaques toutes simples d'un bon goût désolant. On était plus pudique aujourd'hui, ou moins hypocrite, il n'avait pas vraiment envie de se prononcer ; on refusait l'hypocrisie, mais cette attitude avait quelque chose d'excessif. Former le projet, par exemple, de faire construire un mausolée comparable à celui des de Tankerville était inimaginable. Il avait été érigé à côté de l'église au début du XIXe siècle et on y avait enterré les derniers descendants de la famille. Maintenant qu'ils n'habitaient plus au château, cela semblait un anachronisme déplacé dans une paroisse si petite et si modeste.

Tom était occupé par ces pensées lorsqu'un bruit au fond de l'église attira son attention. Quelqu'un était entré mais il ne pouvait pas voir s'il s'agissait d'un visiteur, d'un paroissien, ou d'une dame qui venait faire les cuivres. La « personne » — et il convenait tout à fait de nommer ainsi le visiteur en ces temps où l'on prônait l'égalité des sexes et où les vêtements et les coiffures étaient uniformisés — était entrée dans la chapelle des de Tankerville, comme on l'appelait, et semblait être en train d'examiner le monument du gisant. En s'approchant, Tom vit que c'était un jeune homme aux cheveux dorés mi-longs, qui portait les éternels T.shirt et jeans, et avait des gants de caoutchouc roses, note inhabituelle et quelque peu troublante.

Puis-je vous aider ? pensa Tom, sans prononcer les mots en fait, car cette question paraissait à la fois trop passe-partout et trop personnelle. Il pouvait prendre cette proposition au pied de la lettre alors que tout ce que

Tom avait à offrir dans ces circonstances était une brève histoire de l'église et du village, assortie éventuellement de commentaires plus détaillés sur certains des monuments, et il s'apprêtait à faire son exposé habituel quand le jeune homme le devança en parlant le premier.

« Vous devez être le pasteur », dit-il, d'une manière un peu trop démonstrative, comme s'il félicitait Tom d'avoir décroché cet emploi. « Je suis Terry Skate — je suis venu voir le mausolée. J'avais l'intention de faire un petit tour dans l'église, pour me faire une idée — si vous voyez ce que je veux dire —, me familiariser avec la situation, ce que ça implique, tout ça. »

Ils se tenaient tous les deux debout, les yeux baissés vers l'effigie de Sir Hubert de Tankerville. Tom avait le sentiment que c'était presque sa faute, que Mr Skate pourrait d'une certaine manière lui faire des reproches, si la tête de l'un des petits chiens qui reposaient aux pieds du croisé était cassée. Contemplant l'animal décapité, il pensa aux puritains et à la guerre civile, mais de nouveau le visiteur le prit de court en lui faisant remarquer que le vandalisme avait toujours existé, même « en des temps très anciens ».

« C'est la première fois que vous venez ici ? » dit Tom, essayant de se rappeler les autres personnes qui étaient périodiquement venues « prendre soin » du mausolée, pour la plupart des hommes vieux et gris, aucun d'eux comparable à Terry Skate, c'était certain.

« Oui, c'est la première fois, mais il y en aura beaucoup d'autres, j'espère. Mon ami et moi avons repris une affaire de fleuriste, vous comprenez — évidemment, nous avons beaucoup de commandes ordinaires pour des expositions florales, sans parler des mariages et des enterrements, on sait tout faire, mais c'est la première fois que nous faisons un mausolée. »

« Qu'est-ce que vous allez faire exactement ? »

« Oh, juste l'arranger — c'est plutôt un travail de pépiniériste, en fait — fournir de nouvelles plantes et des bulbes pour l'extérieur, des jonquilles à Pâques, ce genre de choses. J'ai eu le boulot parce que je suis croyant, mon ami est agnostique. »

« Je vois. Alors vous êtes... » Tom allait dire « des nôtres » quand il se rendit compte de ce que cette expression pouvait avoir d'ambigu. D'autre part, il y avait peu de chances que Terry Skate trouvât son compte dans le simple office de village que Tom proposait, et ses paroissiens n'étaient pas prêts à accepter autre chose.

« Oui, pour sûr. Enfant de chœur, servant, maître de cérémonie même — je sais tout faire... Il faut être croyant, vous pensez pas, pour faire un mausolée ? »

Tom vit qu'il devait en être ainsi et entreprit de lui faire un bref historique du mausolée — comment on l'avait construit en 1810 en commémoration d'un de Tankerville tué pendant la guerre d'Espagne et comment les autres membres de la famille y avaient ensuite été enterrés et des monuments avaient été érigés en souvenir d'eux.

« Est-ce qu'il serait possible de jeter un coup d'œil à l'intérieur ? » demanda Terry avec enthousiasme. « J'ai vraiment hâte de voir. »

Ils sortirent de l'église, déverrouillèrent le portail du mausolée et rabattirent la grille qui donnait sur l'intérieur. Il fallut tirer un lourd rideau de velours rouge pour pouvoir voir les tombes pareilles à des boîtes et les monuments funéraires. Bien que la journée fût chaude dehors, le blanc glacial du marbre et les froids visages aveugles des sculptures classiques n'étaient pas très réconfortants et Tom frissonna. Il ne pénétrait pas souvent dans le mausolée et il était incapable de faire écho aux remarques enthousiastes de Terry, car l'idée du mausolée en elle-même ne lui plaisait pas et il trouvait les figures de marbre prétentieuses et antipathiques.

Terry reconnut qu'il faisait froid à l'intérieur. « On pourrait facilement mettre un chauffage à accumulation ou un poêle à pétrole ici », suggéra-t-il.

« Oh, je ne crois pas que ça conviendrait », dit Tom. « De toute façon, personne n'y entre jamais vraiment maintenant — personne ne passe beaucoup de temps ici », ajouta-t-il, conscient qu'il disait quelque chose d'un peu comique. « Il ne reste plus personne de cette famille que ça pourrait intéresser. » C'était triste, bien sûr, mais davantage d'un point de vue historique que d'un point de vue humain. Il y avait pour celui qui s'intéressait à l'histoire locale des documents à jamais perdus. Si seulement il avait été ici dans les années 30 quand les de Tankerville avaient quitté le château !

« Est-ce que la famille s'est éteinte ? » demanda Terry.

Tom en expliqua l'histoire, le dernier homme de la famille tué pendant la Grande Guerre sans descendance, les sœurs qui avaient vendu la maison peu après, le propriétaire actuel qui ne s'intéressait pas au village... Le froid du mausolée commençait à lui pénétrer les os. Devait-il proposer à Terry Skate de venir au presbytère prendre une tasse de café ?

Ils sortirent et s'avancèrent dans le petit

jardin qui entourait l'édifice où il y avait des tombes sur lesquelles étaient prévus des emplacements destinés à recevoir des vases de fleurs ou des plantes en pots.

« Je suppose que ça a été fait à la Pentecôte et quelqu'un a ramassé les fleurs mortes. »

« Oui, une des dames qui s'occupent des fleurs s'en charge généralement. »

« Elle n'en a pas fait autant dans l'église, si je puis me permettre », dit Terry en riant.

« Oui, il semble qu'on ait fait preuve de négligence », acquiesça Tom. « Et naturellement, le milieu de la semaine, ce n'est pas le meilleur moment pour les fleurs. »

« C'est une telle puanteur, les fleurs mortes, quand on les laisse dans l'eau. »

« Les lys qui pourrissent sentent bien plus mauvais que les mauvaises herbes », renchérit Tom.

« Ce n'étaient pas des lys — des pieds-d'alouette, je crois. J'apporterai peut-être des pélargoniums pour les tombes ici », poursuivit Terry. « Une tache de couleur, c'est ce qu'il faut. »

« Je suis sûr que ce sera admirable », dit Tom.

« J'ai des plants dans ma camionnette. En attendant, y a-t-il un café dans le village ? »

Tom fut consterné, car naturellement il n'y avait rien de cette sorte, et il était trop tôt pour aller au pub. Il faudrait donc que ce soit le presbytère après tout. Il s'excusa qu'il n'y eût point de café et formula son invitation.

« Oh, ça, c'est vraiment gentil. J'espérais que vous diriez cela. Je priais le ciel pour qu'il n'y ait pas de café dans le village et pour avoir l'occasion de voir l'intérieur de votre superbe vieux presbytère. »

« Il n'y a pas grand-chose à voir », dit Tom,

de nouveau sur un ton d'excuse, « mais évidemment, c'est une vieille maison. »

« Il y a peut-être des moines qui y ont habité », suggéra Terry.

« Eh bien, non — rien ne permet de le penser, je ne crois pas. »

« C'est en tout cas ce que je me plais à imaginer. Il se dégage ici quelque chose de monacal, c'est certain », dit Terry, examinant le vestibule d'un œil critique et se rendant compte qu'il était loin d'être luxueux.

Le mobilier y était rare, assurément, mais l'apparition de Daphné et de Mrs Dyer jeta une note qui n'avait rien de monacal.

« Vous prendrez bien du café ? » demanda Tom.

« Nous avons bu le nôtre », dit Daphné avec fermeté. « Nous faisons la salle à manger aujourd'hui. »

« Alors, pourquoi pas un verre de sherry ? » Tom se tourna vers Terry qui comprenait bien ce qui se passait. « Ou bien est-il trop tôt pour vous ? »

« Oh, je vais faire du café », dit Daphné, s'avançant, mais il était trop tard — le sherry avait été proposé et il n'était pas question de faire marche arrière.

Tom présenta Terry Skate à sa sœur et lui expliqua qu'il allait arranger le mausolée.

« Mais c'est merveilleux d'avoir quelqu'un qui s'y intéresse vraiment, surtout en ce moment, avec la Fête des Fleurs. » Daphné était enthousiaste.

« La Fête des Fleurs — dans votre église ? C'est pas possible ? »

Tom se demanda si Terry faisait preuve d'impertinence, mais il décida que c'était un jeune homme sans malice qui s'exprimait avec spontanéité.

« Il faudra que vous vous débarrassiez des fleurs mortes », plaisanta Terry.

« Oui — c'était le tour de qui la semaine dernière ? » demanda Tom, essayant d'introduire une note plus sérieuse.

« C'était le troisième dimanche ? » réfléchit Daphné. « Oui, c'est bien ça, n'est-ce pas ? C'était donc le tour de Mrs Broome.

« Mais... » protesta Tom.

« Oui, elle est à l'hôpital — elle a eu une crise cardiaque la semaine dernière. » Daphné partit d'un éclat de rire inattendu. « Alors, il n'est pas étonnant que les fleurs n'aient pas l'air très en forme. »

« Je vois — mais je pensais que Mrs Broome ne venait jamais à l'église. »

« Non, mais elle a toujours fait les fleurs le troisième dimanche — depuis que nous sommes ici. »

Tom laissa passer cela sans commentaire — visiblement, il était coupable de quelque chose.

« Votre église supporterait très bien une composition florale qui sorte un peu de l'ordinaire », dit Terry avec espoir.

« Oh, les gens donneront des fleurs de leur jardin », dit Tom rapidement, craignant que Terry ne mise sur une somptueuse commande de fleurs coupées. « A cette époque de l'année, il devrait y en avoir beaucoup. »

« Il faudra que je vienne faire un saut à ce moment-là », dit Terry. « Il y aurait quelque chose d'intéressant à faire avec le croisé — dommage que la tête du chien soit cassée, c'est sûr, mais vous pourriez dissimuler ça avec un bouquet. » Il se leva. « Merci pour le sherry, pasteur, j'avoue que j'aime bien un vin doux le matin. »

Tom ne dit rien. C'était du demi-sec, mais

il ne venait pas d'Espagne, bien sûr, et la bouteille semblait avoir sérieusement baissé depuis la dernière fois qu'il en avait bu. Est-ce qu'il arrivait à Daphné de se laisser aller, pour compenser le fait qu'elle n'avait pas de chien ? Il se rendit compte qu'il se demandait s'il n'avait pas perdu sa matinée, mais il était tout disposé à croire que ce n'était sans doute pas le cas. Les voies de Dieu étaient impénétrables, aujourd'hui ou à « ce moment dans le temps », comme certains de ses fidèles l'auraient sans doute dit.

X

« Matinée achat-vente. Café. A Yew Tree. Cottage. Mardi. 10 h 30. Entrée 15 p. »

Méditant sur l'invitation qui avait été glissée dans sa boîte aux lettres, Emma se demandait si l'on avait déjà fait une étude sociologique un peu sérieuse de cet aspect important de la vie de village. Miss Lee et Miss Grundy donnaient une matinée-café chez elles (et il y avait effectivement un if à côté de la maison). Le pasteur qui figurait sur la photo posée sur le piano, avec un col romain exceptionnellement haut, était le chanoine Grundy, le père de Miss Grundy, qui dans le temps avait été aumônier sur la Côte d'Azur. Cela, Emma le vit tout de suite en entrant dans le salon, mais à partir de là, elle fut assaillie par un si grand nombre d'impressions diverses que plus tard elle dut à sa surprise prendre des notes sous différentes rubriques presque comme si elle avait en fait préparé un exposé pour une société savante.

Au profit de qui ? fut sa première note. Ce n'était pas spécifié sur l'invitation et personne n'avait mentionné une cause en particulier, car il allait de soi que tout le monde était déjà au courant. Il aurait pu s'agir d'une vente au profit des Personnes Agées (ou des Vieillards, comme on voulait), ou bien des enfants, ou de la Société Protectrice des Chats (peu vraisemblable), ou bien d'un parti politique (Conservateur ou Libéral, pas Travailliste), d'organismes comme Shelter ou Oxfam, ou simplement du denier du culte, expression vague qui englobait tout. (Ou tout bonnement au profit de rien du tout ?)

Entrée. Les 15 p. du billet d'entrée (placés dans une coupe de céramique faite à la main, sur une petite table près de la porte) donnaient droit à une tasse de café et un biscuit, et l'on pouvait acheter pour 10 p. un morceau de gâteau confectionné à la maison. Miss Lee et Miss Grundy servaient le café, assistées par des dames volontaires (un peu trop nombreuses), pour la plupart grisonnantes et âgées. (Beaucoup plus qu'on aurait pu le croire nécessaire pour servir un café pour le moins léger.)

Participants, c'est-à-dire personnes présentes non occupées par la préparation du café. (a) Hommes. Aucun. (b) Femmes. Daphné Dagnall, Avice Shrubsole et sa mère Magdalen Raven ; la vieille Miss Lickerish (n'avait pas tout à fait sa place dans la hiérarchie sociale — alors peut-être que cette matinée avait été organisée au profit d'une société protectrice des animaux ?) ; Tamsin Barraclough (pas vraiment sa place non plus, alors peut-être qu'elle aussi faisait une étude sociale ? !) ; Christabel G. (brève apparition, comme un personnage royal qui accorde une faveur). Diverses autres femmes, non identifiées, probablement des villages environnants.

Achat-vente. Tout le monde apportait quelque chose, essentiellement confitures, pickles, gâteaux, biscuits ou scones, tout était fait à la maison. Impossible de savoir exactement qui avait apporté quoi (exception faite de Miss Lickerish que l'on avait vue déposer sur la table une boîte de haricots blancs à la sauce tomate). La formule achat-vente, qui consistait dans ce cas à apporter ce que l'on avait fait et à acheter ce que d'autres avaient fait, constituait une sorte de système d'échange à l'intérieur du village, certains s'en tirant mieux que d'autres. On avait beau s'être donné du mal, on n'échappait pas aux critiques, même si elles n'étaient pas exprimées ouvertement — qui, par exemple, avait apporté cette confiture d'oranges pas-tout-à-fait-parfaite qui avait trop bouilli et était devenue sirupeuse ? Celle qui l'avait faite aurait pu sauver la face en la rachetant elle-même et, dans l'affairement général, cette ruse serait sans doute passée inaperçue. La contribution de Christabel G. — rien à voir avec les banales confitures de prunes ou de rhubarbe — était un pot de confiture de coings (l'étiquette disait « Cotignac »). Emma l'acheta sans tarder, n'ayant apporté elle-même qu'une demi-douzaine de scones — une affaire.

La tombola. C'était apparemment un des moments essentiels de ce genre de matinée (nous en organisons toujours une !). Divers objets étaient exposés sur le dessus du piano autour de la photographie du chanoine Grundy. Les objets (ou « lots ») étaient, un grand gâteau glacé, un fourre-tout de toilette à fleurs dans des tons de mauve et de rose, un petit plateau décoré d'une vue du lac de Côme (ou du lac Majeur), une série de tasses en céramique, un torchon avec des scotch-terriers pour motifs. Les billets (3 pour 10 p.) avaient été vendus à l'avance.

Tout était prêt pour le tirage au sort, il y avait même dans la pièce un silence plein d'expectative, car c'était un peu le point culminant de la matinée, quand Adam Prince fit une apparition soudaine, muni d'une bouteille de vin.

Emma avait pensé qu'aucun homme n'oserait assister à la vente, mais elle se rendit compte plus tard que, bien entendu, il pouvait y avoir des exceptions. Un ancien prêtre anglican pouvait bien avoir le courage qu'exigeait cette situation, et Adam, tellement à son aise avec les dames, entrait manifestement dans cette catégorie.

« Voici un petit quelque chose », murmura-t-il. « J'espère que je n'arrive pas trop tard et que vous ne trouverez pas ceci trop indigne de votre tombola. »

On ne l'avait pas remercié qu'il était déjà parti, et Miss Lee se retrouva avec cette bouteille de vin trop foncé, la serrant, l'étreignant presque.

« Oh ! mon Dieu », fut sa première réaction.

« Du vin rouge », dit Miss Grundy. « Mais comme c'est gentil de sa part », ajouta-t-elle.

« Vous l'imaginez un peu avec sa voiture », dit Daphné. « On aurait pensé qu'il aurait pu faire à pied les quelques mètres qui le séparent de cette maison. »

« Je suppose que nous devons ajouter ceci à la loterie », dit Miss Lee, ne sachant pas trop où diriger ses pas, la bouteille toujours serrée contre son sein.

« Bien sûr », dit Avice, ménageant une place pour la bouteille au milieu des objets qui se trouvaient sur le piano. « Et il faudrait peut-être se mettre à la loterie », ajouta-t-elle avec autorité. « Certaines parmi nous ne peuvent pas passer leur matinée à bavarder. »

Emma se sentit humiliée, comme si ce reproche avait pu s'adresser à ses efforts de conversation. Passer la matinée à bavarder pouvait très bien s'appliquer à l'anthropologue qui rassemblait une si grande partie de ses informations de cette manière.

« Oui, vous avez raison », dit Miss Lee. « Nous allons procéder au tirage chacune à notre tour et le billet gagnant aura le choix du prix. »

Le billet de Daphné fut tiré le premier et elle choisit le gâteau glacé ; puis vint la mère d'Avice qui choisit le plateau. D'autres gagnantes suivirent, chacune choisissant quelque chose jusqu'à ce que, et Emma en fut un peu surprise, il ne reste que la bouteille de vin. Elle ne connaissait pas l'heureuse détentrice du dernier billet — une femme d'un certain âge, maigre, à l'air nerveux, dans une robe de courtelle bleu pâle, qui sembla avoir un mouvement de recul devant cette bouteille, si sombre et menaçante, qui allait être son prix.

« Quelle chance », dit Emma avec conviction.

« Oh, je ne bois pas, en fait », murmura la femme, « mais je n'ai rien contre les gens... »

« Si nous donnions un autre prix à Mrs Furse », dit Avice, « nous pouvons remettre la bouteille à la loterie ? » Elle regarda autour d'elle, à la recherche de quelque chose qui pourrait constituer une solution de remplacement acceptable, et son regard parut même se poser sur la photographie du chanoine Grundy avec son col si haut. « Peut-être, Miss Lee... ? »

« Je sais », dit Miss Lee, qui sortit de la pièce et réapparut avec un paquet enveloppé de papier de soie, « peut-être que ceci plairait à Mrs Furse. »

C'était un petit miroir avec des motifs de fleurs dans les angles.

Le miroir fut accepté, examiné et admiré, et

le tirage au sort reprit. Cette fois-ci, ce fut Avice Shrubsole qui gagna la bouteille et l'emporta en triomphe — la vente n'avait pas été peine perdue. Sa mère avait également passé une bonne matinée et son plaisir n'avait pas été sans un léger sentiment de culpabilité, car elle avait égaré ses sucrettes et elle avait pris deux morceaux de sucre avec son café et mangé également une tranche de gâteau roulé fourré à la crème et à la confiture.

Emma regrettait de n'avoir pas gagné le vin, mais elle avait la confiture de coings et un sac en plastique contenant six rochers, alors elle n'avait peut-être pas perdu sa matinée. Elle avait aussi matière à rédiger quelques notes sur une activité qui avait son importance dans le village. Elle se rendit compte alors que Miss Lickerish marchait juste derrière elle, elle se retourna donc et essaya de lier conversation, pensant qu'elle lui fournirait peut-être quelque détail d'intérêt historique ou sociologique.

« Je vois que c'est la femme du jeune docteur qui a emporté la bouteille », dit Miss Lickerish, entamant la conversation.

« Oui, c'était gentil de la part de Mr Prince de donner un prix », dit Emma.

« Oui, il peut se le permettre, à mon avis... »

« Probablement, mais quand même... »

Elles marchèrent un moment en silence, puis Emma, en faisant une remarque banale sur le beau temps qu'il faisait, lança sans le vouloir Miss Lickerish dans des divagations sur l'été, les soirées qui s'allongeaient, une maison en ruine dans les bois, et ce qui s'y était passé à un moment de sa vie qui ne fut pas précisé. Manifestement, la bouteille de vin et l'idée du beau temps mêlés avaient trouvé des échos chez la vieille femme et Emma n'arrivait pas à suivre le cours de ses pensées.

Quand elles arrivèrent devant la porte de Miss Lickerish, Emma regarda par la fenêtre et vit un chat sur la table, en train de manger un plat qui lui était ou ne lui était pas destiné, on ne pouvait pas savoir. Elle dit au revoir à la vieille femme et rentra chez elle quelque peu troublée.

De retour à Yew Tree Cottage, Miss Lee et Miss Grundy se mirent à débarrasser ce qui restait de la matinée de vente qui avait fait de leur salon un fouillis sans nom. Elles vaquaient à leurs occupations en silence, silence efficace de la part de Miss Lee — « nous allons mettre de l'ordre dans toute cette pagaille, vous voulez bien ? » Mais le silence de Miss Grundy avait quelque chose de douloureux — Miss Lee avait pris le miroir aux motifs de fleurs sans lui demander son avis et c'était un cadeau qu'on leur avait fait à *toutes deux*. Une fois de plus, elle se taisait, mais elle lui en voudrait.

XI

A l'occasion de la Fête des Fleurs, les gens avaient des réactions « ambivalentes », pensa Emma, ce mot de jargon lui venant à l'esprit. Tout le monde était au courant, bien sûr, il était difficile de faire autrement, avec le village qui était couvert d'affiches, mais c'était quelque chose qui ne se faisait pas autrefois. La composition florale était depuis peu un passe-temps à la mode qui s'adressait à un certain type de femmes — un « hobby » pour le beau sexe, comparable en quelque sorte aux arts d'agrément que pratiquaient les jeunes femmes de l'époque victorienne — et même si l'art de disposer des fleurs avait vraisemblablement vu le jour au Japon, c'était maintenant une activité indéniablement anglaise. Dans le cas présent, personne ne se serait contenté d'une fleur unique ou d'une gerbe disposée sobrement à la manière orientale, on attendait bien davantage. Emma aimait assez l'idée d'une seule rose rouge foncé ou d'une pivoine dans un pot en terre contre la pierre grise de l'église, mais elle ne se serait pas risquée à le dire. Elle pourrait apporter quelques delphiniums et quelques lupins de son jardin, et il y avait un rosier grimpant sur la façade de sa maison.

Elle était justement en train d'en couper quelques branches quand elle vit Tom qui approchait en compagnie d'Adam Prince.

« Quel tableau charmant vous faites, avec ces roses », dit Adam sur un ton doucereux.

Emma essaya de trouver une réponse bien tournée à ce compliment un peu facile, mais Tom ne lui en laissa pas le temps et, d'une manière aussi inattendue que ridicule, il se mit à déclamer des vers.

Il n'est rien de plus divin en ce monde
Qu'une femme ravissante dans un cadre champêtre,

récita-t-il.

Il y eut un bref silence étonné, silence de consternation à coup sûr, mais heureusement Emma éclata de rire. Les deux hommes devaient tout de même se rendre compte qu'elle n'était pas ravissante, pas même jolie.

« Leigh Hunt », s'empressa de dire Tom, essayant de réparer sa sottise, « pas très bon comme poème ».

Il n'arrangeait pas vraiment les choses — il n'était pas utile de porter un jugement critique de cet ordre. « J'avais l'intention d'apporter quelques fleurs à l'église », dit Emma. « Mrs G. veut bien qu'on amène des fleurs de son jardin, non ? »

« J'aime bien regarder les dames faire des bouquets », dit Adam. « C'était l'un des aspects de mon métier qui me plaisait le plus. »

Tom trouva que c'était une manière inhabituelle de considérer les devoirs d'un pasteur de village, mais il ne fit pas de commentaire. Après tout, l'aspect de son travail qui lui plaisait le plus, à lui, consistait à compulser les registres d'état civil, ce qui ne paraissait pas beaucoup mieux que de regarder les dames faire des bouquets. « Est-ce qu'il vous est arrivé d'organiser une Fête des Fleurs dans votre église ? » demanda-t-il à Adam.

« Oh, il me semble — mais j'étais souvent absent l'été. »

Tom exprima sa surprise.

« Oui, généralement je m'arrangeais pour ne pas participer à la vie paroissiale l'été — les fêtes, ce genre de chose — je ne pouvais pas supporter ça », dit Adam avec suffisance.

« Mais, comment vous arrangiez-vous pour " ne pas y participer ", comme vous dites ? »

« En faisant en sorte d'être en vacances, à l'étranger — en Italie, de préférence. » Adam rit. « Vous devriez essayer. »

Tom, dans sa perplexité, ne trouva rien à répondre. « Faire en sorte d'être en Italie » à l'époque de la Fête des Fleurs — si seulement c'était possible !

Tous trois étaient maintenant arrivés à l'église où Mrs G. dirigeait les opérations.

« Ah ! Miss Hislop », dit-elle, appelant Emma par un autre nom que le sien, « comme c'est gentil d'apporter des fleurs vous aussi. Tous ces delphiniums, on se demande... »

Ce qu'on va pouvoir en faire, pensa Emma, finissant la phrase. Elle porta son regard derrière Christabel G. où un groupe de femmes qu'elle ne reconnut pas immédiatement avaient commencé à disposer des fleurs et même des branches d'arbre. Puis elle vit que Miss Lee et Miss Grundy en faisaient partie, ainsi que la belle-mère du docteur Shrubsole et même Mrs Dyer, mais cette dernière se contentait de remplir les vases au robinet qui se trouvait à l'extérieur. Est-ce qu'on l'autoriserait à participer à la décoration proprement dite ? se demanda Emma. Il y avait peut-être là de quoi écrire une note sur la hiérarchie dans le village. Et la fête elle-même avait-elle un rapport avec l'idée de fertilité ? Elle regarda de nouveau le groupe de femmes assemblées, et en douta. C'était une erreur de croire que toutes les activités humaines avaient un rapport avec le sexe, quoi que puisse en dire Freud.

A la vue de l'un des chats du docteur qui grattait dans le massif, un souvenir de Grèce remonta à l'esprit de Daphné. C'était cette fois-ci tôt le matin à Delphes, elle regardait en direction d'Itea, et loin en contrebas elle avait vu dans un champ un petit chat qui grattait la terre comme le font les chats partout et toujours.

« Ma femme est déjà partie à l'église », dit le docteur G., sortant de la maison avec un chat noir et blanc sur l'épaule. « Et comment allez-vous en ce moment ? » demanda-t-il à Daphné, presque comme s'il se croyait à son cabinet et qu'il se sentait obligé de poser ce genre de question.

« Oh bien ! merci », dit Daphné, gênée parce qu'elle avait déserté le vieux docteur.

« Martin s'occupe bien de vous ? »

« Le docteur Shrubsole ? Oh oui — merci. »

« Vous avez toujours envie de partir pour une île grecque ? » demanda le docteur G. sur un ton jovial et moqueur.

Daphné sourit mais ne répondit pas. Ce rêve n'aurait-il pas dû rester son secret ? Peut-être que tout le village était au courant de toute façon. « Il est temps que j'aille à l'église », dit-elle.

« Eh bien, prenez soin de vous, ma chère », dit le docteur G. « Nous avons tous nos moments de dépression. Il n'y a pas de quoi s'inquiéter. Achetez-vous un nouveau chapeau, c'est ce que je dis toujours. » Il eut un petit rire et se pencha pour permettre au chat de descendre de son épaule.

Il se croyait vraiment à son cabinet, pensa Daphné. Quelle bonne chose que de l'avoir quitté pour Martin Shrubsole, surtout maintenant qu'elle vieillissait. Martin avait fait sa spécialité en gériatrie — le mot était bien laid, mais tout le monde en arrivait là. Il s'occuperait d'elle, mais en fait, elle n'avait sans doute plus beaucoup de temps à passer dans le village. Son amie Heather Blenkinsop venait pour le week-end, pour la Fête des Fleurs bien entendu, mais aussi pour mettre au point leurs projets de vacances. Savoir où cela les mènerait ? Pas à un village de vacances à Mykonos, bien sûr. Ce genre de chose faisait fureur il y avait quelques années, mais ce n'était pas ce qui leur conviendrait à Heather et à elle. Peut-être une des îles plus éloignées, relativement peu civilisées...

Comme cette église est grande, pensa-t-elle lorsqu'elle se trouva face au bâtiment. Les victoriens manquaient étrangement de modestie, même si les fidèles étaient plus nombreux ; pourquoi avoir fait ces ajouts ridicules au vieux bâtiment sans prétention, comme son frère Tom le déplorait. En Grèce, à la campagne en tout cas, on trouvait ces églises miniatures blanchies à la chaux qui faisaient penser aux maisons que font les enfants avec leurs cubes.

« Je fais ma fenêtre habituelle ? » demanda-t-elle, affrontant Mrs G.

« Votre fenêtre habituelle... » Mrs G., les bras chargés de lys, parlait d'un air absent, comme si elle ne savait plus vraiment qui était Daphné. C'était blessant, ce genre de chose. Les larmes montèrent aux yeux de Daphné alors qu'elle se tenait là, à attendre qu'on lui dise ce qu'elle devait faire. « Oh, je crois que nous n'allons pas nous contenter de faire nos fenêtres habituelles », dit Christabel. « Après tout, *c'est* une fête, n'est-ce pas ? »

Daphné se rendit compte qu'elle détestait les compositions florales. A certains moments, elle détestait l'église aussi, elle ne savait même plus si elle croyait encore, mais évidemment on ne parlait pas de ce genre de chose. Et Christabel G. ne lui avait pas dit ce qu'elle devait faire, elle s'était contentée de la traiter par le mépris et l'avait laissée plantée inutilement à côté d'un tas de verdure. De nouveau un souvenir de Grèce lui vint à l'esprit, l'image d'un vieil homme au bord de la mer qui cognait un poulpe contre un rocher...

« Je me demande si ça va ? » Magdalen Raven demandait son avis à Daphné. « Les grandes branches ne font que tomber, mais je n'ose pas les raccourcir. Mrs Gellibrand a dit qu'elle voulait un effet de *hauteur* — je suppose que je pourrais mettre du grillage froissé au fond — ça pourrait faire l'affaire... Ça va être bien joli, n'est-ce pas ? » Martin lui avait proposé, si le cœur lui en disait, d'aller aider à l'église bien qu'elle ne figurât pas sur la liste de celles qui devaient faire les bouquets, et elle y prenait un réel plaisir même si elle n'était pas capable de faire tenir correctement les feuilles de hêtre. « Il faut s'impliquer dans quelque chose », c'était un des remèdes que Martin prescrivait le plus volontiers à l'approche de la vieillesse, le commencement de la fin de la vie. Mais en un sens, nous l'étions tous, « impliqués », depuis toujours. « Vous vous rappelez ? » allait-elle dire à Daphné, espérant partager avec elle quelque souvenir du temps de la guerre, mais elle n'avait pas eu le temps de formuler ses pensées que quelqu'un lui apportait de la matière plastique verte pour maintenir les branches, et elle dut se remettre à son travail.

C'était sans aucun doute très joli, décida Emma le jour de la fête, mais ça n'avait pas vraiment l'air d'une église. Il y avait trop de recherche dans les compositions florales, ça ressemblait trop à l'entrée d'une agence de voyage, à un immeuble de luxe ou aux décorations pour un mariage chic. Mais que voulait-on exactement ? De simples bouquets de cerfeuil sauvage et de compagnons rouges, des campanules languissantes dans des pots de confiture ? Peut-être pas de fleurs du tout, de vieilles pierres grises qui seraient en accord avec l'austérité du Carême.

« Eh bien, je dois dire qu'il y a du progrès par rapport à la dernière fois où je suis venu. » Sans qu'Emma s'en aperçoive, Terry Skate et un ami étaient entrés dans la chapelle et contemplaient l'effigie du croisé et le chien à la tête coupée. « Mais ils n'ont pas suivi mon conseil — je leur avais dit qu'ils pouvaient dissimuler ce défaut avec un bouquet de petites fleurs — des myosotis et des roses moussues, c'était parfait — mais ils n'ont rien voulu savoir... »

Emma avait remarqué la tête cassée, mais pour elle c'était un détail attendrissant, romantique même, plutôt que quelque chose à cacher avec un bouquet de fleurs. Et après tout, il ne fallait pas oublier que c'était de l'histoire. Elle était justement sur le point d'en faire la remarque au jeune homme, quand elle aperçut un autre homme dans un imperméable un peu long qui se tenait dans l'une des nefs latérales, examinant une plaque commémorative au lieu d'admirer les bouquets compliqués de pivoines et de delphiniums qui se trouvaient derrière lui. Pourquoi portait-il un imperméable par cette belle journée d'été ? se demanda-t-elle. Les premiers vers d'un sonnet de Shakespeare lui vinrent à l'esprit.

Pourquoi m'as-tu promis une si radieuse jour-
[née
Et m'as-tu laissé partir sans mon manteau ?

Mais c'était l'inverse, car la journée était déjà radieuse et l'on n'avait nul besoin d'un manteau quel qu'il soit, certainement pas d'un imperméable. Elle se dissimula derrière les delphiniums et observa l'homme plus attentivement. Quand il se tourna, elle vit que c'était Graham Pettifer. Sa façon de se tenir dégageait une impression de lassitude qui pouvait expliquer pourquoi elle ne l'avait pas reconnu immédiatement. Elle n'allait pas se cacher ou faire semblant de ne pas l'avoir vu, si tant est que ce fût ce qu'elle avait envie de faire, car dans l'état de trouble où elle se trouvait elle ne savait pas vraiment ce qu'elle voulait. Manifestement il fallait l'affronter et savoir pourquoi il était venu de cette manière inattendue.

« Tiens, Graham... » Elle feignit la surprise.

« Emma, il fallait que je vienne... » Il s'avança vers elle, comme s'il allait la prendre dans ses bras.

Pas *ici*, pensa-t-elle, et elle recula et faillit renverser les pivoines et les delphiniums. L'église était pleine de gens qui se promenaient et admiraient les fleurs.

« Je n'ai pas mangé depuis hier », dit-il brusquement.

« Mais pourquoi ? » C'en était vraiment trop.

« Je ne sais pas pourquoi, mais je n'ai pas pu — il s'est passé des choses trop éprouvantes — et je n'ai pas eu envie de manger. »

« Tu aimerais peut-être manger quelque

chose maintenant ? » suggéra Emma. Il était trois heures passées, alors même s'il était un peu tôt, un thé fait par Daphné avec l'aide de Miss Grundy et de Miss Lee dans le jardin du presbytère était une éventualité : ou bien est-ce qu'un déjeuner tardif serait plus approprié ? S'il s'était produit des « choses éprouvantes », il y avait de fortes chances pour que Graham fût incapable de choisir un repas plutôt qu'un autre, mais un thé — toujours le thé — avec un œuf dur et du pain grillé pourrait convenir, pensa-t-elle, et c'est ce qu'elle se mit à préparer quand ils rentrèrent chez elle.

Graham s'était laissé tomber dans un fauteuil, il ne parlait pas, mais son regard se posait sur certains objets un peu comme s'il avait vu de la poussière ou quelque chose d'autre qui le gênait.

« Deux œufs ? » demanda Emma. « Et tu les aimes comment ? »

« Oh, comme ils viennent simplement. »

« C'est ridicule de dire ça. » Plutôt durs alors, pensa-t-elle, cinq minutes. Il aurait du mal avec un œuf à la coque trop mou, qui partirait dans tous les sens comme c'est généralement le cas. A ne pas confier à une personne en proie à une émotion forte, bien que Mr. Woodhouse dans le roman dont l'héroïne était son homonyme eût déclaré que ça ne pouvait faire que du bien. « Je mangerai aussi une tartine de pain grillé », dit-elle, « pour te tenir compagnie. » Il ne faisait pas vraiment un temps à manger du pain grillé mais ça semblait plus facile.

« Tu ne veux pas un œuf toi aussi, alors ? »

« Non, j'ai déjeuné. » Elle aurait aimé qu'il expliquât un peu mieux sa présence ici, mais ce qui l'avait poussé à rechercher sa compagnie — une quelconque envie ? — semblait s'être envolé à présent. « Est-ce qu'il s'est passé quelque chose ? » demanda-t-elle finalement. « Est-ce que Claudia... ? »

« Je suppose qu'on pourrait dire ça. Ah, que c'est bon ! » Il avait ouvert l'un des œufs et avec sa cuillère il mettait le jaune bien moelleux sur une tranche de pain grillé.

Emma fut soulagée de constater qu'il était tout à fait à point, le blanc ferme et le jaune juste assez baveux.

« Ce sont des œufs de ferme ? » continua-t-il. « Certainement, à la campagne. Ça fait tellement de bien d'être ici. Des œufs de ferme, et tout le reste — exactement ce qu'il me faut. »

L'amie de Daphné, Heather Blenkinsop, arriva dans sa petite voiture jaune et se gara devant l'église. C'était une petite femme boulotte de cinquante-neuf ans, mais elle paraissait beaucoup plus jeune et était beaucoup plus élégante que Daphné qui portait son habituel pantalon en Prince de Galles avec une cape assortie. Elle aimait bien Tom et aurait voulu pouvoir aller l'embrasser, comme les vieilles personnes avaient tendance à le faire de nos jours — mode récente, qui n'avait peut-être pas grande signification mais qui, à son avis, était agréable. Mais Tom se tenait sous le porche de l'église pour accueillir les visiteurs et attirer discrètement l'attention des gens sur une grande bouteille de verre qui avait été mise à l'entrée pour recevoir des dons. Elle était déjà pratiquement pleine de pièces de dix et cinquante pence et il y avait même quelques billets pliés.

Tom espérait qu'il rencontrerait Emma dans l'église — elle ferait certainement acte de présence à la Fête des Fleurs, ne serait-ce que parce que cette manifestation avait de l'intérêt pour une anthropologue — et il fut déçu quand il apprit qu'on l'avait vue quitter l'église — il avait dû la manquer, Dieu sait pourquoi — en compagnie d'un homme. Qui pouvait être cet homme, se demanda-t-il. C'était son droit le plus strict que de compter des hommes au nombre de ses amis — c'était peut-être un frère, bien qu'il eût toujours cru qu'elle était l'unique enfant de Béatrix Howick...

« Ah, Heather, je suis content de vous voir... » Tom n'aimait pas particulièrement l'amie de sa sœur, mais il la respectait en tant que bibliothécaire, même si son intérêt pour l'histoire locale lui paraissait parfois un peu excessif et s'il y avait quelque chose de forcé et d'artificiel dans la façon qu'elle avait de parler constamment des sites des villages médiévaux abandonnés et d'attirer l'attention sur les crêtes et les sillons dans le paysage. Etait-il possible qu'une femme normale éprouvât pour ces choses un intérêt aussi vif ? se demandait-il quelquefois, sachant qu'il faisait preuve d'injustice envers Heather. Il aurait pu regretter qu'Emma ne manifestât pas davantage d'intérêt, n'exprimât pas le désir d'étudier les archives des bailliages ou de participer à la recherche qu'il avait entreprise du site de leur V.M.A. Au lieu de quoi, on l'avait vue quitter l'église avec un inconnu, un anthropologue à coup sûr.

« Avant que j'oublie, Tom », disait Heather, « j'ai eu entre les mains un livre récent très intéressant sur la datation des enclosures l'autre jour — tout à fait dans vos cordes — une théorie tout à fait nouvelle... »

Tom fit poliment signe qu'il avait entendu. Il ne s'intéressait pas particulièrement à la datation des enclosures.

Emma avait été contente quand Graham avait proposé d'aller boire un verre au pub, car il semblait que cette envie subite lui avait fait oublier la raison pour laquelle il était venu au départ. Il avait dit que c'était agréable d'être avec elle mais il n'avait pas manifesté le désir de s'expliquer davantage, et Emma avait le sentiment que leurs retrouvailles étaient encore trop fraîches pour qu'elle puisse exiger quoi que ce soit d'autre. Donc, après la rituelle tasse de thé, c'était le confort rituel du pub, un verre, une atmosphère intime, des gens.

Ce n'était pas un pub particulièrement intime, l'intérieur, vieux et minable, ayant été remis à neuf au début des années 60, de telle sorte qu'il était toujours minable, mais différemment, d'une manière moins séduisante. Mr Spears, le propriétaire, était derrière le bar, il parlait à Geoffrey Poore, l'organiste de l'église qui passait ses soirées au pub assis à boire de la Guinness. Il y avait un groupe de vieux villageois dans un coin, et dans un autre le fils de Mrs Dyer, Jason, avec une fille. Le silence se fit quand Emma et Graham entrèrent et se dirigèrent vers le bar pour commander leurs boissons — un gin-tonic pour Emma et un demi de la bière pression locale pour Graham. Ils s'installèrent à une table inoccupée et commencèrent à faire la conversation d'une manière guindée, demandant aux gens présents s'ils avaient été à la Fête des Fleurs, ce qu'ils en pensaient, disant que c'était une bénédiction qu'il eût fait si beau. Les gens répondirent d'une manière hésitante, et d'une certaine façon vaguement hostile. Mr Spears se risqua bien à remarquer qu'il n'avait jamais vécu ce genre de chose autrefois et l'organiste supposa que les dames avaient ainsi de quoi s'occuper. Le fils de Mrs Dyer et son amie ne dirent rien, les vieux du village pas davantage. Ce fut un soulagement quand Robbie et Tamsin Barraclough entrèrent et qu'Emma et Graham purent les inviter à se joindre à eux, et qu'ils se mirent à parler ensemble. Les autres personnes présentes se mirent aussi à parler plus librement et l'atmosphère se détendit sensiblement.

« Je me demande ce qu'a représenté la fête dans le rythme annuel de la vie du village », marmonna Emma, jetant un rapide coup d'œil sur le groupe des vieux villageois assis qui faisait penser à une sculpture primitive.

« Je suppose que ça ne peut pas avoir le même impact qu'une fête dans l'ouest de l'Afrique ou même une fête paysanne en Europe », dit Robbie. « A mon avis, ça n'a pas eu le moindre effet sur les gens rassemblés ici. »

« Mais sur les autres femmes du village, oui, les bourgeoises, avec leurs rivalités et tout ça », dit Tamsin.

« En particulier tout ce qui est en rapport avec l'église », fit remarquer Graham.

Il se mit à parler sociologie avec les Barraclough, taquinant Tamsin d'une manière qui était à la limite du flirt, si bien qu'Emma commença à considérer la fête et sa signification sous un jour différent, moins scientifique. Des fleurs dans un cadre agréable et une rencontre avec un ancien amant faisaient davantage penser à une histoire romanesque qu'à un article destiné à un public averti. Mais elle n'avait jamais eu le projet d'écrire un roman, elle avait eu, en fait, tendance à mépriser les études de sa mère sur le roman victorien. Pourtant, à l'heure qu'il était, elle se demandait comment la soirée allait se terminer.

« Je suis désolé », dit Graham quand ils furent de retour chez elle, « je m'y prends apparemment un peu tard pour rentrer ce soir. »

Il n'avait tout de même pas peur de conduire la nuit ? Ou bien cela posait-il des problèmes d'un autre ordre ? Comment devait-elle interpréter ses paroles ?

« Est-ce que ça ferait scandale dans le village si je dormais ici ? J'aurais dû me renseigner au pub, je suppose — ils ont probablement des chambres. »

« Je ne sais pas s'il arrive que des gens y passent la nuit. J'ai une chambre à donner, en fait. »

« Oh, très bien — si ça ne te gêne pas. »

« Bien sûr que non — tu veux boire quelque chose ? » Emma avait failli dire « un dernier verre », mais cela supposait une atmosphère généralement plus intime que celle qui existait entre eux à cet instant.

« Rien pour moi, merci. »

Ils se tenaient debout dans la chambre, côte à côte, sans se toucher. Emma se rendit compte que Graham n'était pas tout à fait aussi grand qu'elle — est-ce que ça avait toujours été le cas ou bien s'était-il tassé, avait-il rapetissé, d'une certaine manière...

Il n'alla pas vers elle, mais caressa le couvre-lit du divan d'un air admiratif. « C'est du William Morris, n'est-ce pas ? »

« Oui, je crois que ça s'appelle Golden Lily. Eh bien, bonne nuit. »

« Bonne nuit. »

Rien de plus ne fut dit, et ce fut seulement lorsqu'elle fut couchée et qu'elle repensa aux événements de la journée qu'Emma se demanda comment il se débrouillerait sans brosse à dents et sans pyjama.

Il partit tôt le lendemain matin, après avoir pris un café avec une tranche de pain grillé, comme s'il avait eu honte d'être venu tout court. Il remercia Emma de son « hospitalité » mais ne l'embrassa pas pour lui dire au revoir. Il ne fut pas à nouveau question de ses difficultés conjugales et on ne se fit pas la promesse de se revoir un jour.

Le dimanche soir qui suivit la fête, Tom fit un sermon sur le ciel, ou sur l'idée que les gens pouvaient s'en faire. C'était, semble-t-il, faire preuve d'audace et d'imagination, peut-être même avoir le sens de l'à-propos, que de choisir un tel sujet, avec toutes les fleurs qui entouraient encore les fidèles, comme s'ils étaient déjà au royaume des cieux.

Emma remarqua Sir Miles assis sur son banc habituel, ou plutôt sur le banc qui aurait été habituel s'il était venu plus souvent à l'église. Un groupe de personnes l'accompagnait, deux femmes vêtues d'élégantes robes d'été à fleurs, une fille qui portait une jupe longue dans un imprimé rose et blanc Laura Ashley, et un jeune homme aux cheveux blonds ondulés, qui regardait intensément autour de lui comme si c'était la première fois qu'il se trouvait dans une église.

« Nous avons chacun notre propre idée du ciel », déclara Tom, et l'image qu'Emma s'en faisait, qui datait de son enfance, s'imposa immédiatement à elle — le Seigneur Tout-Puissant, personnage flou, et, assise à sa droite, la directrice de son école, les yeux brillants de bonté derrière des lunettes à verres non cerclés qui à une autre époque auraient été des pince-nez. Cela lui rappela que sa mère venait lui rendre visite la semaine d'après, en compagnie d'une vieille amie de fac qui était directrice d'école, ce qui modifia la vision qu'elle avait du ciel. Ce n'était pas qu'on pensât tant que cela au ciel de nos jours — les événements de la soirée précédente n'avaient certainement pas contribué à orienter les pensées d'Emma dans ce sens.

« Quel dommage que nous ne puissions pas avoir des fleurs comme ça à l'église tout le temps », disaient les gens en prenant congé de Tom, avec un soupçon de reproche, comme s'il avait été de son devoir d'y veiller.

Emma passa devant lui rapidement, n'ayant pas envie de ce genre de conversation. Elle se demanda pourquoi elle était venue à l'église, car ce n'était pas dans le but de revoir les fleurs.

XII

Emma ne se sentait jamais totalement à l'aise avec Isobel Mound, la vieille amie de fac de sa mère, car, en dépit de son comportement amical, il y avait comme une lueur de sévérité dans ces yeux cachés derrière le pince-nez, même si elle portait des lunettes de forme moderne dont les montures marron clair étaient en parfaite harmonie avec ses cheveux soyeux colorés avec soin. Peut-être que n'importe quelle directrice d'école, si moderne fût-elle, rappellerait inévitablement à Emma sa première institutrice, assise à la droite de Dieu au ciel.

Isobel devait dormir dans la chambre d'ami où Graham avait passé la nuit de la Fête des Fleurs, avec son couvre-lit William Morris assorti au papier peint — une débauche de lys d'or (un peu déplacés en l'occurrence), une carafe d'eau fraîche sur la table de nuit, et un choix de livres de poche dont la couverture ne pouvait choquer personne. La chambre donnait sur le jardin, et plus loin, sur un champ dans lequel, à une époque où personne ne se souciait encore de ce genre de chose, un regrettable édifice en tôle ondulée avait été construit par le propriétaire pour loger du bétail. Maintenant, bien sûr, il gâchait la vue, bien que l'âge et la décrépitude lui eussent conféré un certain intérêt historique, relique des années 30 pendant lesquelles le village avait été pauvre et délabré.

La mère d'Emma, Béatrix, serait dans sa chambre habituelle avec ses étagères remplies de romans de Charlotte M. Yonge et autres auteurs victoriens mineurs, et son bureau devant la fenêtre donnant sur la rue du village. Béatrix aimait s'y asseoir espérant être témoin d'une de ces scènes qui aurait pu se produire cent ans plus tôt, mais la plupart du temps, elle était déçue.

Un petit dîner avait été prévu pendant le séjour d'Isobel, et Tom et Daphné avaient été invités. Puis, se disant que Tom ne serait peut-être pas tout à fait à l'aise avec *quatre* femmes, même s'il était pasteur et que l'une des femmes était sa sœur, Emma invita Adam Prince à se joindre à eux. Sa présence signifiait que le choix du menu lui causerait plus d'anxiété que d'habitude, bien qu'elle ne sache pas s'il était aussi critique quand il mangeait chez des particuliers que lorsqu'il exerçait son « métier ». Comme le repas devait avoir lieu un vendredi, il fallait peut-être envisager de proposer du poisson. Les hommes d'église, ou les catholiques en général, étaient-ils toujours obligés de manger du poisson le vendredi ? Emma se posait la question.

« Aujourd'hui, on considère le poisson comme un luxe », dit Béatrix. « Je suis persuadée que Tom serait la dernière personne à exiger du poisson un vendredi. »

« Mais pour Adam Prince — converti au catholicisme, anglican passé à Rome », dit Emma embarrassée, « et gastronome de profession — il se pourrait bien que ce soit la moindre des choses. »

« Quelle est la règle pour les catholiques de nos jours ? » demanda Isobel. « Ce serait humiliant de ne pas avoir l'air au courant. »

« Nous ne serions pas *au fait* de ce qui se fait à Rome », souffla Emma. « Mais on peut difficilement nous demander à nous de connaître les secrets des cuisines du Vatican. »

« Tout de même, ce pourrait être une marque de considération que d'offrir à Adam Prince un quelconque plat de poisson », dit Béatrix.

Mais quelle sorte de poisson ? L'habituelle terrine de colin ne ferait pas vraiment l'affaire, bien qu'il fût certainement possible de le camoufler dans une sauce bien choisie, aux champignons ou aux crevettes. Pour finir, Emma prépara une mousse de thon, et une tarte à l'oignon à la française avec une salade ; il y aurait ensuite des fromages variés et une glace de l'épicerie du village. Après tout, ce n'était qu'un dîner, et les langoustes — qu'Adam Prince se serait attendu à trouver dans certains des restaurants qu'il fréquentait — n'étaient pas faciles à se procurer dans un village du West Oxfordshire.

Quand il entra dans le salon d'Emma avec sa sœur, Tom se trouva confronté aux trois femmes, dont aucune — à ses yeux — n'était attirante à première vue, mais il savait qu'il ne fallait pas s'arrêter aux apparences. Il ne perçut pas les choses d'une manière aussi détaillée qu'une femme l'aurait fait, mais l'impression générale fut désagréable.

Emma avait une fade robe grise et noire en coton qui lui rappelait l'habit des servantes d'autrefois — le genre de tenue qu'elles devaient mettre pour faire du feu ou nettoyer les marches de la porte d'entrée. Béatrix portait une robe sombre dans un tissu soyeux avec des motifs marron, dont le petit col était fermé par une lourde broche victorienne sertie d'une affreuse pierre genre galet. Isobel avait un tailleur de crêpe d'un bon goût affligeant — elle avait dû le choisir pour le jour de la distribution des prix ou autre cérémonie scolaire —, elle portait un collier de perles minuscules et des petites boucles d'oreilles assorties, ainsi que des chaussures neuves qui donnaient l'impression de n'être pas très confortables. Quant à Daphné, Tom avait depuis longtemps cessé de considérer sa sœur comme une femme dont les vêtements pouvaient être dignes d'intérêt, quelquefois il la considérait à peine comme un être humain. Quoi qu'il en soit, elle était vêtue d'une robe de coton à fleurs roses, un peu trop courte selon les critères actuels, mais elle gardait ses plus beaux vêtements pour ses vacances en Grèce.

On avait déjà servi le sherry quand Adam Prince arriva, s'excusant d'être en retard, s'il l'était. Sa façon de formuler les choses donna à Tom le sentiment que lui et Daphné étaient arrivés trop tôt, mais il avait l'habitude d'Adam, et il ne fut pas surpris, quand on passa à table, que ce soit lui qui fasse compliment à Emma, avec un peu trop de verve, semblait-il, pour un si petit détail, de l'exquise minceur des tranches de concombre avec lesquelles elle avait décoré la mousse de thon.

« C'est un art que l'on ne rencontre que trop rarement », déclara Adam, « savoir couper des concombres en tranches correctement. A l'époque victorienne il y avait, je crois, un ustensile réservé à ça. »

« Je me suis simplement servi d'un couteau qui coupe bien », dit Emma.

Tom était resté silencieux, se souvenant de la sottise avec laquelle il avait cité Leigh Hunt à Emma le jour où elle cueillait des roses pour la Fête des Fleurs. Adam, comme d'habitude, avait fait mieux que lui.

« En Grèce, on coupe le concombre en morceaux, des morceaux épais », dit Daphné. « Ça fait une salade délicieuse, avec des tomates et *beaucoup* d'huile. » Elle chercha dans sa mémoire le mot grec pour cette salade particulière, ne le trouva pas, puis décida que de toute façon ça n'aurait intéressé personne.

« La cuisine grecque n'est *pas* une de celles que je préfère », dit Adam, souriant. « On ne va pas en Grèce pour la cuisine — tout comme on ne va pas dans certaines églises pour la musique. C'est un beau pays, bien sûr », il sourit de nouveau, comme pour lui-même ; « mais pas une mine de souvenirs gastronomiques. »

« C'est vrai, ce n'est pas la raison pour laquelle on va en Grèce, comme vous venez de le dire », acquiesça Tom. La vue de la mousse dans le plat à fleurs lui avait rappelé un souvenir d'un autre ordre, l'image d'Emma telle qu'il l'avait vue il y avait plusieurs mois maintenant, ce même plat à la main, alors qu'elle se tenait devant la fenêtre quand il était passé.

Toujours sur le même sujet, Adam les invitait à présent à deviner à quel endroit il avait un jour mangé « une sole nantua particulièrement mémorable ».

Son auditoire ne connaissait pas bien les restaurants les plus renommés pour leurs poissons, il n'y eut donc pas de réponse avisée. Seule Béatrix se risqua à dire que ça devait être quelque part en France dans un lieu inattendu, peut-être un petit bistrot minable ou un café sur un port, avec des toiles cirées sur les tables, le genre d'endroit où vont les chauffeurs de poids lourds.

« Le cadre était sans prétention, c'est certain », dit Adam, « on peut difficilement espérer autre chose — dans un presbytère ». Il se tourna vers Tom. « Je ne sais si vous êtes déjà allé à Saint-Luc dans la communauté d'Oswald Thames ? Ils avaient un économe tout à fait remarquable à cette époque. »

« J'ai entendu parler de Saint-Luc », dit Tom, non sans raideur, « bien que je ne sois jamais allé dans le presbytère. »

« L'économe s'appelait Wilf Bason et il était loin d'être un petit cuisinier sans prétention. » Adam sourit, manifestement un autre souvenir lui revenait à l'esprit. « Je n'étais alors qu'un vicaire sans expérience, mais j'avais déjà le goût assez sûr. »

« La sole nantua », dit Isobel, ramenant la conversation sur le sujet. « C'est une sauce, n'est-ce pas ? »

« Oui, à base d'écrevisses », expliqua Adam. « Il faut faire pocher environ une douzaine d'écrevisses dans un court-bouillon avec du vin blanc et des aromates. »

« Mortlock et ses amis pêchaient l'écrevisse dans le Somerset », dit Tom, mais personne ne comprit de quoi il parlait. Adam remarqua seulement que les écrevisses du Somerset n'avaient sûrement pas assez de saveur pour une sauce nantua.

Emma servit le plat suivant avec du Liebfraumilch, espérant qu'Adam s'abstiendrait de commentaire sur le vin et l'origine possible de son nom. Elle regrettait maintenant de l'avoir invité, n'ayant pas prévu qu'il monopoliserait la conversation. Même quand le sujet de la nourriture fut abandonné, Adam se tourna vers elle et fit une allusion perfide à son « visiteur », le monsieur avec qui on l'avait vue à la Fête des Fleurs.

Béatrix jeta un rapide coup d'œil sur sa fille en entendant cela, mais rien d'autre ne fut dit sur le sujet. Emma y mit un terme en disant que ce n'était qu'un « anthropologue » qu'elle connaissait depuis longtemps, comme si cela pouvait exclure toute possibilité d'aventure amoureuse.

« Je suis sûr qu'il était là parce qu'il voulait étudier la vie d'un village et l'interaction de ses habitants dans un contexte de fête », dit Adam avec sarcasme. « On connaît... »

« C'est tellement dommage de venir à la campagne avec ce genre de préoccupation », dit Isobel vaguement. « Il y a tellement d'autres choses à étudier — l'histoire, par exemple ! » Et elle regarda Tom avec espoir, lequel se rétracta instinctivement — « Et l'histoire *naturelle,* la vie sauvage. J'aime beaucoup me promener dans les bois. »

« Il faudra que nous y pensions », dit Adam avec galanterie.

« Vous voyez souvent des renards ici ? » demanda Isobel.

« Oh oui — et on trouve leurs traces dans les bois », dit Daphné avec enthousiasme. « Saviez-vous que les crottes de renard sont grises et pointues aux deux extrémités ? »

Personne ne savait et il y eut un bref silence. Il paraissait difficile d'ajouter quoi que ce soit après une information aussi stupéfiante.

« Comme c'est fascinant ! » finit par dire Adam. « Voilà quelque chose que j'ignorais. Il faudra que j'en cherche la prochaine fois que je ferai une promenade dans les bois. »

« Ça vous arrive souvent ? » demanda Tom, car c'était difficile à imaginer.

« Quand je suis d'humeur à ça — et avec la profession que j'exerce, il faut prendre de l'exercice. »

« Eh bien, la prochaine fois que vous le ferez, vous pourriez chercher aussi les restes d'un village médiéval abandonné », dit Tom. « Des tas de pierres, même des fondations de bâtiment. »

« Oh, je préfère qu'on garde le passé caché », dit Adam en souriant. « Rien de bon ne peut sortir de toutes ces fouilles. »

« Je ne suis pas sûre d'être d'accord avec vous », rétorqua Béatrix, et Isobel se souvint alors que la dernière fois qu'elle était allée dans les bois, elle avait effectivement remarqué des pierres éparpillées à un certain endroit. Tom serait-il capable d'expliquer quelle signification cela pouvait avoir ?

« De toute évidence, quelqu'un a jeté des pierres çà et là », continua Adam. L'histoire locale l'ennuyait et il méprisait les recherches que Tom faisait sur le sujet. Les chroniques sommaires de la vie des pauvres étaient selon lui d'un intérêt bien limité — ces occupations, toujours les mêmes, énumérées dans les registres des paroisses où pratiquement tout le monde était ouvrier agricole.

« Je vais prendre un chien », dit soudain Daphné. « Ils sont tellement forts pour dépister les choses. »

« Même les restes d'un village médiéval abandonné ? » demanda Emma.

« On entraîne bien les chiens à détecter la drogue, n'est-ce pas ? » dit Daphné sur la défensive. « Je l'ai entendu dire. »

« Oui, le meilleur ami de l'homme a son utilité », acquiesça Adam.

« Si nous passions à côté pour boire le café ? » suggéra Emma. S'ils avaient l'intention de parler de chiens, ce ne serait pas plus mal de changer de décor. Enfin, la perfide allusion d'Adam était oubliée, et il n'était plus question du visiteur d'Emma. Ce ne fut que lorsque les invités furent rentrés chez eux et qu'Emma fut en train de faire la vaisselle avec sa mère — Isobel étant partie se coucher — que le sujet revint sur le tapis.

« Graham Pettifer est donc venu », dit Béatrix. Ce n'était pas une question directe, mais cette phrase toute simple, avec tout ce qu'elle contenait de sous-entendus, était sa manière habituelle de soutirer des informations, Emma le savait. Elle reconnut que Graham était bien venu ici et ajouta : « Il est venu deux fois, en fait. »

Béatrix médita cela sans faire de commentaire. Elle se garda bien d'insister. Pendant le silence qui suivit, on essuya et rangea quelques assiettes, puis Emma dit : « Il a des problèmes avec Claudia — je suppose que c'est pour cette raison qu'il est venu ici. » Elle n'allait pas lui révéler qu'elle avait écrit à Graham après l'avoir vu à la télévision. Après tout, sa mère avait connu Claudia quand elle était étudiante.

« Evidemment, il a été en Afrique », dit Béatrix, « dans une de ces universités nouvelles — du moins elles nous semblent nouvelles à nous. J'ai du mal à imaginer que ça ait pu plaire beaucoup à Claudia. Tu ne la connais pas, si ? » Béatrix sourit, se rappelant Claudia à l'université. « Une jeune fille jolie et frivole. » Ç'avait été après la brève liaison d'Emma avec Graham qu'il avait épousé Claudia Jenks. Elle était à tel point différente d'Emma qu'on aurait pu croire qu'il avait agi par dépit, sauf que Béatrix savait que ce n'était pas le cas. Par certains côtés — et ici elle était sans doute influencée par ses études du roman de l'époque victorienne — Béatrix se disait qu'il serait plus « satisfaisant » qu'Emma se marie maintenant. Dans l'ensemble les gens avaient tendance à ne pas se marier de nos jours, mais Emma commençait à être trop vieille pour ça et elle courait le risque de devenir tout simplement ce qu'on appelle une vieille fille. Le risque ? Repensant à d'autres vieilles filles qu'elle connaissait — Isobel, Miss Lee et Miss Grundy, pour n'en citer que trois — le mot risque n'était peut-être pas approprié. Pourtant, Béatrix n'aimait pas jouer le rôle de la mère marieuse, et elle se méprisa de demander à Emma : « Et toi ? Qu'est-ce que tu viens faire là-dedans ? »

Emma hésita, se rappelant la Fête des Fleurs et cette soirée où il s'était passé si peu de choses. Elle savait où sa mère voulait en venir mais ne tenait pas à lui raconter en détail cet après-midi et cette soirée — l'apparition de Graham à l'église (elle pouvait peut-être mentionner cela) mais pas le thé et les œufs à la coque, surtout pas les œufs à la coque, ni le désir de Graham de passer la nuit chez elle, non pas parce qu'il avait particulièrement envie d'être avec elle, mais parce qu'il s'y prenait un peu tard pour rentrer et se sentait fatigué.

« Je suppose qu'il avait besoin de quelqu'un à qui parler », dit-elle.

« Il a passé la nuit ici ? »

« Oui, mais nous n'avons pas dormi dans la même chambre. Il n'a pas essayé quoi que ce soit — c'est plutôt humiliant ! » Emma sentait qu'il fallait en plaisanter.

« Et, bien sûr, on ne peut pas vraiment comparer une nuit dans un village à ces week-ends à la campagne qu'organisait l'aristocratie edwardienne, où l'attribution des chambres était quelque chose de très étudié. »

« Difficilement ! » Emma rit. « Et il n'avait même pas apporté son pyjama et sa brosse à dents — ridicule, vraiment. »

« Eh bien, en un sens, c'est ça, n'est-ce pas, les relations entre hommes et femmes. »

La brève expérience que Béatrix avait eue du mariage ne lui donnait pas vraiment le droit de se prononcer de la sorte, pensa Emma, et elle ne croyait pas non plus que sa mère eût vraiment une vision aussi peu romantique des relations entre hommes et femmes — ses études du roman victorien semblaient indiquer le contraire. C'était seulement parce qu'elle ne voulait pas paraître trop impatiente de voir Emma se lancer dans une histoire « importante » avec Graham qu'elle avait adopté cette attitude. Malgré tout, il y avait du vrai dans ce qu'elle disait.

« Il a admiré le couvre-lit William Morris — je suppose que c'est déjà ça. »

« Crois-tu qu'il reviendra ? »

« Je ne sais pas — il n'en a pas parlé. Je suppose que ça dépend de beaucoup de choses. » Emma n'était pas sûre de le souhaiter. « Qu'as-tu pensé de la soirée d'aujourd'hui ? » demanda-t-elle à sa mère. « Assez réussie, non ? »

Béatrix acquiesça, mais elle se dit qu'Emma aurait pu faire un effort pour se rendre plus attrayante. Elle commençait à être un peu trop vieille pour cette mode terne et indéfinissable qui avait tant de succès aujourd'hui. Il ne faisait pas de doute que si elle avait porté une robe d'une plus jolie couleur et avait fait un effort de coiffure, se faire friser ou bien se faire faire une bonne coupe, la soirée eût sans doute été encore plus réussie. Ce n'était même pas qu'Emma eût produit une œuvre de talent qui pût justifier une telle négligence vestimentaire — ici Béatrix pensa à plusieurs femmes célèbres dans le monde actuel —, roman ou recueil de poèmes, seulement quelques articles d'anthropologie illisibles. N'était-elle pas capable de mieux ?

Au lit ce soir-là, Béatrix eut recours à son remède favori contre l'insomnie, passer en revue ses camarades d'université, se rappeler leurs prénoms et comment elles étaient il y avait quarante ans. Commençant par Isobel — Isobel Merriman Mound — qui n'était pas alors bien différente de ce qu'elle était maintenant, elle évoqua ensuite celles de ses condisciples qui avaient des noms plus exotiques. Ilse Benedikta Roelifsen, la Danoise, et Alexandra Simonetta Bianco, l'Italienne, furent celles qui lui revinrent en mémoire ; elle se les représentait dans un groupe d'étudiantes de l'époque, mais elle avait du mal à se les remémorer parce qu'elles ne venaient jamais à la réunion annuelle. Un souvenir précis, sans rapport avec la situation, comme cela arrive souvent dans ces cas-là, vint à l'esprit de Béatrix : la main d'Ilse avec ses ongles vernis rouges — elle était certainement une des premières à avoir eu ce genre d'audace — et l'horreur qui s'était peinte sur le visage de Miss Birkinshaw quand elle avait vu ça. Venant d'Ilse, il y avait certainement là un peu de provocation, mais les filles à cette époque faisaient plus d'efforts pour s'arranger qu'elles ne semblaient en faire aujourd'hui. Même elle et Isobel, qui étaient loin d'être des beautés, étaient toujours soignées avec leurs mises en plis et leurs timides efforts de maquillage. Et après tout, elle, Béatrix, s'était mariée, comme tout un chacun pouvait le voir sur le registre de l'université, « ép. 1939 Dudley George Howick », et « une f., Emma, née en 1940 ». Dudley était de sa promotion, il étudiait aussi la littérature anglaise, et Béatrix le connaissait depuis plusieurs années quand ils s'étaient mariés en 1939. Sans la guerre, ils ne se seraient peut-être jamais mariés, mais c'était le genre de chose qui se faisait à l'époque, et Béatrix avait toujours pensé qu'une femme devait se marier ou du moins se lier d'une manière ou d'une autre avec un homme. Dudley avait été tué à Dunkerque, il y avait tant d'années de cela, et depuis, il ne s'était pas passé grand-chose dans ce domaine. Une jeune veuve avec un enfant, qui poursuit des études, comme c'était son cas, n'était pas immédiatement attirante ou accessible, et puis il y avait eu son travail, le roman de l'époque victorienne. Les romans de Charlotte M. Yonge ne manquaient pas de jeunes veuves séduisantes...

Mais le cas d'Emma était tout autre — que fallait-il faire à son sujet ? Rien, bien sûr. On ne « faisait » rien pour les filles de l'âge d'Emma dans les années 70. Ce Graham Pettifer — rien de bien intéressant manifestement, et il y avait bien peu de chances qu'elle puisse trouver un parti convenable parmi les hommes du village. Adam Prince, avec sa « sole nantua mémorable » ? On ne pouvait pas s'empêcher d'en sourire — ce n'était pas un homme qu'on épouse. Et on pouvait difficilement voir en Tom un veuf à marier... Béatrix commençait à avoir sommeil maintenant, c'était peut-être la pensée de Tom qui l'avait rendue somnolente ? « Inefficace » était le mot qui lui venait à l'esprit quand elle pensait à Tom — pas même capable de déterminer le site de ce village médiéval abandonné. Et pas très efficace non plus dans sa façon de gérer sa paroisse. Béatrix se souvenait de certaines négligences de détail (sans doute pendant l'absence momentanée de Miss Lee) : les décorations de Noël pas encore enlevées le premier dimanche après l'Epiphanie, des jonquilles sur l'autel le dimanche de la Quinquagésime — est-ce que ça s'écrivait bien comme ça ? — que Tom aurait dû ramasser mais n'avait sans doute même pas remarquées. Mais naturellement, il avait perdu sa femme, il ne fallait pas l'oublier, et il avait cette malheureuse Daphné sur les bras. Pauvre Tom, et pauvre Daphné — pauvre Daphné, ça oui !... Béatrix dormait.

Tom était tellement mieux qu'Adam Prince, se disait Emma en repensant au dîner alors qu'elle était couchée à attendre le sommeil. Il était essentiellement bon. Il ne s'était pas contenté de parler du ciel, il avait également fait un sermon sur la nécessité d'aider son voisin, et elle était sûre qu'il était sincère. Mais pour en venir à des détails pratiques ou aux choses sérieuses, Tom pourrait-il vraiment l'aider si elle le lui demandait ? Serait-il capable, par exemple, de faire ses vitres du haut, car c'était ce dont elle avait réellement besoin.

Isobel s'endormit rapidement et rêva qu'elle marchait dans un bois plein de campanules en compagnie d'Adam Prince — très inconvenant ! Elle se réveilla au milieu de la nuit, en pensant au poème de Shelley,

J'ai rêvé qu'alors que je marchais au bord [d'un chemin
L'hiver nu soudain se changea en printemps...

Toutes ces fleurs — violettes, pâquerettes, « délicates primevères », roses sauvages, et d'autres encore qu'elle avait oubliées (pas de crottes de renard ici !), et le bouquet qu'on en faisait, et puis le dernier vers, qu'elle aimait beaucoup et récitait souvent quand elle était petite fille,

Pour l'offrir ! Oh ! A qui ?

Comme Béatrix, elle se rappela ses années d'étude, et un souvenir de cette époque lui revint, mais il s'agissait de quelqu'un qui ne ressemblait pas du tout à Adam Prince.

XIII

Il y eut un bon été cette année-là. La boue des sentiers forma de dures ornières et les champs brûlés et décolorés faisaient penser à un paysage italien ou grec.

Martin Shrubsole fit un signe de tête approbateur quand il vit sa belle-mère partir pour une promenade dans les bois en compagnie de Miss Lee et de Miss Grundy. Il ne savait pas que le but principal de cette promenade était d'apercevoir Sir Miles et ses invités au château : belle-maman prenait l'air, c'était l'essentiel. Et elles avaient eu la chance — si on pouvait appeler cela de la chance — de se voir récompensées par la vision de Sir Miles sur la terrasse au milieu d'un groupe de dames en robes d'été. Dissimulées dans un fourré, les promeneuses avaient pu observer la scène pendant quelques minutes alors que d'autres personnes sortaient de la maison des verres à la main (c'était juste avant le déjeuner) et qu'on disposait des victuailles sur des tables de jardin peintes en blanc. Des rires leur parvenaient à travers les arbres.

« Autrefois », leur rappela Miss Lee, « les gens ne mangeaient pas et ne buvaient pas en plein air comme ça, même s'il y avait de merveilleux pique-niques, bien sûr. Miss Vereker adorait les pique-niques. »

« Miss Vereker ? » Magdalen Raven ne savait plus sur le moment qui était Miss Vereker.

« La gouvernante des filles », dit Miss Grundy. Comme s'il était possible d'ignorer l'existence de Miss Vereker avec Olive qui ne cessait pas de parler d'elle !

« Oh oui, je m'en souviens maintenant. Je suppose qu'elle n'habitait pas dans cette maison ? »

Elles avaient quitté leur fourré et se trouvaient à présent devant la maison des bois qui avait du charme par cette chaleur, à l'ombre de son bouquet d'arbres.

« Non, c'était l'un des gardiens qui habitait ici, mais maintenant ils préfèrent les H.L.M. »

« Ce serait un cadre tellement romantique pour un jeune couple, vous ne trouvez pas ? » dit Miss Grundy. « Je suppose que Sir Miles pourrait la louer. »

« Oh oui, elle est certainement habitable », dit Miss Lee. « Miss Vereker aurait peut-être préféré cet endroit à sa maison de West Kensington, mais bien sûr elle n'a pas eu le choix. »

« Ma fille trouve qu'on aurait dû la proposer à une famille sans abri », dit Magdalen, « mais ça ne se fait pas, bien sûr. Vous vous rappelez pendant la guerre comme les évacués détestaient la campagne ? »

« Les éléments naturels font peur à bien des gens », dit Miss Grundy.

Ses compagnes furent bien incapables de trouver quelque chose à répondre et la conversation prit un tour plus rassurant. Il était temps pour elles de retourner à leur propre déjeuner — une salade qu'elles mangeraient dehors par exemple, à l'instar de Sir Miles et de ses invités. Il faisait certainement chaud en Grèce et Daphné était sans doute attablée dans une quelconque « taverna » — était-ce bien le mot ? Quant à Tom, elles l'avaient vu qui rêvassait dans le cimetière ce matin — il y avait un certain laisser-aller quand Daphné n'était pas là, il fallait le reconnaître.

L'herbe séchait autour des tombes — Tom se rendait compte qu'elle avait grand besoin d'être coupée. On avait débattu de la question à la dernière réunion du conseil paroissial. Et on ne voyait pas comment contenir ou maîtriser les débordements funéraires des villageois endeuillés. N'y avait-il rien à faire pour éduquer leur goût exécrable ? Christabel Gellibrand avait essayé de dire au cours de cette même réunion que les bordures de pierre compliquées, les éclats de marbre vert et les inscriptions tarabiscotées en lettres dorées défiguraient l'aspect général du cimetière. Sur certaines tombes, il y avait même des vases de fleurs artificielles, c'était vraiment une honte pour une région de campagne. N'y avait-il pas un règlement à appliquer que le pasteur ferait respecter ? Ici plusieurs regards appuyés s'étaient posés sur Tom, mais il s'était contenté de sourire, reconnaissant que bien sûr il y avait certaines règles ; mais qui était-il pour décider de les appliquer, pour agir d'une manière qui ne manquerait pas de paraître dure et autoritaire avec des êtres humains comme lui qui vivaient des moments de tristesse et connaissaient encore la douleur du deuil ? Après tout, tout le monde ne recevait pas en partage le don du bon goût (comme Christabel G.). Il était difficile de répondre à ces vérités désagréables à entendre comme il l'était d'admettre que l'on était un être humain au même titre que ceux qui couvraient leurs tombes avec des éclats de marbre vert ou autres horreurs, comme cette statue à l'air souffreteux qui avait atterri là, Dieu sait pourquoi, dans les années 50 (avant que Tom ne soit pasteur).

Mais dans l'angle du fond, sous les ifs, les chérubins doucereux du XVIIe siècle, qui avaient perdu de leur fraîcheur avec les années, le regardaient méchamment par-dessus leurs inscriptions désespérément indéchiffrables. Peut-être que même eux avaient été neufs et d'un bon goût déplorable ? Il était trop tard maintenant pour faire quelque chose pour ce cimetière, fermer la cage quand les oiseaux se sont envolés, comme on dit — cet endroit était gâché, c'était tout. Seules les tombes les plus anciennes et le mausolée, avec sa sobre obélisque de granit, avaient des chances de plaire à ceux qui remarquaient ce genre de chose.

Bien que l'intérieur du mausolée ne fût pas au goût de Tom, la pensée du marbre frais par cette chaleur avait quelque chose d'attirant, et il écarta le rideau de velours et entra.

« Ah, pasteur... »

Tom ne s'attendait pas à être salué et il eut un mouvement de surprise quand il vit que le docteur G. se trouvait déjà à l'intérieur du mausolée. Tom s'était parfois demandé pourquoi le docteur G. était, comme lui, en possession d'une clef du mausolée. Il n'y avait pourtant là personne qui fût en état de bénéficier de ses secours maintenant.

Il y avait quelque chose de légèrement ridicule dans le fait que les deux hommes se retrouvent face à face de cette manière et en un tel lieu, et après que le docteur eut commencé, « Ah, pasteur... » et que Tom eut répondu : « Eh bien, docteur G. », ils restèrent là à sourire, la main de Tom posée, comme pour la bénir, sur une froide tête de marbre, et le docteur paraissant examiner les contours d'un bras de statue comme s'il cherchait à localiser une fracture.

Que faites-vous donc ici ? voulait demander Tom, et pourtant en un sens, ils avaient tous deux également le droit d'être ici, même s'ils n'avaient ni l'un ni l'autre l'espoir de finir leurs jours dans le mausolée. Mais ce fut le docteur G. qui posa la question à Tom, renversant les rôles d'une manière inattendue. « Que faites-vous donc ici ? » demanda-t-il. « C'est surprenant de rencontrer quelqu'un dans ce lieu. »

« Vous venez souvent ici ? » Tom avait posé cette question banale machinalement.

« Oh, oui, je viens ici assez souvent. » Le ton du docteur G. était désinvolte.

« Il y a un jeune homme qui vient s'occuper du mausolée », dit Tom. « Je l'ai rencontré ici un jour. »

« Oui — on a décidé que cet endroit serait entretenu, il ne faut pas qu'il se dégrade. C'est la moindre des choses, je pense. »

Comme s'il était personnellement concerné, pensa Tom, irrité par l'attitude du docteur. Comme si cet endroit lui appartenait — mais bien sûr, c'était une réaction absurde, car pourquoi le docteur n'aurait-il pas eu le droit d'entrer dans le mausolée comme n'importe qui d'autre ? En fait plus que n'importe qui, parce qu'il était dans le village depuis si longtemps et se rappelait même les derniers survivants de la famille de Tankerville.

« Avez-vous connu... ? » commença Tom, en montrant les statues de marbre qui les entouraient.

« Eh bien, pas ceux-ci. Les filles, oui, certainement, et Miss Vereker — elle aimait bien venir ici. »

« Miss Vereker ? » Tom était perplexe.

« La dernière gouvernante. »

« C'est vrai ! » Les pensées de Tom étaient revenues au XVIIe siècle, où il n'avait pas le souvenir d'un tel nom. « Miss Vereker, la dernière gouvernante — comme cette phrase est triste. Elle faisait l'éducation des filles au château ? »

« Oui, c'était une femme assez jeune à cette époque. »

« Et elle aimait venir ici. C'est bizarre pour une jeune femme. »

« Eh bien, les intérêts de la famille lui tenaient beaucoup à cœur. Elle mettait des fleurs ici à Pâques et en d'autres circonstances... Je me promenais juste dans le cimetière et je me suis dit que j'allais entrer voir — c'est drôle que nous nous soyons rencontrés ici », dit le docteur, maintenant plus affable, « mais après tout, vous et moi faisons un peu le même genre de travail, n'est-ce pas ? ».

« Oui, je suppose », dit Tom, mais alors que le cabinet de consultation était plein, le bureau du pasteur était vide, personne n'attendait jamais. Il y avait donc bien une différence. Pourtant il y avait peut-être un moyen de se retrouver, d'une manière utile et pratique, car Tom se disait à présent qu'il pourrait demander au docteur G. de parler à l'une des réunions du club d'histoire cet hiver... « La mort autrefois », ou quelque chose dans ce goût-là. Il ne doutait pas que le docteur serait capable de trouver un sujet approprié.

Naturellement le docteur G. répondit qu'il le ferait avec plaisir et les deux hommes quittèrent le mausolée, tous deux avec un sentiment de satisfaction, comme s'il s'était agi d'un événement social. Son « Vous venez ici souvent ? » n'était donc pas si déplacé que cela en définitive, pensa Tom.

Retournant à ce qu'il appelait son déjeuner solitaire — et, Daphné étant absente, c'était effectivement un repas solitaire — il aperçut Emma dans la rue du village. Elle rentrait dans sa maison, une lettre à la main — ou bien était-ce une carte postale ? Si elle n'avait pas eu l'air préoccupée par les nouvelles que contenait cette missive, il lui aurait peut-être proposé d'aller boire quelque chose au pub. C'est du moins ce qu'il s'imagina en train de faire — en réalité il n'aurait sans doute rien dit et il aurait manqué sa chance. Enfin, demain il ferait jour — c'était l'excursion d'été du club d'histoire, et le temps promettait au moins d'être beau. Les hommes d'église aujourd'hui incluaient rarement le temps dans leurs prières, mais naturellement le soleil n'était pas le seul bienfait que l'on pouvait souhaiter.

XIV

Tom savait d'avance que le groupe qui prendrait part à l'excursion d'été du club d'histoire serait essentiellement composé de femmes d'âge mûr des villages voisins — « les historiennes de Tom », comme Daphné les appelait. Mary, Janet, Leila, Damaris, Ailsa, Myrtle et Hester — il les connaissait toutes par leur prénom, et elles étaient incontestablement les piliers de leur petit groupe. Naturellement, il y en avait aussi quelques-unes de sa paroisse — Miss Lee et Miss Grundy (qu'il n'appelait pas « Olive » et « Flavia »), la femme du docteur Shrubsole, Avice, et sa mère (Magdalen ?) et enfin, comme il l'avait espéré, Emma Howick, qui viendrait sûrement en tant qu'anthropologue pour étudier la vie du village. Il y avait aussi une ou deux personnes natives du pays, qui étaient venues non pas parce qu'elles connaissaient l'histoire de la région, car elles portaient peu d'intérêt à ces choses, mais « pour la balade ». Parmi elles il y avait Mrs Dyer — il n'était pas question qu'elle soit en reste quand il se passait quelque chose et peut-être qu'elle voulait aussi flatter les manies puériles du pasteur, faire semblant de s'intéresser à ses histoires de gens enterrés dans de la laine.

Le seul homme du groupe, si l'on exceptait Tom, était Adam Prince, qui portait des jeans (il avait fait une meilleure affaire qu'avec ceux qu'il avait donnés à la vente de charité).

« Votre sœur n'avait pas besoin d'aller si loin pour trouver du soleil », dit-il à Tom.

« Oh, mais Daphné attend bien autre chose de la Grèce », dit Tom. « Et elle a vraiment besoin de s'en aller. »

« Oui, nous avons tous besoin de nous en aller, peut-être surtout les femmes », dit Adam.

Il repensait sans doute à des femmes qui avaient travaillé pour lui à l'époque où il était prêtre, car il sourit mystérieusement et Tom se demanda s'il n'allait pas se lancer dans une de ses évocations de sa vie passée. Mais sa remarque suivante concernait le temps — ils avaient vraiment de la chance d'avoir une aussi belle journée.

« J'espère seulement que nous trouverons un coin ombragé pour manger », dit Mrs Dyer, « ou nous attraperons tous une insolation ».

« Peu probable, Mrs Dyer, dans notre climat tempéré », lui assura Adam Prince.

Tom en était moins sûr mais il se souvenait qu'il y avait de beaux arbres dans le domaine de Seedihead Park où ils se rendaient, et il espérait qu'ils pourraient manger là.

Mrs Dyer se mit ensuite à leur raconter une « excursion surprise » qu'avait organisée l'association des personnes âgées d'un village voisin (Les Vieillards Toujours Verts), par un après-midi tout aussi chaud que celui-ci. On avait remarqué que l'une des vieilles personnes était curieusement silencieuse, qu'elle ne chantait pas avec les autres.

« Et devinez quoi ? » Mrs Dyer attendait une réponse.

« Il était mort ? » dit Emma avec gaieté. « Ou bien était-ce une femme ? »

« Non, c'était un vieux monsieur. »

« C'est bien ce que je pensais — les femmes ont trop de tact pour faire ce genre de chose, mourir pendant une sortie, avec tous les désagréments que cela comporte. »

« Oh, allons, Miss Howick — vous êtes un peu dure avec nous ! » protesta Adam.

« Il était assis sur son siège », poursuivit Mrs Dyer, qui trouvait que l'attention se détournait d'elle, « immobile, la bouche ouverte — ils ont cru qu'il dormait ».

« Mais il était mort », répéta Emma.

« Ils ne savaient pas quoi faire — arrêter le car ou continuer. »

« Et ces pancartes que l'on voit devant les pubs — INTERDIT AUX CARS OU ON ACCEPTE LES CARS », dit Emma, brodant sur le sujet. « Devant laquelle s'arrêter ? Ça a dû être un problème. »

« Dans ces circonstances, la meilleure chose à faire c'était de rentrer », dit Adam. « Est-ce que c'est ce qu'ils ont fait ? »

Cette question directe sembla troubler Mrs Dyer et elle se mit à protester, disant que c'était dans un autre village, et puis comment pouvait-elle savoir ce qu'ils avaient fait ?

« Je suppose qu'ils se sont arrêtés de chanter », dit Adam, « quand ils ont vu ce qui s'était passé. Ou peut-être que l'histoire ne le dit pas ».

« Non — par exemple, aujourd'hui, il y aura des tas de lacunes dans notre récit, et les futurs historiens nous le reprocheront », dit Tom. « On ne peut pas rendre compte de tout. » Il rappela que plusieurs membres du club faisaient le tour des villages avec des magnétophones dans l'espoir de saisir « l'immédiateté » des événements locaux au moment où ils se produisaient, mais les résultats jusqu'ici avaient été curieusement décevants. Il leur manquait la vivacité d'un Anthony à Wood, d'un Aubrey ou d'un Hearne, pensait-il. Peut-être étions-nous tous réduits aujourd'hui à une espèce de grisaille uniforme — l'Etat providence et l'essor de la société de consommation y étaient sans doute pour quelque chose. Et puis, on était pris en charge du berceau à la tombe, n'est-ce pas, et cela devait jouer...

Le car s'arrêta devant une entrée majestueuse flanquée d'animaux de pierre d'une espèce indéterminée — des lions, aux traits usés par les années, ou autres animaux mythiques. Le chauffeur adressa quelques mots au gardien et le car s'engagea lentement dans l'allée. Elle était ombragée par des bouquets d'arbres de chaque côté, mais le sol était inégal et défoncé. Il n'y avait pas longtemps que le propriétaire avait ouvert son parc et sa maison au public.

« Ils auraient pu faire en sorte d'avoir un chemin en meilleur état », dit Mrs Dyer, alors que le car avançait en faisant des embardées. « C'est ici que nous allons manger notre pique-nique ? » Elle inspectait les bois sombres de chaque côté d'un air méfiant.

« Ça ne manque pas d'ombre ici, Mrs Dyer », dit Tom avec gaieté. Il se mit debout au fond du car, il se sentait soudain libéré. L'expérience qu'il avait de ce genre de situation lui disait que tout le monde n'aurait pas envie de l'accompagner dans sa visite guidée du château — certains préféreraient se promener dans la propriété ou rester assis sous les arbres. Il espérait pouvoir parler agréablement avec Emma et il fut content de constater qu'elle attendait le moment de la visite, qu'elle attendait presque docilement, comme une écolière, dans sa robe en coton bleu et blanc.

La docilité apparente d'Emma cachait en fait qu'elle était préoccupée par la lettre qu'elle avait reçue la veille de Graham Pettifer et par l'étrange nouvelle qu'elle contenait. Il parlait de son désir de « prendre du recul », d'avoir les moyens de « se mettre » à ce livre auquel il travaillait. Rien ne disait qu'il avait envie de la revoir elle, et pourtant la lettre se terminait par une information étonnante qui semblait indiquer qu'il souhaitait sa compagnie, car il écrivait alors tout à fait naturellement « je passerai le reste de l'été dans une maison que je vais louer près de chez toi — j'ai pensé qu'il valait mieux te prévenir ! » La façon dont les choses étaient formulées était ambiguë, et après la soirée sans intérêt de la Fête des Fleurs, elle avait bien du mal à présager de l'avenir de leurs relations. Et où était cette maison qu'il allait louer — pourquoi ne lui avait-il pas demandé de s'en occuper ? Elle ne voyait pas d'autre maison que celle des bois — était-il possible que ce fût celle-là ?

« Avez-vous un congélateur, Miss Howick ? » La voix de Magdalen Raven interrompit les pensées d'Emma. Cela n'avait, semble-t-il, pas grand rapport avec la broderie des rideaux jacobéens qu'elles étaient en train d'examiner, mais que dire alors des questions que se posait Emma au sujet de Graham Pettifer.

« Moi ? Un congélateur ? Non, je n'en ai pas. »

« Maman, elle vit seule, il est normal qu'elle n'en ait pas », dit Avice avec impatience. « Un petit compartiment en haut du frigo suffit dans son cas. C'est ce que tu avais, tu t'en souviens ? On peut y garder les choses jusqu'à trois mois et c'est très utile, mais pour nous ça ne conviendrait pas, bien sûr. Il nous faut ce qu'on fait de plus grand avec tout ce que nous avons, viande, légumes et fruits du jardin, et je fais toujours un ragoût en supplément, et des gâteaux et puis le pain... »

« Ah bon ? » dit Emma poliment. « Même le pain ? »

« Oh oui, il n'y a rien, en fait, qu'on ne puisse congeler, ou presque rien. Le concombre, ça ne marche pas très bien... »

« Il y a effectivement un rapport avec la guerre civile », c'était la voix de Tom qui s'interposait. « On va vous montrer la pièce où il paraît que certains des royalistes se sont rencontrés... »

« Il paraît ? » répéta Adam. « On n'en est pas sûr ? »

« On hésite à affirmer ce genre de chose », dit Tom, « c'est une tradition orale. Il y a une pièce en haut de la maison qu'on appelle la chambre du roi ».

« Il y a sûrement une raison à ça », dit Emma. « Serait-il possible que le roi Charles en personne l'ait occupée ? »

Le reste du groupe était déjà plus loin et Emma se trouva seule avec Tom au pied d'un escalier étroit.

« Cette personne qui était avec vous à la Fête des Fleurs », dit-il tout à coup, comme s'il tenait à poser la question tant qu'ils étaient seuls, « vous avez un lien de parenté ? »

« Parenté... » Emma se rendit compte qu'elle avait envie de rire — le mot « parenté » était un terme utilisé par les anthropologues dans les rapports laconiques qu'ils faisaient sur les « relations entre les membres d'un même groupe ». « Vous voulez dire Graham Pettifer ? Je l'ai connu quand je travaillais à Londres. »

« Ah, Londres. Je suppose que vous avez

connu beaucoup de gens par votre travail là-bas. »

« Oui, c'est vrai. Je fréquentais un centre d'études d'anthropologie et j'y rencontrais souvent des collègues. »

« Des collègues... » Tom s'arrêta sur ce mot.

« Des gens qui font la même chose que vous — de la même façon que vous pourriez rencontrer d'autres hommes d'église ou d'autres personnes qui s'intéressent à l'histoire. »

Tom semblait avoir bien des doutes sur le sujet mais il ne dit rien.

« Et puis, on rencontrait souvent des gens dans les bibliothèques. »

« Ah, les bibliothèques », dit Tom, mais son visage s'assombrit, comme si tout en reconnaissant l'utilité et la valeur des bibliothèques il s'était mis à penser à l'amie de sa sœur, Heather Blenkinsop, et à l'intérêt excessif qu'elle portait aux problèmes de datation des enclosures.

Le silence provoqué par l'évocation des bibliothèques fut interrompu par Miss Lee et Magdalen Raven, qui étaient manifestement dans tous leurs états.

« Il s'agit de Miss Grundy — il s'est passé quelque chose d'assez bouleversant — elle a eu une espèce de crise... »

« Ce doit être la chaleur », dit Tom. « Je craignais un peu un incident de ce genre. Je me sens responsable », ajouta-t-il. Ça lui facilitait tellement les choses d'endosser cette responsabilité, c'était un peu ce qu'on attendait de lui.

« Oh, il ne s'agit pas de cela », dit Miss Lee avec impatience, « pas ce genre de crise — c'est plutôt une expérience — elle dit qu'elle a vu quelque chose, quelqu'un du passé ».

« Un fantôme ? » suggéra Emma, « ou quelque chose comme Miss Moberly et Miss Jourdain à Versailles ? ».

« Nous devrions aller auprès d'elle », dit Tom, « voir si nous pouvons faire quelque chose ».

Ils trouvèrent Miss Grundy dans une petite antichambre, assise sur une chaise pliante, entourée de touristes comme elle, compatissants mais perplexes. Une femme aux cheveux blancs, qui portait une blouse de nylon à fleurs, était penchée sur elle, une tasse de thé à la main.

« L'une des gouvernantes », chuchota Magdalen, « elle a été si serviable ».

Est-ce que le thé était la boisson la plus indiquée dans ces circonstances ? se demanda Emma. Mais il ne serait venu à l'idée de personne de proposer autre chose, c'était un réflexe.

« Qu'a-t-elle vu ? » demanda Tom à la ronde, car Miss Grundy était incapable de parler, elle était assise à regarder fixement devant elle.

« Un jeune homme aux cheveux longs, avec un chapeau de couleur vive — d'un style plutôt oriental, a-t-elle dit, quand elle nous a raconté ça — elle ne savait pas trop où elle en était, bien sûr, et maintenant elle ne veut plus rien dire d'autre apparemment », dit Magdalen. « Peut-être qu'Avice saurait quoi faire — mais elle est déjà plus loin. »

« Ce n'est pas la peine de tracasser votre fille », dit Miss Lee, agacée qu'on fasse tant d'histoires. « C'était probablement un jeune homme comme on en voit aujourd'hui qu'elle a vu — vous savez bien comment s'habillent les jeunes actuellement, et ils ont les cheveux tellement longs. Allons, venez, Flavia », dit-elle avec fermeté, « nous, nous allons manger maintenant ».

« Oui, c'est sûrement ce que nous avons de mieux à faire », dit Tom à Emma.

Ce petit incident avait créé entre eux une certaine complicité et ils semblaient tous deux en avoir conscience. Tom réfléchissait à la difficulté de vivre avec quelqu'un dont on ne partage pas toujours les opinions. Emma avait des pensées du même ordre et elle se rendit compte qu'elle s'interrogeait sur la vie de Tom et de Daphné et se demandait pourquoi il n'avait pas trouvé une formule de vie plus agréable. Un homme beau et intelligent comme lui aurait tout de même pu faire en sorte de se remarier.

Quelques membres du groupe s'étaient déjà installés sous un arbre sur la pelouse — on s'était empressé d'oublier les bois humides aperçus à l'entrée du parc. Emma remarqua que Mrs Dyer et ses compagnes étaient assises légèrement à l'écart de Tom et des « historiennes » qui se pressaient autour de lui, mais elle savait que Tom n'y était pour rien. Il ferait certainement tout son possible pour qu'il n'y ait pas d'injustice, quelles que soient les difficultés de l'entreprise — c'était Mrs Dyer qui se mettrait à part et qui ensuite lui en ferait supporter la responsabilité. Adam Prince se baissa précautionneusement pour s'asseoir — son nouveau jean n'était pas encore très souple.

« J'espère que vous n'aurez pas pour notre petit repas les mêmes exigences que pour vos restaurants », dit Miss Lee, lui offrant du thé dans une tasse en plastique vert ; mais en réalité, elle était totalement indifférente à son opinion. Le « travail » d'Adam Prince était un objet de plaisanterie dans le village — on avait du mal à croire qu'on pouvait payer des gens pour aller faire des bons repas dans les restaurants chics de la région.

« Je suis persuadé que votre thé sera tout aussi bon que d'habitude », dit Adam — c'était le pasteur doucereux qui parlait maintenant plus que le gastronome de profession. Après tout, il avait une longue expérience des aspects plus humbles de la préparation d'un repas.

« Est-ce qu'on peut pique-niquer dans notre parc ? » demanda Emma, « le parc du château, je veux dire ».

« Nous n'avons jamais essayé », dit Tom. « Curieusement, la question ne s'est jamais posée. Nous nous sentirions sûrement mal à l'aise — c'est trop près de chez nous, peut-être. »

« Autrefois », dit Miss Lee, « on offrait un goûter aux enfants dans le parc du château au mois d'août. »

« Ce genre de chose n'est plus nécessaire », dit Avice. « Les gens se passent de cette sorte de patronage. Ils se débrouillent seuls. »

Ça allait de soi — avec Mother's Pride et les haricots blancs Heinz (merci, maman), pensa Emma — le seigneur du château pouvait se dispenser d'offrir des repas aux enfants de ses fermiers aujourd'hui.

« Mais est-ce que les gens sont vraiment capables de se débrouiller tout seuls ? » demandait Adam. « Ils semblent moins autonomes — on dirait qu'ils ont besoin d'aide plus qu'avant, pas moins. »

« Eh bien, il y a des organismes d'entraide », acquiesça Avice. « Et c'est très bien comme ça. Tout ce patronage, ou ce paternalisme, appelez ça comme vous voudrez, on s'en est débarrassé, et c'est une bonne chose. »

« Peut-être qu'on s'est débarrassé de ceux à qui on le devait, par la même occasion. »

« Oui, le château me manque, c'est certain, et tout ce qu'il représentait — le village n'a plus d'âme, si l'on peut dire, maintenant », dit Miss Lee.

« Je suppose que l'église et les médecins ont pris la place de la petite noblesse », dit Emma.

Avice était prête à reconnaître que c'était vrai, mais elle pensait qu'on aurait dû donner la première place aux docteurs. Tom se contenta de sourire, il pensait à sa rencontre avec le docteur G. au mausolée et se disait qu'on était tous à égalité pour finir — poussière et/ou cendres, selon comment on voyait les choses.

« Est-ce qu'il vous arrive d'avoir des nouvelles de Miss Vereker ? » demanda Tom à Miss Lee. Il venait de repenser à la « dernière gouvernante » qui aimait tant aller dans le mausolée.

« Oui, nous ne nous sommes pas perdues de vue. J'ai reçu une carte à Noël, une carte pour une cause humanitaire, bien sûr — la Croix-Rouge ou la Caisse de Bienfaisance des Jardiniers ? Je ne sais plus, ça avait un rapport avec la nature. Elle avait écrit quelques mots au dos de cette carte. »

« J'ai remarqué que la plupart des gens ont tendance à faire ça maintenant que l'affranchissement est le même partout », dit Magdalen.

« Miss Vereker quitte son appartement, elle part habiter avec son neveu et sa femme », intervint Miss Grundy, qui parlait pour la première fois depuis sa « crise ».

« Son appartement va lui manquer », ajouta Magdalen. « C'est toujours un peu triste de perdre son indépendance. »

« Oh, maman, comment tu parles ! On ne peut tout de même pas dire ça de toi, avec tous les petits services que tu rends dans la maison et le baby-sitting — personne ne pourrait dire que tu n'es pas indépendante, toi. »

« Je vais fumer une cigarette pour éloigner les moucherons », dit Magdalen tout à coup.

« Ecoute, tu sais ce que Martin pense des cigarettes », dit Avice sur le ton de l'avertissement.

« Oui, c'est agréable de fumer en plein air quelquefois », dit Adam, lui présentant son étui à cigarettes en argent démodé. « Essayez-en une des miennes, Mrs Raven. »

« Est-ce que la gouvernante, Miss Vereker, revient ici parfois ? » demanda Tom. Il ne l'avait jamais entendu dire mais il était en train de se rendre compte qu'il ne serait peut-être pas impossible de faire appel à ses lumières ; peut-être même qu'on pourrait faire un enregistrement des souvenirs qu'elle avait de la vie au château.

« Elle n'est pas venue récemment », dit Miss Lee. « Le prix du voyage ferait un sacré trou dans son budget, même avec une carte Vermeil des Chemins de Fer. »

Il y eut un bref silence gêné. Tom se demanda si le conseil paroissial pouvait faire quelque chose, puiser dans la caisse noire du pasteur, par exemple, mais il n'osa pas le suggérer.

« Elle fait mieux de rester là où elle est, à Londres », dit Miss Grundy, qui pensait au nombre d'églises qu'on avait à sa disposition, même à West Kensington où son neveu et sa femme habitaient, si ses souvenirs étaient bons.

« Vous serez content de retrouver Daphné, n'est-ce pas ? » dit Miss Lee. Elle trouvait que Tom perdait un peu les pédales — bien qu'elle eût été bien en peine de dire d'où lui venait cette impression — quand sa sœur était en vacances.

« Elle parle de prendre un chien », dit Tom, imaginant l'animal bondissant dans la maison, renversant toutes sortes de choses.

Dans un autre car, par une journée tout aussi chaude, Daphné était occupée à regarder les champs d'oliviers gris-vert qui s'étendaient mile après mile, kilomètre après kilomètre, à perte de vue. Elle se laissa envahir par le son du transistor du chauffeur, une musique assourdissante, des chansons aux accents orientaux. Elle ferma les yeux, s'abandonnant avec volupté au bruit et à la chaleur. Elle entendait encore le coassement des grenouilles qui avait accompagné leur promenade de la veille ; elles avaient marché dans la ville et avaient aperçu dans une petite rue des animaux entiers — des agneaux, supposait-elle — qui rôtissaient sur des broches. Elle repensait à ce petit village qu'elle avait vu juste avant, cuisant au soleil de midi, avec ses affreux bâtiments cubiques d'un blanc éblouissant... Quel contraste avec la grisaille humide de sa propre maison ! Ce n'était pas consciemment qu'elle faisait la comparaison, elle vivait totalement dans le présent sans penser du tout au passé. Elle pensa aussi à ces animaux qu'elle avait vus dans un champ, pressés les uns contre les autres dans une espèce d'abri, et, Dieu sait pourquoi, elle vit alors les historiennes de Tom, mais l'espace d'un instant seulement. Elle ne s'appesantit pas sur ce souvenir mais le chassa de son esprit.

Le dimanche qui suivit l'excursion du club d'histoire, Emma alla aux Vêpres. Cet office où il y avait peu de monde lui paraissait plus reposant, plus « profond » même, que l'office familial du matin avec ses cris d'enfants. Le sermon ne lui apporta pas grand-chose, car elle n'était pas attentive, mais il lui sembla quc Tom en avait fait de plus réussis, sa façon de mélanger passé et présent n'était pas des plus heureuses. Après l'office, elle ne s'attarda pas sous le porche pour dire bonsoir mais se hâta de partir.

En face de l'église se trouvait une maison qui attirait toujours son attention, parce que le jardin était plein à craquer de voitures abandonnées. On avait l'impression que le propriétaire y laissait sa vieille voiture quand il en achetait une neuve, comme un serpent qui change de peau. On faisait un peu la même chose, pensa-t-elle, avec les vieux animaux ou même avec les vieilles personnes, on les mettait ensemble. Curieusement, le spectacle de toutes ces voitures n'était pas sans charme, il avait même une certaine beauté ; il y en avait une qui était encore recouverte d'une housse grise en plastique qui l'avait protégée de la pluie dans les années 50, et Emma resta un moment à regarder par-dessus le mur délabré. A travers les arbres elle en apercevait une qui ressemblait à une de ces Morris à la gueule de bouledogue, certainement un véhicule d'importance historique ? Elle se demanda si Tom était au courant de son existence, mais il fallait dire que son intérêt pour l'histoire remontait plus loin, et puis il ne voyait sans doute que le côté hideux des voitures abandonnées, comme la plupart des gens du village. Pourtant, ça aussi c'était de l'histoire d'une certaine manière, et ne fallait-il pas voir un symbole dans le fait que cette espèce particulière de cimetière se trouvât précisément en face de l'église ? — la rencontre de deux religions en quelque sorte, l'ancienne et la moderne ? « Note sur la signification de la voiture abandonnée dans un village du West Oxfordshire », c'était une rubrique possible, pensa-t-elle.

Une fois rentrée chez elle, elle s'installa à sa table de travail et oublia ce qu'elle venait de voir. Plus tard, elle sortit la lettre de Graham et y réfléchit. La quantité de choses qui pouvaient arriver à une personne ordinaire n'avait probablement pas de limites, mais entre un homme et une femme, il n'y avait pas trente-six péripéties possibles. Ce serait tout de même plus satisfaisant si Graham, par exemple, pouvait étoffer d'une manière ou d'une autre la maigre information que contenait sa lettre — s'il pouvait donner une idée de ses sentiments même. Cela l'aiderait sans doute à y voir plus clair en elle, car elle ne savait pas vraiment si elle voulait renouer avec lui. Ça existait, le téléphone, pensa-t-elle, en jetant un coup d'œil sur l'appareil silencieux. C'était un combiné d'un gris très à la mode qui dégageait une impression de paix et de repos (à moins qu'on ne voie dans le gris la couleur de la désolation, ce qui était également possible).

Quand le téléphone sonna effectivement, elle ne fut pas surprise d'entendre la voix de Graham et d'apprendre que la maison qu'il louait était bien la maison des bois, « la maison en ruine », comme on l'appelait. Mais elle était habitable, apparemment. Est-ce que le laitier y passait ? Emma pourrait sûrement essayer de le savoir ? Et pour ce qui était du pain, des pommes de terre, et des quelques denrées essentielles — il était sûr qu'Emma pourrait arranger ça ?

XV

Tom ne partit pas en vacances cet été-là, même quand Daphné fut de retour de Grèce. Il fut soulagé de constater qu'elle ne manifestait pas pour l'instant le désir de prendre un chien — avec cette vague de chaleur qui durait, ce n'était peut-être pas le moment idéal. Quant à lui, la machine à explorer le temps qui l'aurait transporté au cœur du XVIIe siècle — le voyage de ses rêves — n'avait pas encore été inventée. L'Espagne, où Mrs Dyer, son fils et sa belle-fille allaient, ne lui disait rien, pas plus que la pension de famille chrétienne de Miss Lee (« Le hâvre ») dans l'ouest de l'Angleterre, ni même les quelques jours que Miss Grundy passait à Londres à visiter des églises agréables. Les deux mois de plein été n'étaient pas le meilleur moment pour assister à des fêtes religieuses et Tom se disait qu'il y avait bien longtemps qu'il avait cessé d'aller ainsi à l'église pour le seul plaisir. Les Shrubsole devaient louer une maison en Cornouailles et la mère d'Avice serait là pour passer de longues journées sur la plage avec les enfants, tandis qu'Adam Prince emmènerait sa Renault rubis en Dordogne et partirait à la recherche de truffes et de Montbazillac, ce qui était la façon la plus raffinée de passer ses vacances à travailler. Le docteur G. et Christabel allaient en Ecosse passer quelques jours dans un château avec de vieux amis. Tom se félicitait de ce que le frère du docteur G., qui était pasteur, ne vînt pas garder leur maison cette année, car il avait un jour offert de l'aider à l'église avec un tel empressement que Tom avait dû avouer à sa grande gêne qu'il n'y avait jamais eu d'encens et qu'on ne possédait pas de thuriféraire. Robbie et Tamsin Barraclough étaient les vacanciers les plus aventureux du village, ils allaient en Orient par voie de terre — en Afghanistan selon certains, ou bien était-ce en Inde ? — quelque part dans cette direction en tout cas.

Emma attendait la visite de sa mère et d'Isobel à un moment quelconque de l'été, bien qu'elles eussent également le projet d'aller passer le mois d'août dans la maison qu'Isobel possédait dans la région des lacs. Pourquoi semblait-il si normal qu'une directrice d'école eût une maison dans la région des lacs ? se demanda Emma. Cela avait manifestement un rapport avec Wordsworth et l'amour des montagnes propre à l'époque victorienne, car la maison avait appartenu au grand-père d'Isobel.

La semaine qui précédait celle où Graham devait s'installer dans la maison qu'il avait louée, Emma avait invité une ancienne camarade de classe, Ianthe Potts, à venir passer quelques jours chez elle. Elle se sentait toujours coupable vis-à-vis de Ianthe, qui était obstinément restée en contact avec elle depuis l'enfance, alors qu'Emma aurait volontiers laissé leur relation se défaire. Ianthe travaillait dans un musée et nourrissait depuis quelque temps un amour sans espoir pour un de ses collègues. Pour cette raison, et aussi parce que Ianthe habitait un appartement assez sinistre du mauvais côté de Kilburn High Road, Emma se sentait obligée de l'inviter à venir passer un week-end chez elle maintenant qu'elle habitait à la campagne et qu'il faisait si beau.

Emma remarqua que cette situation sans issue avait amené Ianthe à accorder plus d'attention à sa santé, de façon à être en état de profiter de ce que le reste de la vie pourrait éventuellement lui apporter. Le fait qu'il y avait deux docteurs dans le village l'impressionna davantage que le charme paisible des bâtiments de pierre couleur de miel ou l'extraordinaire profusion de fleurs d'été dans les jardins. Elles firent plusieurs promenades dont une les conduisit à la maison où Graham allait bientôt s'installer. Ianthe remarqua combien le cadre était romantique, mais ajouta qu'elle craignait que la maison ne fût humide avec tant d'arbres autour.

« Tu as eu une histoire avec lui à un moment donné, non ? » dit-elle d'une manière qui situait ce qui avait eu lieu entre Graham et Emma délibérément dans le passé, sans aucun espoir d'avenir. Emma en fut agacée, car bien qu'elle n'eût pas de sentiments très forts pour Graham — en vérité, elle ne savait même pas ce qu'elle éprouvait pour lui — ce n'était pas à Ianthe de sous-entendre qu'il n'y avait rien entre eux. Mais elle décida de ne pas le relever. Au lieu de cela, elle se mit à interroger Ianthe sur sa propre vie amoureuse ; c'était encore Ian ? C'était toujours lui le grand amour ?

« Oui, hélas », dit Ianthe. « Mais il n'y a pas beaucoup d'espoir. J'ai découvert qu'il était gay, tu comprends ? »

Son ton, son allure avaient quelque chose de lugubre — elle était grande et ne se tenait pas bien droite, avec des cheveux ternes qui retombaient comme des rideaux de chaque côté de son visage très pâle — et Emma eut envie de sourire, elle faillit même relever ce mot en l'occurrence déplacé ; mais naturellement, c'était le terme que l'on utilisait aujourd'hui pour décrire cette situation. Ian — s'il existait sur cette terre une personne pas très gaie, c'était bien lui — partageait son appartement et sa vie avec un jeune homme du nom de Bruno, et par conséquent il n'y avait rien à faire. Le dimanche matin, elles allèrent à l'église.

« Votre vicaire est bien beau », dit Ianthe. « Il est célibataire ? »

« Non, il est veuf, et il est pasteur, pas vicaire. »

Emma eut tout le loisir de penser à tout ça le dimanche soir, car Ianthe avait un train à prendre juste après cinq heures (« Faut que je sois au musée à neuf heures et demie lundi matin », avait-elle dit avec un sérieux désolant), ce qui signifiait qu'après l'avoir accompagnée à la gare, Emma était retournée à l'église et avait pensé à Tom avec plus de détachement. Il n'y avait pas de doute, il était beau effectivement, mais il était également « gentil », agréable, sympathique, comme on voulait. Ce n'était pas, bien sûr, un tempérament dynamique, mais était-ce bien grave ? Chantant l'hymne :

Pour la beauté de la terre
Pour la beauté des cieux

avec ses vers sur la joie de l'amour humain (frère, sœur, père ou mère, enfant) qui vous amenaient invariablement à songer à d'autres formes d'amour plus intéressantes, Emma se rendit compte que Tom avait besoin d'une femme et Ianthe d'un mari. Ne lui serait-il pas possible de faire en sorte qu'ils se connaissent mieux ? Ça pouvait marcher, mais ne pouvait-elle pas trouver pour Tom quelqu'un de mieux que Ianthe ? Il n'était pas le moins du monde « ennemi de la société des femmes », pensa-t-elle, contente de sa formule.

Ce jour-là, Emma s'attarda pour dire bonsoir, mais elle ne parla pas de Ianthe qui venait de partir, pas plus que Tom ne demanda de ses nouvelles et ne chercha à savoir où elle était. Au lieu de cela, quand il y eut un silence gêné dans la conversation, Emma lui annonça que Graham Pettifer allait venir habiter dans la maison des bois. « Pour travailler à son livre », ajouta-t-elle, comme s'il avait pu venir pour une autre raison.

« Oh, ce sera agréable pour vous », dit Tom, réagissant de son mieux à cette nouvelle que, curieusement, il acceptait mal. « Il apportera quelque chose à notre petite communauté », ajouta-t-il avec une sorte de raideur ecclésiastique, prononçant les phrases que l'on attendait sans doute de lui mais qui ne voulaient absolument rien dire, car comment un intellectuel agnostique, et qui plus est un raseur, pouvait-il apporter quelque chose à leur « petite communauté » ? Emma fut déçue par lui et rentra chez elle en se disant que Tom et Ianthe étaient peut-être bien dignes l'un de l'autre après tout.

Quand le téléphone sonna un peu plus tard, ce n'était pas Graham avec de nouvelles instructions d'ordre domestique, mais sa mère. L'apéritif d'été en l'honneur des anciens étudiants allait bientôt avoir lieu au collège, est-ce qu'Emma avait envie d'y venir ? Comme elle hésitait, Béatrix lui dit qu'elle pensait que Claudia Pettifer y serait. Emma n'était-elle pas au moins curieuse de la voir ? « Et mets quelque chose d'un peu joli », ajouta-t-elle, comme si Emma était une petite fille incapable de savoir comment il fallait s'habiller.

XVI

A ces apéritifs du collège, Emma avait toujours le sentiment que sa mère aurait été plus heureuse si elle avait pu la présenter sous un jour plus favorable, la fille dont on est fier — mariée et mère de beaux enfants, ou alors, à défaut de cela, quelqu'un d'intéressant sur le plan professionnel, une personnalité de la télévision, une actrice connue ou même une romancière — n'importe quoi qui la distinguât, la situât à part dans ce groupe de gens qui buvaient du vin ce soir d'été dans les jardins d'une université de femmes. Mais Emma, outre le fait qu'elle n'était qu'une anthropologue très médiocre qui n'avait publié rien d'autre que quelques articles dans d'obscures revues spécialisées, n'était pas particulièrement attirante ou soignée. Elle avait mis une de ses fades robes de coton imprimé gris et noir et n'avait même pas eu le temps d'aller chez le coiffeur. A côté d'elle, Claudia Pettifer (« jeune femme jolie et frivole », selon la description de Béatrix) faisait un contraste ironique.

Claudia était grande et élégante, assez impressionnante dans son ample caftan à fleurs vives. Ses yeux étaient cachés derrière des lunettes noires et elle avait adopté la coiffure afro à la mode — pas très convenable, pouvait-on se dire, pour la femme d'un universitaire sérieux, manifestement le signe qu'elle était « frivole ». Pourtant, qui aurait songé à le lui reprocher, quand on savait à quel point Graham pouvait être ennuyeux ? Comme il avait épousé Claudia après sa brève liaison avec elle, Emma en conclut que la frivolité était vraisemblablement ce dont il avait besoin à l'époque. (Mais sa vraie nature reprenait-elle maintenant le dessus ? Il valait mieux ne pas voir les choses ainsi.)

« Rouge ou blanc ? » On passait un plateau avec des verres de vin.

« C'est déjà quelque chose », dit Claudia sur un ton léger et amical. « C'est le seul renseignement auquel on a droit, sur ces vins, leur couleur ? »

« Buvons, on verra bien », dit Emma, acceptant un verre d'un vin fort pâle.

« De quelle promotion étiez-vous ? » demanda Claudia.

« Je n'étais pas ici — j'étais à L.S.E. En anthropologie. »

« C'est vrai, L.S.E. ! Et vous connaissez, ou avez connu, Graham. »

« Oui, je le connais effectivement. » Emma, sans trop savoir pourquoi, en resta là — au fait qu'elle connaissait le mari de Claudia.

« Il loue une maison au fin fond des bois, près de chez vous. Pour finir son livre, d'après ce qu'il dit. » Claudia rit, comme s'il n'était pas possible que ce fût la vérité, mais peu importait, cela lui était totalement indifférent.

« Oui, c'est dans le village où j'habite en ce moment. Et c'est vraiment dans les bois. »

« Ça me ferait plaisir de savoir que vous vous occupez de lui. »

« Eh bien, je le verrai probablement », dit Emma. Le ton amical, presque intime de leur conversation avait quelque chose de faux, comme si Claudia portait si peu d'intérêt à Graham qu'il n'était pas non plus digne de l'intérêt de quelqu'un d'autre, surtout lorsqu'elle ajouta qu'Emma était la personne idéale pour s'occuper de lui dans la mesure où elle l'avait connu « il y avait si longtemps ».

« Il n'y a pas si longtemps que ça », dit Emma, piquée par cette allusion à son âge et se demandant à présent si Claudia, sous couvert d'intimité, n'était pas tout simplement méchante.

« Je sais bien — mais on a l'impression que les années filent à toute allure — surtout dans ce genre de circonstances. » Et, comme pour illustrer sa pensée, Claudia regarda autour d'elle toutes ces femmes qui essayaient désespérément de retrouver leurs années de collège. « Rien de ce qui s'est passé depuis ne semble avoir d'importance — les gens s'avancent vers vous et vous appellent par votre nom d'il y a vingt ans. »

Et voici que quelqu'un s'avançait vers Claudia. (« Tiens, n'êtes-vous pas Claudia Jenks ? »), et Emma et elle furent donc séparées. Enfin, elles s'étaient rencontrées, ça valait ce que ça valait. Elle se trouva à côté d'une collègue de Béatrix, ce qui lui demandait moins d'efforts et d'attention, une mathématicienne qui, apparemment, avait plus ou moins la responsabilité du jardin et se demandait avec inquiétude si la sécheresse n'allait pas nuire à la beauté des pelouses. Emma se rendit compte qu'elle n'avait pas besoin de faire l'effort de répondre — elle se contenta d'accueillir et d'accepter cette inquiétude, et se servit un autre verre de ce vin si pâle. Tout léger qu'il fût, il lui avait bel et bien brouillé les idées, et elle se sentait devenir tout à fait indifférente à ce qui pouvait bien se passer. Est-ce qu'il arrivait aux gens de se saouler dans ces réunions de collège où les femmes étaient en majorité ? Il y avait quelques hommes présents, des maris pour la plupart, et elle se demanda si Graham avait un jour joué ce rôle, s'il avait docilement attendu auprès de l'impressionnante Claudia, attendu qu'elle le présentât à ses anciennes condisciples ou aux professeurs qu'elle avait eus. Il faudrait qu'elle lui pose la question quand elle lui raconterait la soirée et sa rencontre avec Claudia — si tant est qu'elle le fasse un jour.

« Vous avez parlé de choses intéressantes ? » lui demanda Béatrix en s'avançant vers elle.

« Oh, oui. Elle a l'air bien sympathique. Nous pourrions sans doute bien nous entendre le cas échéant. Elle s'est dit que je pourrais m'occuper un peu de Graham, en fait. »

« Eh bien, c'était sûr qu'elle allait dire ce genre de chose. »

« Une complicité amusée entre femmes », dit Emma avec ironie. « Elle trouve manifestement Graham aussi ennuyeux que moi. »

« Bien sûr que non », dit Béatrix qui n'aimait pas beaucoup le ton d'Emma. « Mais je pense simplement qu'elle a d'autres choses en tête en ce moment. Elle m'a dit qu'elle était très occupée par son déménagement. Elle va habiter à Islington et ça doit lui prendre tout son temps. »

Graham lui en avait parlé et avait ajouté que la maison était vraiment trop grande pour eux, et peu pratique, deux pièces seulement à chaque étage, mais que Claudia avait décidé que c'était celle-là qu'il lui fallait, et que donc il n'avait rien à dire dans cette affaire. Peut-être qu'en choisissant cette retraite d'été qu'était la maison des bois, il s'était délibérément démarqué de tout ça. Et il avait vraiment un livre à finir, quoique Claudia ait pu laisser entendre.

« Elle donne sur le canal », poursuivit Béatrix. « C'est un quartier à la mode, je crois. Nous verrons bien ce qui va se passer. »

Nous ? s'étonna Emma, s'attardant sur l'obscurité de cette dernière affirmation. On aurait presque dit que toute cette histoire était l'affaire de sa mère. « Graham doit arriver ce soir », dit-elle. « J'irai y faire un tour pour m'assurer qu'il a tout ce qu'il lui faut. »

« Est-ce qu'il a bien tout le nécessaire dans les toilettes ? » dit Béatrix, répétant une formule toute faite. « C'est tellement important de ne pas négliger ce genre de détails, sans parler des soupes en conserve et des haricots blancs en boîte. Et je suppose qu'à l'occasion tu pourrais lui faire un petit plat. »

« Partir à travers les bois avec un petit ragoût, c'est ça ? » dit Emma. « Oui, après tout, pourquoi pas ? »

Emma ne trouva pas le temps d'aller voir Graham avant le matin suivant, et si tant est qu'elle avait pu éprouver la veille un quelconque sentiment d'excitation, il n'en restait forcément plus rien quand elle eut traversé le village en pleine chaleur, la tête un peu lourde et la bouche sèche d'avoir trop bu de ce vin clair et léger.

La rue du village semblait vide et étrangère, avec des chiens et des chats qui dormaient à l'entrée des maisons, mais Emma eut le sentiment qu'on l'observait et qu'on l'avait vue pénétrer dans les bois. Tout le monde savait où elle allait, car c'était évidemment un fait bien connu que Graham (le docteur Pettifer) louait la maison ; quant à ce qu'il allait y faire, c'était une tout autre histoire. Certains allaient jusqu'à penser que, étant docteur, il avait l'intention de se poser en rival du Dr. G. et de Martin Shrubsole, mais il pouvait difficilement tenir un cabinet de consultation dans les bois, n'est-ce pas, à moins d'être un quelconque guérisseur ?

La maison avait du charme, à l'ombre des arbres, même si elle était humide, et le régisseur s'était occupé de faire arranger le jardin et de débarrasser l'allée des mauvaises herbes. Il y avait même quelques fleurs qui étaient sorties, des soucis et quelques autres plantes vivaces, mais le plus intéressant de tout était Graham, assis dehors sur l'herbe avec sa machine à écrire sur une petite table pliante, une pile de cahiers et de classeurs par terre à côté de lui — la parfaite illustration de l'intellectuel qui écrit son livre dans un cadre champêtre... Il y avait en lui quelque chose de gauche, de comique même, et Emma lui adressa un sourire qui contenait tout autre chose qu'un simple salut.

Il leva les yeux à son approche et répondit avec une certaine cordialité à son « Bonjour — alors tu es bien arrivé », mais il ajouta : « Je ne t'attendais pas si tôt — tu ne travailles pas le matin, en général ? »

« Oui, ça m'arrive, mais j'ai pensé que j'allais venir voir si tu étais bien installé, si tu avais ton lait et tes provisions. » C'est bien cet homme que j'ai aimé ? se demanda Emma, se disant qu'ils auraient peut-être pu s'embrasser ou du moins se dire bonjour avec un peu plus de chaleur.

« Oui, merci — le lait est arrivé ce matin et j'ai trouvé le carton de provisions — un choix plutôt bizarre. »

« Bizarre ? Pourquoi ? Je leur ai simplement demandé de mettre quelques choses essentielles, du pain et du beurre, du fromage et quelques conserves, pour te dépanner. »

Graham sourit. « Je pensais simplement que ça pouvait paraître bizarre de manger des légumes en conserve à la campagne — je m'étais dit que ces légumes viendraient des potagers du village, peut-être même du tien. Et les spaghettis en conserve, ça n'est vraiment pas mon fort. »

« Je n'ai pas de potager », dit Emma, piquée (c'était sûrement le mot qui convenait ?). « Tu seras sans doute bien content d'avoir une boîte de petits pois ou de carottes un de ces jours. Quant aux spaghettis, Mrs Bland, l'épicière, a pensé que ça ferait un bon plat pour le soir. »

« Non ne mangeons visiblement pas la même chose le soir. Oh, et il y avait du pain *en tranches.* »

« Tu me fais penser à Adam Prince avec tes critiques. »

« J'espérais que tu viendrais hier soir — que tu apporterais un plat que tu aurais cuisiné toi-même. J'ai un bon choix de vins tout à fait corrects dans la maison. »

Voilà qui dénotait au moins un intérêt plus personnel, et l'espace d'un instant Emma imagina une soirée future où elle confectionnerait quelque plat, et il sortirait une bouteille de vin qui irait bien avec. Et Graham et elle retrouveraient cette chose qui avait existé entre eux à l'époque où ils s'étaient connus à L.S.E.

Mais pour le moment il travaillait et apparemment il n'était pas très content d'avoir été interrompu. « Il faut que je travaille ce matin », dit-il. « Il faut vraiment que je finisse ce livre. »

« Bien sûr — c'est pour ça que tu es venu

ici, il te fallait de la paix et du calme pour finir ton livre. Mais pourquoi ne viendrais-tu pas dîner avec moi ce soir ? »

Cette invitation un peu conventionnelle fut lancée et acceptée, puis Emma partit, ne sachant pas trop si elle devait être contente ou non. C'était à dessein qu'elle n'avait pas mentionné sa rencontre et sa conversation avec Claudia — ça attendrait. En traversant le village, elle se rappela que Daphné Dagnall était maintenant de retour de Grèce et qu'elle donnerait ce soir-là une « conférence » au W.I. sur son voyage. Emma avait assez envie d'y assister et elle regretta d'avoir invité Graham à dîner, mais elle ne pouvait pas retourner chez lui et le décommander.

En voyant Tom dans le jardin du presbytère, elle se demanda s'il ferait une visite à Graham, soit par curiosité, soit parce qu'il le fallait. Elle n'avait pas oublié sa remarque stupide sur Graham, qu'il apporterait quelque chose à leur petite communauté. Qu'il se rende donc compte tout seul à quel point il s'était trompé en disant cela.

XVII

Les longs mois d'été au village furent plutôt agréables, même le presbytère était plus chaud et les pièces pleines de courants d'air et d'odeurs de pétrole en hiver semblaient maintenant agréablement fraîches et aérées. De plus, Daphné savait que ses jours au village étaient comptés, qu'elle venait à bout du temps qui lui restait, et elle avait moins de mal à supporter ce qui était pour elle depuis si longtemps un fardeau intolérable. Elle et Heather avaient parlé tant de fois de leurs projets futurs, et voilà que presque tout était organisé — Heather quitterait son appartement et Daphné devrait bientôt annoncer à Tom qu'elle allait le quitter. Naturellement, ce n'était pas vraiment la même chose qu'un mariage qui se brise, le mari ou la femme qui quitte son conjoint, mais il y avait maintenant longtemps qu'elle et Tom vivaient ensemble, depuis ce jour où elle lui avait « redonné un foyer » après la mort de Laura. Ce serait donc un choc pour lui, un coup dur même, que d'apprendre cette nouvelle.

Elle choisit un matin où elle faisait de la pâtisserie dans la cuisine. Elle venait de mettre au four une tarte aux groseilles et elle se demandait ce qu'elle allait faire des petits bouts de pâte qui lui restaient, leur donnant différentes formes, des fleurs ou des animaux, et ensuite — c'était révélateur — de minuscules silhouettes humaines qui lui rappelaient les petites idoles des Cyclades qu'elle avait vues dans un musée à Athènes. Tom était dans la cuisine avec elle, sans occupation particulière, près de la table, comme cela arrivait souvent. Le moment de parler était maintenant venu.

« Tom », commença-t-elle, « je vais partir d'ici bientôt ».

« Quoi ? Encore des vacances ? Mais tu viens juste de revenir ! » Il adopta ce ton taquin qu'il avait si souvent et qui agaçait tant Daphné.

« Non, ce ne sont pas des vacances. Heather s'est occupée de tout — tout est pratiquement réglé. »

« Ah, la maison sur une île grecque, la chambre meublée dans le Péloponnèse, ou bien s'agit-il d'un appartement avec vue sur l'Acropole ? » Il refusait toujours de prendre les choses au sérieux.

« Non, rien de tout ça », dit Daphné avec fermeté. « Heather a acheté une maison et je vais y habiter avec elle. »

« Une maison ? Grand Dieu, elle a fait un héritage ou quoi ? Une maison en Grèce coûterait nettement plus cher que ce que tu pensais, tu ne crois pas ? A moins qu'il ne s'agisse d'une de ces demeures en ruine sur la route de Tsangarada — mais je ne vous vois pas très bien, toi et Heather, dans ce genre d'endroit. »

« Ce n'est pas en Grèce », dit Daphné sans s'énerver. « C'est dans la banlieue de Birmingham, un endroit très agréable, et ce que je dis est très sérieux. »

« Birmingham ? » Tom éclata de rire. « Qu'est-ce que ça a de particulier, Birmingham — ce n'est pas exactement un lieu qui fait rêver. Tu veux rire. »

« C'est une maison très agréable dans une rue très agréable », répéta Daphné sur un ton de défi.

« Et ce chien que tu allais prendre ? Tu ne saurais que faire d'un chien à Birmingham. »

« Et pourquoi ? Il y a beaucoup de gens à Birmingham qui ont des chiens — il y a un parc et des bois tout près de l'endroit où nous allons habiter. »

« Mais ce n'est pas comme les bois que nous avons ici — pas de crottes de renard, grises et pointues aux deux extrémités. »

« Des renards, il y en a probablement là-bas aussi — on en trouve surtout aux abords des grandes villes — ils font les poubelles, d'après ce qu'on dit — la nature est en perpétuelle évolution. »

« Quand vas-tu partir ? » demanda Tom, feignant de croire à ce qui restait pour lui un rêve absurde.

« La semaine prochaine », se hâta de dire Daphné. « Nous avons pensé que l'été était une bonne période pour emménager et s'installer. Heather prend sa retraite, tu sais. En fait, elle a déjà quitté la bibliothèque — son départ a été fêté hier. »

« Je suppose qu'elle n'aurait pas envie de venir habiter ici ? » demanda Tom. « Ce n'est pas la place qui manque. Elle pourrait avoir un appartement sous les combles. Je suis sûr qu'on arriverait à lui arranger une petite cuisine avec les moyens du bord — on trouve des petits réchauds à pétrole très pratiques, je crois, ou même un camping-gaz, et elle pourrait utiliser notre salle de bains. Elle apporterait ses meubles, bien sûr, je pense qu'elle a des meubles, puisqu'elle a un appartement depuis si longtemps. »

Daphné ne daigna pas répondre aux élucubrations ridicules de Tom mais se borna à répéter qu'elle pensait partir la semaine suivante. Elle avait déjà préparé la plupart de ses affaires, trié les quelques petites choses qui lui appartenaient.

« Emporteras-tu des meubles ? » demanda Tom.

« Bien sûr que non — ils sont à toi, non ? A toi et à Laura. »

« Ah bon ? Je ne sais plus, mais s'il y avait quelque chose que tu voulais vraiment, ton lit, par exemple... »

« Mon lit ? Et pourquoi est-ce que je pourrais vouloir mon lit ? »

« Ma foi, généralement les gens aiment bien leur propre lit, surtout les gens âgés. C'est difficile parfois de s'habituer à un nouveau lit. »

« Je n'ai jamais rien entendu d'aussi ridicule — quand on songe aux endroits où j'ai dormi à l'étranger ! » D'un geste vif, Daphné fit une boule avec ses morceaux de pâte, idoles cycladiques et tout le reste. Comment allait-il s'en sortir ? se demanda-t-elle sans émotion. Elle n'allait sans doute pas lui manquer le moins du monde, si ce n'était pour certains petits travaux ménagers, il serait soulagé quand elle serait partie. Toutes ces années perdues, à donner un foyer à quelqu'un qui ne se rendait même pas compte qu'elle était là ! Heather avait toujours dit que ça avait été une erreur, cette précipitation pour redonner un foyer à Tom à la mort de Laura. Si elle ne l'avait pas fait, il n'était pas impensable que Tom se serait remarié, c'était même probable, quand on songeait à la façon qu'avaient les femmes de courir après les pasteurs. Lui avait-elle épargné un sombre destin ou bien avait-elle été un obstacle à son bonheur ? Elle ne le saurait jamais.

« Des tartes à l'orange », dit Tom. « C'est pour ce soir ? »

« Si tu veux — mais est-ce que tu auras envie de pâtisserie deux fois le même jour, si nous mangeons la tarte aux groseilles à midi ? »

« Oh, je n'y vois aucun inconvénient... J'aurai déjà oublié ce soir. As-tu dit à Mrs Dyer ce que tu allais faire ? »

Une ombre sembla passer sur le visage de Daphné. Annoncer la nouvelle à Mrs Dyer était une tâche désagréable qu'elle avait différée, se disant qu'il allait de soi que Tom devait être informé le premier. « Je le lui dirai demain », dit-elle. « Inutile de le faire avant. Je n'ai pas envie que tout le village soit déjà au courant. »

« Il y a des chances que ce soit déjà le cas », dit Tom sans méchanceté. « Bien sûr, je n'essaierai pas de t'en empêcher. »

« Je l'espère bien ! » Daphné rit. « Je ne vois pas comment tu pourrais m'en empêcher. »

« Non. J'espère que tu seras très heureuse », ajouta-t-il sur un ton conventionnel, comme si elle allait se marier. « Toi et Heather. Après tout, vous vous connaissez depuis longtemps et vous avez passé tant de vacances ensemble... » Mais je préfère que ce soit toi que moi, ajouta-t-il pour lui-même.

Peut-être avait-il été égoïste, de trouver normal que Daphné fût restée toutes ces années alors qu'elle aurait pu avoir sa propre vie. Mais il n'avait rien demandé — elle était apparue brusquement, pendant cette période de désarroi qui avait suivi la mort de Laura, et maintenant, tout aussi brusquement, elle s'en allait. Pour l'instant, il avait de la difficulté à se représenter ce que ce changement allait signifier pour lui. Sa première pensée, incongrue, fut de se dire qu'au moins il n'y aurait pas de chien au presbytère. Puis il décida qu'il irait passer un moment à l'église ou même dans le mausolée, à méditer sur la fin de toute chose, bien qu'il y eût toujours le risque de rencontrer le docteur G. et il n'était pas disposé à faire ce genre de rencontre ce matin. Alors finalement il se retira dans son bureau et s'assit au milieu de ses livres d'histoire. Il avait essayé plusieurs fois de tenir lui-même un journal, de faire un compte rendu de sa vie quotidienne qui pourrait rivaliser avec les célèbres mémorialistes ecclésiastiques du passé, un Woodforde ou un Kilvert du XXe siècle. Que devait-il retenir des événements de la matinée ? « Ma sœur Daphné a fait une tarte aux groseilles et m'a dit qu'elle allait aller vivre dans les environs de Birmingham ? » Est-ce que cela pourrait avoir un quelconque intérêt pour les lecteurs du siècle prochain ?

XVIII

Emma se disait que prendre le bus pour aller à Londres avait quelque chose de vaguement humiliant, à commencer par le fait qu'elle ne connaissait pas le prix du billet et qu'elle avait mis un temps fou à faire l'appoint. Ce n'était pas la première fois qu'elle utilisait ce moyen de transport, mais les prix avaient augmenté entre temps — « On ne va pas bien loin avec vingt-cinq pence aujourd'hui », avait remarqué Mrs Dyer, qui avait pris un malin plaisir à voir Emma payer à l'ancien tarif.

Il faudrait vraiment que Tom et ses « historiennes » viennent ici avec leurs magnétophones, pensa Emma, car les conversations des villageois étaient parfois un vrai régal, et ça ne serait sûrement pas dépourvu d'intérêt pour les générations futures. Mais naturellement, ce serait trop gênant pour Tom de prendre le bus du coin. Ça l'était déjà pour elle, mais sans plus. Pourtant, si l'on mettait à part son ignorance du prix du billet, elle avait été mal à l'aise dès le départ, quand Mrs Dyer lui avait dit : « Vous n'avez pas votre voiture aujourd'hui, Miss Howick ? »

« Non, elle est en révision. »

Allez savoir pourquoi, cela sembla amuser

Mrs Dyer et la femme qui se trouvait assise à côté d'elle. Emma se demanda si ses paroles avaient pu évoquer quelque activité fondamentale de la vie paysanne, s'attardant brièvement sur des images de vaches et de bœufs, mais elle préféra ne pas s'interroger davantage.

La deuxième question que lui posa Mrs Dyer ne fut pas moins gênante.

« Et comment va votre ami de Keeper's Lodge ? » demanda-t-elle. « Il a de la chance que vous lui apportiez à manger. »

Cela, bien sûr, était une façon de dire qu'on avait vu Emma partir un soir chez Graham pour lui apporter un plat qu'elle lui avait fait. Elle ne savait pas exactement qui l'avait vue — elle avait beau avoir pratiquement dissimulé la cocotte dans un panier, elle n'avait pas réussi à oublier l'objet encombrant — et naturellement, c'était arrivé aux oreilles de Mrs Dyer. « Traverser les bois avec une cocotte » — comme c'était ridicule ! Emma ne put s'empêcher de sourire, mais elle n'avait pas encore répondu à la question de Mrs Dyer que le bus s'arrêtait à la sortie du village et qu'une femme qu'elle avait rencontrée chez Miss Lee un matin y montait. Emma s'empressa d'aller lui parler, lui rappelant qu'elles s'étaient déjà vues et se souvenant également qu'elle s'appelait Mrs Furse et que c'était la dame qui ne buvait pas mais qui n'avait rien contre les gens qui buvaient. Et comme prix à la loterie, elle avait préféré un miroir aux décorations hideuses à la bouteille de vin offerte par Adam Prince.

Mrs Furse s'assit en face d'Emma, Mrs Dyer et sa copine entamant une conversation à part. Mais Emma entendait que le sujet de leur discussion était celui-là même que Mrs Furse abordait à présent à voix basse.

« Que va-t-il faire, le pasteur, maintenant que... »

Emma fit semblant de ne pas saisir tout de suite ce dont Mrs Furse voulait parler, bien qu'elle sût très bien de quoi il s'agissait. Un désir obscur de protéger Tom des commérages et des conjectures des villageois s'était emparé d'elle d'une manière étrange, si bien que Mrs Furse dut lui mettre les points sur les « i », « Sa sœur qui disparaît comme ça ».

« Elle n'a pas exactement disparu. »

« Eh bien, non, elle n'a pas disparu dans ce sens-là. Mais elle est partie, non ? Elle a quitté le presbytère. »

« Oui, c'est vrai », admit Emma. On avait vu une voiture emmener Daphné à la gare, avec « beaucoup de bagages ».

Ils étaient maintenant arrivés à l'arrêt suivant et de nouveau quelques personnes montèrent. Au même moment, Tom arrivait en sens inverse dans sa vieille Mini Traveller.

« Seigneur ! » Mrs Furse eut la réaction de terreur sacrée qui convenait, comme lorsque les gens disent : « Quand on parle du loup... » ou comme si la vue d'une personne ressuscitée d'entre les morts venait de leur être accordée. « Je ne m'attendais pas à le voir au volant d'une voiture. »

« Je suppose qu'il est bien obligé de faire comme d'habitude », dit Emma. « Rendre visite aux gens du village, et après tout, il a d'autres paroisses sous sa responsabilité. »

« Lui qui n'arrête pas de parler d'histoire », dit Mrs Furse avec une amertume inattendue. « Moi, je dirais que c'est ça qu'il est venu faire. »

Rechercher en voiture les traces d'un village médiéval abandonné ? se demanda Emma, mais elle garda cette pensée pour elle.

« Et pour manger ? Vous croyez qu'il saura faire ses courses ? »

« Oh, je ne crois pas qu'il soit à ce point désemparé », dit Emma. « Les hommes de nos jours ont l'air de mieux se débrouiller. » Malgré tout, elle doutait un peu de la débrouillardise de Tom — elle n'allait tout de même pas se mettre à apporter sa cocotte au presbytère ?

« Et il aura Mrs Dyer », dit Mrs Furse.

« Oh oui », dit Emma, qui venait de se rendre compte que Mrs Dyer était derrière elle. Elle aussi semblait être en train de parler de Tom — « ce riz aux aromates, vous ajoutez simplement de l'eau et vous le portez à ébullition ». Il devait certainement s'agir d'un plat qu'elle avait laissé à son intention.

« Peut-être que nous devrions faire quelque chose, ou bien le conseil paroissial », continua Mrs Furse. « Les dames, je veux dire. Je suis surprise que Miss Lee n'ait encore rien fait. »

« Il pourrait manger avec Mr Prince à l'occasion », dit Emma, cette idée brillante lui venant soudain à l'esprit. N'était-ce pas la meilleure façon pour les deux hommes de se rencontrer, même si cela pouvait paraître incongru ?

Cette idée était également venue à l'esprit de Tom, mais plutôt comme une plaisanterie, alors qu'il repensait aux spaghettis al dente dont lui avait parlé Adam Prince (quel était le temps de cuisson déjà ?) et à l'habitude qu'il avait de se faire des surprises dans sa cave.

Le lendemain du départ de Daphné, Tom était allé jusqu'au pub, moins pour boire quelque chose — il n'appartenait pas à cette catégorie de pasteurs qui se mêlent facilement aux gens du village, même quand il était à la recherche de renseignements historiques — que parce qu'il avait à parler à Mr Spears, le propriétaire, qui s'occupait de l'entretien du cimetière. Le cerfeuil sauvage était maintenant fini depuis un certain temps et il avait fait place à quelque chose qu'on était bien obligé d'appeler de la mauvaise herbe. Il fallait de toute évidence s'en occuper.

« Bonjour », dit Tom.

« 'jour, pasteur. »

« Il serait temps de recouper l'herbe », dit Tom, sur un ton qu'il espérait agréable et naturel. Il ne savait pas comment dire la chose et s'était entraîné en route. Il avait commandé un demi de bière blonde — sachant qu'on considérait sans doute qu'il s'agissait d'une boisson pour les dames — et s'était assis dans un coin. Puis, il avait lancé sa remarque au sujet de l'herbe, mais il n'y avait pas eu de réponse. Il avait oublié qu'il arrivait à Mr Spears d'être un peu sourd. Il but une gorgée de bière et essaya à nouveau. « Je me demandais si l'herbe... », dit-il plus fort.

« Une chose merveilleuse, l'herbe », dit Mr Spears. « Ça me rappelle un cantique. »

Et Tom se remémora le vieux cantique :

Dans un cimetière côte à côte
Sont maintes tombes longues et basses,
Et sur certaines sont disposées des pierres,
Sur d'autres ondule l'herbe verte.

C'était sans doute à ce cantique que Mr Spears faisait allusion, pas à un autre que l'on chantait maintenant ; il était « morbide », qu'on le classe dans les hymnes « Pour les Jeunes », comme c'était le cas dans A. et M., ou n'importe où ailleurs. Tom ne savait plus s'il était inclus dans le « Livre des cantiques anglais », il se disait que ce n'était probablement pas le cas, il contenait des phrases discutables...

Mr Spears disait quelque chose d'autre au sujet de l'herbe, qu'il avait eu l'intention de la couper mais n'avait pas de faux, ou bien qu'il n'avait pas encore trouvé le temps de s'en occuper. En allant s'égarer dans le cantique de Mrs Alexander, Tom avait perdu le fil de la conversation, et quand il s'y intéressa de nouveau, il y eut une nouvelle diversion. C'était Adam Prince qui entrait dans le bar.

« J'ai été désolé d'apprendre la nouvelle au sujet de votre sœur », commença-t-il. « Je crois comprendre qu'elle vous a déserté pour partir en Grèce. »

« Pas en Grèce », dit Tom. Il était las de devoir expliquer le choix de Birmingham, avec toutes les plaisanteries que cela entraînait inévitablement.

« Mais vous avez une femme de ménage qui connaît son métier », fit Adam, comme s'il ignorait totalement comment fonctionnait le presbytère.

« Seulement Mrs Dyer pour les " grosses choses ", comme on dit, bien qu'elle me laisse parfois un plat à réchauffer. »

« Vous savez ce que vous devriez faire », dit Adam. Il ne se privait jamais de dire aux gens ce qu'ils devaient faire, pensa Tom, et généralement ses conseils étaient de ceux qu'il était impossible de prendre au sérieux, mais dans ce cas précis, cela pouvait valoir la peine d'écouter ce qu'il avait à dire.

« Vous devriez... », Adam Prince s'interrompit pour lancer à Mr Spears quelques instructions concernant le gin rose qu'il avait commandé. Il lui apprenait comment confectionner cette boisson, avec juste ce qu'il fallait de Bitter pour que ça n'ait pas l'air d'un verre de *vin rosé*, comme la première fois qu'il l'avait préparée. « Vous devriez faire appel aux dames pour vous aider. »

Tom sourit. « Mais comment donc, Grand Dieu ? Elles *savent* toutes que Daphné est partie. Que puis-je faire de plus ? Mettre une note dans le bulletin de la paroisse ? » Il plaisantait.

« Exactement ! La date de votre lettre annuelle doit approcher. Quand est-ce qu'on vous " met sous presse ", comme on dit si pompeusement ? »

« Au début de la semaine prochaine. Je devrais être en train d'y mettre la dernière main. »

Et alors, de la même façon qu'il avait donné des directives à Mr Spears dans l'art de confectionner un gin rose, Adam se mit à présent à instruire Tom dans l'art de composer la lettre qui saurait, comme il disait, « toucher le cœur des dames ». Ce n'était pas du tout le genre de lettre que Tom aurait écrit lui-même, il ne se serait jamais mis à la merci du premier venu, alors certainement pas à celle des femmes de sa paroisse, et il n'aurait pas non plus utilisé des expressions comme « bon cœur » et « talents culinaires », mais en fin de compte, il était obligé de reconnaître qu'il pouvait y avoir du bon dans cette idée. Peut-être aurait-il réellement intérêt à parler du départ de Daphné et des problèmes — pas vraiment des « problèmes » peut-être, le mot « changement » décrivait mieux la situation — que son absence avait créés au presbytère. Et naturellement il fallait veiller à ne pas vexer Mrs Dyer, c'était encore une chose à laquelle on devait penser.

Donc la lettre qui fut finalement imprimée, et qu'Emma vit en ouvrant l'exemplaire du journal qu'elle possédait, était rédigée comme suit :

Comme la plupart d'entre vous le savent sans doute déjà à l'heure qu'il est, ma sœur a quitté le presbytère pour créer un foyer avec son amie Miss Blenkinsop, que vous êtes probablement nombreux à avoir rencontrée au cours de ses fréquents séjours dans notre village. Elles habiteront dans la banlieue de Birmingham, près d'un ravissant parc boisé où elles pourront faire prendre l'air à leur chien. Je sais que ma sœur éprouvera toujours un vif intérêt pour tout ce qui se passera dans la paroisse et qu'elle et Miss Blenkinsop viendront souvent au presbytère. Mais — et il y a un grand « mais » — son départ signifie que je vais vivre seul au presbytère, et que je devrai faire de mon mieux, avec le concours aimable et efficace de Mrs Dyer. Et il se peut très bien que je sois obligé plus d'une fois de me lancer dans la préparation d'un repas ! On dit souvent que les meilleurs chefs sont des hommes, mais je n'ai pas la prétention d'appartenir à cette noble et compétente confrérie, je vais donc m'en remettre au bon vouloir des dames et accorder ma confiance à leur bon cœur et à leurs talents culinaires. Je vous demande d'avoir pitié de moi et de m'inviter à prendre un repas à l'occasion dans vos foyers, à partager ce qui se trouvera sur votre table, peu importe, un simple repas en famille, pris dans une atmosphère de sympathie...

Là se terminait la partie la plus intéressante de la lettre et Emma ne prit pas la peine d'aller plus loin. Pourquoi fallait-il que la sœur de Tom et son amie créent un « foyer » au lieu de partager une maison ? On pouvait supposer que Tom avait pensé que le mot « foyer », avec tout ce qu'il représentait, serait mieux accepté par ses lecteurs, tout comme il mettait l'accent sur son désir d'être invité dans leurs « foyers ». Elle sourit également à la mention du « ravissant parc boisé ». Quant au fait de suggérer qu'on pourrait l'inviter à partager « un simple repas en famille », on pouvait imaginer la consternation de ceux chez qui il arriverait à l'improviste, ou les préparations angoissées qui précéderaient ce simple repas en famille si l'on savait qu'il allait venir. Pauvre Tom, quoi qu'il fît, il ne pourrait pas gagner. Il ne faisait pas de doute qu'il recevrait quelques invitations, mais en fin de compte il serait renvoyé à ses propres ressources, le paquet de riz aux aromates, le poisson pané surgelé qui avait toujours son utilité, ou bien la tourte individuelle à la viande et aux rognons prête à réchauffer dans son petit plat. Autrement, il pourrait prendre un repas à l'occasion avec Adam Prince et elle pourrait traverser la rue pour lui apporter un plat cuisiné. Mais Graham et Tom, c'était trop pour elle, et elle ne se voyait pas en train de proposer à Tom une aide plus concrète. C'était un concept erroné et dépassé, la dépendance des hommes, ce genre d'idée ne pouvait fleurir que dans un village en retard de plusieurs années. Pourtant, elle ne pouvait s'empêcher d'être triste pour Tom, d'avoir pitié de lui, et une fois qu'on s'engageait dans cette voie, on ne pouvait pas savoir où cela pouvait mener.

XIX

Alors qu'elle se rendait à la maison des bois, Emma décida qu'elle ne pourrait pas éternellement apporter à manger à Graham. Il devrait se contenter parfois de sa seule compagnie, de sa conversation, et de ce qu'il serait éventuellement prêt à lui demander d'autre et elle à lui accorder. C'était dans cet esprit qu'elle avait décidé de porter une nouvelle robe, dans des tons qui la mettraient davantage en valeur, si c'était possible, que les robes gris et marron trop ternes qu'elle mettait d'ordinaire. Car il lui était impossible de faire abstraction de sa rencontre avec Claudia et du contraste entre elles deux. Elle avait donc choisi une robe imprimée à fleurs dans des tons de bleu et de vert, et d'un style plus jeune et plus à la mode que ce qu'elle portait habituellement. Elle ne s'y sentait pas particulièrement bien, surtout qu'elle avait rencontré Adam Prince en chemin, et qu'il lui avait adressé un salut qui n'était pas sans faire penser à un sifflement admiratif. Elle espérait que Graham ne penserait pas qu'elle avait fait un effort particulier pour aller le voir, mais elle se rendit compte qu'elle ne pourrait pas le détromper si c'était ce qu'il avait décidé de penser.

Quand elle arriva à la maison, cependant, et vit qu'il se trouvait dans le jardin à lire un journal (il semblait que ce fût le *Guardian*), il parut évident que quelque chose avait attiré et retenu son attention et qu'il n'était pas d'humeur à remarquer comment elle était habillée. Quand il leva les yeux de son journal et la vit, il se contenta de dire : « Savais-tu qu'Esther Clovis était morte ? »

« Miss Clovis, morte ? Non, je ne le savais certainement pas. C'est dans le journal ? Quelqu'un a écrit un article sur elle ? »

« Oui, un article un peu excessif. »

Emma s'assit sur l'herbe à côté de lui, consciente qu'ils respectaient tous deux un silence de circonstance, méditation sur la disparition d'une femme redoutable, figure dans le monde de l'anthropologie de leur jeunesse. Esther Clovis, avec ses tailleurs de tweed et ses cheveux en bataille, n'était plus.

« Bien sûr, il va y avoir un service religieux à sa mémoire », dit Graham. « J'y enverrai Claudia. »

Avait-on le droit d'utiliser de la sorte une femme qu'on n'aimait plus ? se demanda Emma, mais elle ne fit pas de commentaire. « Je suppose que je pourrais y aller », dit-elle. « Miss Clovis m'a aidée un jour à obtenir une bourse, en fait. Mais tu ne veux pas y aller toi-même ? » Elle n'avait pas dit qu'elle avait rencontré Claudia, et maintenant ce n'était apparemment plus le moment.

« Je n'ai pas de temps — regarde donc tout ça. » Graham désigna une pile de chemises et une liasse désordonnée de feuilles tapées à la machine.

Emma baissa les yeux. Elle aurait dû le

remarquer. « Et le livre, ça marche ? » demanda-t-elle, consciente que son entrée en matière était quelque peu naïve.

« On ne peut pas dire exactement que ça *marche* », dit-il, « alors tu comprends que je ne peux pas aller à Londres à tout propos ».

« Ce n'est pas vraiment l'expression que j'emploierais pour désigner Miss Clovis. »

« D'accord, mais tu vois bien ce que je veux dire. Enfin, c'est essentiellement pour ça que je suis venu ici et que j'ai loué cette maison — pour pouvoir continuer mon livre. Tu t'es sapée aujourd'hui », ajouta-t-il, faisant soudain attention à elle. « C'est une nouvelle robe ? »

« Si on veut », dit Emma. Elle n'était pas particulièrement contente qu'il eût choisi le mot « sapée » pour la décrire et, se rappelant la réaction d'Adam Prince, elle se dit qu'elle n'avait peut-être pas été si inspirée que ça en mettant cette robe. Il faudrait qu'elle pense à raconter cette anecdote à sa mère quand elle reviendrait à ses fades habits de coton.

« Moi aussi, je songe à écrire un livre — sur le village », dit-elle, pour changer de sujet, « une sorte d'enquête. Il y a beaucoup de choses qui ne manquent pas d'intérêt, plus, en fait, que dans mon étude des villes nouvelles ».

« On a déjà fait ce genre de chose », dit Graham, sans penser à ce qu'il disait, venant s'asseoir dans l'herbe à côté d'elle. « Est-ce qu'il y a des gens qui passent par ici ? Est-ce que quelqu'un pourrait nous voir ? » Il se mit à l'embrasser et à la caresser d'une manière un peu distraite. Emma pensa soudain à Miss Lickerish et à « ce qui se passait » dans la maison en ruine pendant la guerre. « J'espère qu'on ne nous surprendra pas », dit-elle, « qu'on verra si quelqu'un arrive ».

« C'est assez agréable, n'est-ce pas ? » dit-il. « Je me dis que je mérite bien une récréation », ajouta-t-il, comme si le fait d'être avec elle ne pouvait être rien d'autre que ça.

Adam Prince, qui faisait une promenade digestive (pour sa santé exclusivement, il n'aimait pas marcher), arriva devant la maison et vit Graham et Emma qui « se faisaient des mamours », selon ses termes, dans l'herbe. Ce spectacle le remplit de dégoût. Ce genre de comportement de la part de Miss Howick était tout à fait inattendu ; il n'y avait plus à s'interroger en tout cas sur le fait qu'elle eût fait son apparition dans une nouvelle robe. Cette scène au milieu des bois était contrariante, ce fut ainsi qu'il se formula la chose alors qu'il rebroussait chemin et rentrait chez lui pour se consoler avec une tasse de Lapsang.

La vieille robe grise en coton d'Emma était exactement ce qu'il fallait pour le service religieux à la mémoire de Miss Clovis, et comme il faisait moins chaud, Emma portait un imperméable, autre vêtement approprié qui, elle l'ignorait, avait été l'uniforme des anthropologues des années 50. En attendant la cérémonie, elle occupa son temps à regarder autour d'elle pour voir s'il y avait des gens qu'elle connaissait, au lieu d'admirer l'austère beauté de l'église du XVIIIe siècle. Elle reconnut le professeur Digby Fox, qui devait faire l'éloge funèbre, avec sa femme Deirdre, le vieux docteur Apfelbaum, un peu courbé maintenant mais plus revêche que jamais, et une femme décharnée aux cheveux blancs (était-il possible que ce fût l'amie de Miss Clovis, Gertrude Lydgate ?) assise en compagnie d'un pasteur âgé. Diverses autres personnes, moins remarquables dans cette foule, ressentaient manifestement le besoin d'honorer Miss Clovis dans la mort comme elles l'avaient crainte dans la vie. Mais où était Claudia Pettifer ? Jusque-là, Emma n'avait pas réussi à la trouver, mais elle eut de nouveau l'occasion de regarder autour d'elle pendant l'éloge funèbre, n'écoutant qu'à moitié ce que Digby Fox disait — on pouvait se dire que ce cadre à l'élégance un peu formelle n'était pas ce qu'Esther aurait choisi, mais il était d'une autre manière approprié dans la mesure où il était le symbole de ce haut niveau qu'elle exigeait de tous ceux dont elle dirigeait les travaux universitaires... Peu nombreux étaient ceux qui oublieraient ses conseils aux jeunes chercheurs sur le point d'entamer un travail d'enquête, ses commentaires qui avaient bien souvent dû paraître durs, tout comme l'étaient ses critiques des travaux écrits qui n'atteignaient pas cette perfection qu'elle exigeait... Ici Digby parut hésiter, se répéter et bredouiller nerveusement, comme s'il s'attendait à ce que Miss Clovis regarde le discours qu'il avait préparé par-dessus son épaule ou écoute quelque part au-dessus de lui. Emma était malheureuse pour lui, mais tandis qu'il pataugeait dans ses phrases, son attention vagabonda, et elle s'aperçut que Claudia était assise pratiquement en face d'elle, au bout d'une rangée. Elle portait un manteau noir dans un tissu soyeux, un petit chapeau ajusté qui cachait ses cheveux crépus, et des lunettes noires.

« Une chose lui aurait donné satisfaction, on pouvait en être sûr », poursuivit Digby, « c'était la façon dont elle était partie, soudainement, on pouvait presque dire brusquement, nous rappelant ainsi qui elle était, cette façon qu'elle avait de mettre un terme à quelque chose qui, selon elle, avait duré assez longtemps... ».

Ici le discours prit effectivement fin. Les gens se levèrent et entonnèrent : « Celui qui voulait être brave », la voix gonflée de gratitude et de soulagement.

Il serait peut-être possible de parler à Claudia à la sortie, pensa Emma. Se souviendrait-elle de leur rencontre à l'apéritif du collège ? Elle était seule, peut-être attendait-elle quelqu'un, et quand Emma s'avança vers elle, l'expression vide des lunettes noires la déconcerta, mais elle persévéra.

« Nous nous sommes rencontrées à cet apéritif cet été », lui rappela Emma.

« Ah oui ! Rouge ou blanc sur la pelouse brûlée ! Ce n'est pas tout à fait la même chose aujourd'hui. »

Il pleuvait abondamment et les deux femmes ouvrirent leur parapluie. Puis, à la surprise d'Emma, Claudia la prit par le bras et l'entraîna rapidement hors de l'église, puis dans une rue voisine où se trouvaient plusieurs petits restaurants.

« On pourrait boire quelque chose ensemble, ou manger un morceau ? » dit-elle. « C'est sûrement midi maintenant. Si on entrait ici ? » Elle poussa pratiquement Emma dans l'entrée où un Grec souriant attendait pour les accompagner à une table. « J'espère que tu n'as rien contre la cuisine grecque », dit Claudia. « Il fallait absolument que j'entre quelque part et c'était apparemment l'endroit le plus proche. »

« Tu as vu quelqu'un que tu ne voulais pas rencontrer ? »

« Exactement. Je l'ai remarqué dans l'église — tu m'as vraiment rendu service, de venir me parler comme ça. Du sherry ? C'est pas un jour à boire de l'ouzo, il me semble. Tu connaissais Esther Clovis ? C'est mon mari qui m'a envoyée ici. » Elle fit une grimace et enleva ses lunettes noires — il devait être presque impossible d'y voir quelque chose dans l'obscurité du restaurant — et elle sourit à Emma d'un air presque conspirateur. « Avec ce temps, mes cheveux sont tout crépus », dit-elle en quittant son chapeau. « Je veux dire encore plus crépus que d'habitude. »

Cette coiffure à la mode était donc naturelle — ses cheveux étaient vraiment comme ça.

Emma ne s'attendait pas à ce qu'elle l'abordât de façon si amicale, mais peut-être que Claudia se comportait de cette façon avec tout le monde et qu'elle ne pensait pas qu'Emma méritât d'être traitée différemment. Etait-ce rassurant ou humiliant ? Elle ne savait pas vraiment, car, malgré leurs ébats amoureux dans l'herbe, Graham et elle n'étaient-ils pas simplement « de bons amis » ?

« On pourrait prendre de la moussaka ? Ou bien aimes-tu ces petites boulettes de viande, kebab, je crois ? » disait Claudia.

Emma pensa à Daphné, qui préparait peut-être à l'heure qu'il était un repas grec dans la banlieue de Birmingham ou bien faisait un pique-nique dans le « ravissant parc boisé » (mais pas par une journée comme celle-ci), et elle sourit. « La sœur de notre pasteur va en Grèce chaque année », dit-elle, comme pour s'expliquer, « mais maintenant elle vit avec une amie près de Birmingham ».

« Birmingham », répéta Claudia. « On a proposé un travail à Graham à Birmingham il y a longtemps. Que dirais-tu d'un verre de vin ? »

Emma ne fut pas surprise que Claudia fît peu de cas de son début de conversation. Ces seuls mots « la sœur de notre pasteur » suffisaient à décourager n'importe qui. Mais Birmingham lui avait visiblement rappelé quelque chose et elle commença à se demander si Claudia n'était pas de ces femmes qui ramènent tout à leur propre expérience.

La nourriture arriva — de la moussaka (« moins risqué » peut-être) avec un verre de vin rouge.

« Ce cher vieux Digby Fox », dit Claudia, tout en commençant à manger, « ce n'était pas exactement un discours inspiré ».

« Je suppose qu'il a dit ce que la plupart des gens ressentaient à propos de Miss Clovis », dit Emma. « Elle était effectivement assez terrifiante, j'ai toujours eu cette impression. »

« Ça devait être à l'époque où Graham et toi étiez à L.S.E. », dit Claudia spontanément. « Comment se débrouille-t-il dans sa maison ? »

« Oh, bien, je crois », dit Emma, comme si elle ne savait pas vraiment. « Je suis allée le voir une fois ou deux. »

« Si nous prenions un dessert ? Je ne pense pas qu'il y ait beaucoup de choix — glace à la vanille ou bien fruits au sirop avec de la crème anglaise, c'est ce qu'on trouve habituellement. Ou alors des " baklava " — on essaie un " baklava " ? »

« Plus rien pour moi, merci », dit Emma. Il était déconcertant que Claudia parût plus intéressée par le dessert qu'elle allait manger que par les relations qu'Emma pouvait avoir avec son mari.

« Qu'est-ce que c'est que des " baklava " ? », demanda Claudia au serveur qui rôdait autour d'elles.

« C'est très bon », dit-il sans répondre à la question.

Claudia examina les gens autour d'elle pour

voir si quelqu'un d'autre en avait pris. Finalement, elle décida d'en goûter, mais quand on lui en apporta, elle commença à avoir des regrets. « Ça a tout à fait le même aspect que la moussaka », se plaignit-elle. « Tu ne trouves pas ? C'est probablement de la moussaka, avec une garniture différente. Je crois que je n'ai pas fait le bon choix », ajouta-t-elle sur un ton enjoué de collégienne. « Je te trouve bien raisonnable de n'avoir pas pris de dessert ! Tu es raisonnable — en général, je veux dire ? »

Emma eut le sentiment que Claudia n'attendrait pas sa réponse, même si elle avait décidé d'en donner une — elle faisait la conversation, c'était tout, elle ne souhaitait pas vraiment savoir si Emma était raisonnable ou non. Après un silence, Emma dit : « Je ne me suis pas mariée, alors tu peux en conclure ce que tu veux », mais Claudia ne s'intéressait pas vraiment non plus au statut de femme seule qui était celui d'Emma, et elle donna un ton nouveau à la conversation de manière à y faire entrer sa propre expérience. « Quelquefois, je me dis que je me suis mariée trop jeune », dit-elle. « Il aurait mieux valu que je commence par avoir un métier et que je me marie ensuite... Je suppose que c'est plus simple de partager », ajouta-t-elle, en étudiant l'addition. « Après tout, nous avons bien mangé la même chose. »

Tu as pris un dessert et moi pas, faillit dire Emma, mais naturellement, en fin de compte, elles divisèrent scrupuleusement la note en deux et décidèrent d'un pourboire convenable.

Il pleuvait toujours quand elles se retrouvèrent dans l'entrée avec leurs parapluies. Il se trouva qu'elles partaient dans des directions opposées, et elles se séparèrent donc en échangeant des murmures polis. Ça avait été si

« agréable », cette rencontre inattendue. Emma se rendit compte qu'elle avait rendu service à Claudia en l'aidant à éviter quelqu'un qu'elle n'avait pas envie de voir, alors qu'elle-même n'avait pas gagné grand-chose dans cette rencontre. Mais avait-elle vraiment imaginé qu'elles pourraient avoir une conversation sérieuse au sujet de Graham ?

Emma était déjà trop loin du restaurant pour revenir sur ses pas quand elle se rendit compte que, sous le coup de quelque obscure émotion peut-être, elle avait pris le parapluie de Claudia à la place du sien. Et c'était un parapluie de moins bonne qualité. Elle se demanda quelle signification cela pouvait bien avoir.

XX

« Un repas pour la faim dans le monde, vous avez dit ? » Martin Shrubsole s'adressait à sa belle-mère. « Aujourd'hui ? »

« Oui, chez Miss Lee, où je suis allée un matin où elle recevait », précisa Magdalen. « Je suis impatiente d'y aller — elle fait toujours si bien les choses. »

« Enfin, pas trop bien j'espère aujourd'hui », dit Martin sur un ton agréable, dans lequel on sentait à peine le reproche. « Après tout, c'est pour venir en aide aux gens du Tiers Monde, censément, non ? »

« Oui, bien sûr, mais il n'y aura que du pain fait à la maison, du fromage, des fruits et du café — un repas très simple. »

« Un de mes déjeuners préférés », dit Martin poliment. « Bien plus que ce que vont manger les gens dans certaines parties de l'Afrique ou de l'Inde. »

« Oh, Martin, il faut bien manger *quelque chose* », rétorqua Avice, qui allait aussi à ce déjeuner. Martin n'avait pas toujours des sentiments aussi forts sur le Tiers Monde et tenait de toute évidence ce genre de propos parce que sa belle-mère était là. « Et puis, on le paie, ce repas. »

« Oui, on met l'argent dans une coupe », expliqua Magdalen. « Et il faut bien que Miss Lee se rembourse ce qu'elle a dépensé — c'est tout à fait normal. »

« En fait, vous devriez manger une purée de haricots ou du riz et boire de l'eau », continua Martin lourdement, mais Avice fit remarquer qu'on n'arriverait pas à trouver les haricots qu'il fallait.

Quand ils arrivèrent chez Miss Lee, cependant, le déjeuner n'était pas tout à fait aussi délicieux que d'habitude. Pour une raison non spécifiée, elle n'avait pas pu faire son propre pain et on servit du pain blanc en tranches du commerce, qui n'avait certainement rien à voir avec ce qu'auraient mangé les peuples affamés du Tiers Monde, et pourtant, ces tranches de pain molles et spongieuses d'un goût détestable étaient, d'une certaine manière, curieusement appropriées.

Rien de particulier ne fut dit sur ce pain, et puis quelqu'un demanda si on avait des nouvelles de Daphné — était-elle bien installée dans sa nouvelle maison avec son amie ?

« Il faut l'espérer », dit Miss Lee. « Je suppose que nous ne le saurions pas si ce n'était pas le cas. »

« Miss Blenkinsop est plutôt autoritaire, n'est-ce pas ? » intervint Avice. « Elle est du genre à n'en faire qu'à sa tête. »

« Mais Daphné est de ces personnes qui cèdent toujours », dit Miss Grundy, qui de toute évidence parlait d'expérience. « Ça facilite tellement la vie. »

« Mais au moins, elle vole de ses propres ailes », dit Avice. « Elle avait vraiment besoin d'être indépendante, de s'éloigner du presbytère. »

« Habiter avec le pasteur dans cette maison

immense — elle attendait peut-être autre chose de la vie », dit Magdalen, qui, en tant que nouvelle venue, se sentait en droit de faire une remarque d'ordre général sur le sujet. « Naturellement, je ne connais pas exactement la situation — mais que va-t-il faire, le pasteur, maintenant qu'elle est partie ? »

« Eh bien, il va venir ici aujourd'hui, c'est déjà un repas de réglé », dit Miss Lee. « Ce n'est qu'un repas pour la faim dans le monde, je le sais bien, mais ça lui en fait un de moins dont il aura à se soucier. »

« Cette lettre dans le journal de la paroisse », dit Magdalen. « Je me demande s'il n'y a pas quelqu'un... »

A cet instant, Tom entra dans la pièce, suivi d'Emma et de « cet homme qui vivait dans la maison des bois ».

« *Deux* hommes », murmura Avice à sa mère. « Nous aurions pu convaincre Martin de venir si nous avions su. Ciel ! » s'exclama-t-elle, car voici que le docteur G. et sa femme Christabel entraient, transformant ce qui ne promettait de n'être rien d'autre que l'habituelle réunion des femmes du village en une sorte de réception. Le vieux docteur, le pasteur, et cet universitaire que personne ne connaissait...

« Martin n'est pas ici ? » demanda le docteur G. à Avice.

« Non, il a ses consultations prénatales cet après-midi et je me dis toujours qu'il a besoin d'un bon déjeuner avant d'y aller, alors je lui ai laissé un plat dans le four. »

« Christabel a pensé que ça ne me ferait pas de mal un déjeuner pour la faim dans le monde », dit le docteur G. « Comment vous en sortez-vous sans votre sœur ? » demanda-t-il à Tom.

« Très bien, merci », dit Tom. « Les gens

ont été tellement gentils », ajouta-t-il machinalement, se disant que c'était ce qu'il fallait dire même si ce n'était pas vrai. Il n'y avait pas jusqu'ici eu de réaction à son appel dans le bulletin de la paroisse.

« Je suppose que ça ne vous change pas vraiment de manger ce genre de chose », dit le docteur G. sur le ton de la conversation, « du pain et du fromage à midi. Nous devons payer, n'est-ce pas ? » demanda-t-il, un peu trop fort. « On met quelque chose dans la cagnotte ? »

« Il y a une coupe près de la porte », dit Miss Lee un peu moins fort. « Nous demandons généralement vingt-cinq pence, ce qui couvre les frais et laisse quelque chose en plus pour la bonne cause. »

« Vingt-cinq pence ? », dit le vieux docteur. « Ça fait cinq pence, en fait ? C'est un peu cher payer une tranche de pain et une lamelle de fromage ordinaire. »

« On n'est pas censé faire un vrai repas », dit Christabel vivement. « Et vous aurez à manger ce soir », ajouta-t-elle, comme si elle s'adressait à un enfant.

« Tu es obligée de participer à toutes ces activités villageoises ? » demanda Graham à Emma. Ils se tenaient un peu à l'écart et ils en profitèrent, la porte étant ouverte, pour aller dans le jardin, où il y avait déjà d'autres personnes, assises ou debout, avec leurs tranches de pain et leurs bols de café insipide.

« Je ne suis pas obligée », dit Emma, « mais je le fais assez souvent ». Elle avait été surprise que Graham eût accepté de se joindre à elle jusqu'au moment où elle avait compris qu'il voulait « se montrer » dans le village, pour que tout le monde sache bien que son installation dans les bois et sa relation avec

Emma ne cachaient rien de particulier. Il fallait ajouter que leurs « ébats amoureux dans l'herbe », selon la formule d'Emma, ne s'étaient pas renouvelés. Elle en éprouvait plus d'agacement que de contrariété — à quoi bon avoir été si circonspect — et elle était également agacée par l'attitude qu'il avait eue quand elle avait raconté sa rencontre avec Claudia et le repas qu'elles avaient pris ensemble. Il avait été plus curieux de savoir ce qu'elles avaient mangé — il aimait assez la nourriture grecque — que ce qu'elles avaient dit sur lui ou sur la situation qui existait entre eux trois. Quant à l'incident du parapluie, il avait demandé à Emma avec le plus grand sérieux si elle désirait qu'il se rende spécialement à Islington pour rapporter son parapluie à Claudia et lui ramener le sien.

On entendit alors la voix du docteur G. qui demandait d'un ton récriminateur : « Est-ce qu'on a droit à une deuxième tranche de pain ? J'ai *faim.* Je remarque qu'Adam Prince n'a pas fait acte de présence. »

« Non, Mr Prince travaille », dit Miss Lee d'un air sévère. « Il a dit à quel point il était désolé de ne pas pouvoir venir. Il doit faire le tour de quelques restaurants dans le Peak District — c'est un très long voyage pour lui. »

Tom s'avança vers Emma et Graham. « Vous êtes bien installé dans la maison des bois ? » demanda-t-il. « Je crois qu'elle n'a pas été occupée depuis longtemps. »

« Miss Vereker avait toujours eu envie d'y vivre », dit Miss Lee. « Elle répétait souvent qu'elle aurait tellement aimé ça — elle adorait ces bois. »

« Et maintenant elle vit avec son neveu et sa femme à Londres », dit Miss Grundy. « Apparemment, ce n'est pas la même chose, n'est-ce pas... »

« Comme Daphné qui vit à Birmingham alors qu'elle a toujours rêvé d'une petite maison en Grèce », dit Tom.

« Enfin, il ne faut pas s'attendre à avoir tout ce qu'on veut », dit Miss Lee avec vigueur. « On sait que la vie n'est pas ainsi. »

Tous les regards se portèrent instinctivement vers Tom, comme si tout le monde attendait confirmation de la déclaration de Miss Lee, mais il ne dit rien. Pourquoi pensait-on que les gens d'église avaient nécessairement une parole édifiante à servir en toute occasion ? pensa-t-il. C'était une idée démodée.

« Moi, je voudrais une autre tranche de pain », dit le docteur G., plaintivement. « On ne faisait jamais de déjeuner pour la faim autrefois. Est-ce que les indigènes n'avaient pas faim en ce temps-là ? »

Ils se tournèrent tous alors vers Graham qui, après tout, était allé en Afrique. Il devait savoir quoi répondre à ça.

« Nous nous occupions de nos indigènes à cette époque », dit Miss Lee. « Voilà la réponse à la question du docteur G. Les choses ont changé maintenant. »

« Oui, c'est vrai », dit le docteur G., « et vous rendez-vous compte qu'autrefois, quand je suis arrivé ici, il n'était pas inhabituel que les patients viennent à pied à mon cabinet depuis les villages environnants — il n'y a pas de meilleur exercice que la marche. Maintenant, ils viennent avec leur voiture, ou si ce n'est pas la leur, celle de quelqu'un d'autre. Les gens trouvent normal d'être transportés, où qu'ils aillent — même les enfants ne vont plus à l'école à pied — on les voit se prélasser dans des cars alors qu'une marche de deux ou trois kilomètres leur ferait le plus grand bien... »

« Je suppose que ça pourrait être dangereux que les enfants se déplacent à pied, avec toute la circulation qu'il y a sur les routes aujourd'hui », dit Emma avec douceur.

« Est-ce que vous avez remarqué », poursuivit le docteur G., « que toutes les voitures ont leur slogan de nos jours ? Soutenez les professeurs — Repensez les autoroutes — Protégez la nature — Ne gaspillez pas l'eau — je pourrais en trouver bien d'autres qui seraient plus appropriés que ceux-là ».

« Je me demande ce que la légendaire Miss Vereker aurait mis sur sa voiture ? » demanda Emma à voix basse.

Tom fut le seul à l'entendre. « Les femmes ne se déplaçaient pas au volant d'une voiture à cette époque », dit-il. « Sir Giles a été le premier à en avoir une ici, je crois. »

« Sir Giles de Tankerville ? » demanda Emma.

« Il était l'ami du roi Edward VII », dit Miss Lee. « Naturellement, je ne l'ai jamais connu personnellement, pas plus que le roi Edward », ajouta-t-elle en riant.

« Je me demande si Miss Lickerish a le souvenir de cette première voiture », dit Tom pensivement. « Ça vaudrait peut-être la peine de se renseigner, bien que ses souvenirs ne semblent pas remonter aussi loin. » Sa collection de photographies, qu'elle lui avait fièrement montrée un jour, était également décevante, le clou de la collection étant la photo d'une oie assise à une table dressée pour le thé, d'un intérêt historique très limité.

Les gens commençaient maintenant à s'en aller doucement, car il y avait peu d'espoir que la conversation s'animât et plus rien à manger. Emma remarqua que la coupe en céramique artisanale qui était destinée à recevoir l'argent était la même que pour les réceptions du matin. Elle se demanda si Graham y mettrait vingt-cinq pence pour elle mais il ne semblait pas disposé à se compromettre même d'une façon aussi dérisoire. Les gens du village auraient-ils parlé si on l'avait vu payer le repas d'Emma ?

Tom, les voyant partir ensemble, en parlant bruyamment de « retourner au travail », se dirigea en silence vers le presbytère, déprimé. C'était son après-midi de visites à l'hôpital, pas une de ses occupations préférées ni l'une de celles qui lui donnaient le sentiment de faire beaucoup de bien à qui que ce soit, mais c'était ce qu'on attendait de lui et on ne pouvait pas savoir — il en sortirait peut-être quelque chose. Malgré tout, il avait conscience d'avoir faim, et c'était bien la moindre des choses, et il envia Martin Shrubsole, à qui on avait préparé un plat avant ses consultations prénatales.

XXI

Emma et sa mère cueillaient des mûres sur un sentier un peu à l'écart du village, en essayant d'éviter Mrs Dyer qu'elles avaient vue arriver au loin. Emma s'arma de courage pour affronter les remarques que lancerait Mrs Dyer de sa voix rauque, presque triomphante. « Vous n'en trouverez pas beaucoup *là-bas,* Miss Howick, je viens juste de faire ce coin-là. »

Emma eut envie de faire comme si elle n'était pas vraiment sortie pour chercher des mûres, juste pour faire une promenade, mais ce n'était guère possible, encombrées qu'elles étaient, elle et sa mère, de leurs divers récipients ; et puis, il y avait de fortes chances pour qu'on les ait vues en pleine cueillette.

« Est-ce que tu ne pourrais pas imaginer une rencontre digne de Wordsworth ici ? » dit Béatrix, quand Mrs Dyer fut passée avec son panier plein. « Se trouver nez à nez avec une vieille personne intéressante ou un idiot du village, ou même le pasteur, pauvre Tom, ou ton ami Graham Pettifer. »

« Les hommes ne vont pas cueillir des mûres », dit Emma. « Les enfants et les garçons, peut-être, mais pas les hommes adultes. »

« Et Graham est occupé par son travail, certainement. »

« Oui, il travaille dur, c'est vrai. »

Elles continuèrent à ramasser des mûres en silence, ramassant ce que Mrs Dyer avait laissé. Béatrix avait espéré davantage que la remarque laconique d'Emma au sujet de Graham, maintenant qu'il habitait dans le village.

« Claudia est descendue ? » demanda-t-elle.

« Descendue ? » répéta Emma surprise, « pas que je sache ». La maison des bois n'était pas exactement le genre d'endroit où l'on avait envie de « descendre » quand on habitait une maison à Islington.

« Tu l'as rencontrée par hasard à Londres, tu m'as dit. »

« Oui, à la cérémonie religieuse à la mémoire d'Esther Clovis. C'était une journée terriblement pluvieuse. Nous avons déjeuné ensemble dans un restaurant grec et j'ai emporté le parapluie de Claudia par erreur — une de ces choses ridicules qui arrivent parfois, qui ramènent tout au niveau de la farce. »

« Vous avez parlé de Graham ? »

« Il en a été question, bien sûr. Et elle a dit de nouveau que je pourrais aller voir à l'occasion si tout allait bien pour lui dans cette maison. »

« C'est un peu ambigu ça, non ? Ou bien était-elle sarcastique ? Elle sait, pour toi et Graham ? »

« Qu'est-ce qu'il y a à savoir ? Vraiment pas grand-chose. Je ne sais pas ce que j'éprouve pour lui. »

« Et lui, qu'est-ce qu'il éprouve pour toi ? »

« Oh, nous nous entendons assez bien », répondit évasivement Emma, « et naturellement nous avons l'expérience du travail en commun ». Elle n'avait pas l'air convaincu et

Béatrix ne lui passa pas cette expression de jargon : « expérience du travail ». Que voulait-elle dire exactement et quel rapport cela pouvait-il avoir avec l'amour qui peut exister entre deux personnes ?

« Oh, l'*amour* », dit Emma impatiemment. « Je ne pensais pas à l'*amour*. »

« Dans le roman victorien », dit Béatrix, « les jeunes femmes ne connaissaient pas ce genre de situation. On imagine difficilement un héros partageant l'expérience de travail d'une gouvernante ».

« Tu ne penses pas à *Villette*, tout de même ? Mais ce n'était pas tout à fait ce que je voulais dire — on peut difficilement comparer ça aux années à L.S.E. »

« Si tu fais de la gelée de mûres, tu pourrais en apporter à Graham, non ? » dit Béatrix, abordant le sujet sous un angle plus pratique « Et Tom serait sûrement content d'en avoir un pot. »

« Je ne peux pas apporter de la gelée de mûres à tous les hommes seuls du village », dit Emma. « Et pourquoi pas Adam Prince, tant que tu y es ? Tu me vois aller au presbytère avec un pot de gelée ? Tom ne saurait pas quoi dire. Et en parlant du loup, le voici, il a l'air de flâner sur le sentier, il ne cueille même pas de mûres. »

Tom parut gêné de rencontrer les deux femmes, et il murmura quelque chose à propos de bonnets d'évêque — est-ce qu'Emma et Béatrix étaient capables d'en reconnaître les feuilles ou de dire exactement à quel endroit on pouvait en trouver à l'automne ? Apparemment cela pouvait avoir un intérêt historique, c'était important pour dater les haies.

Mais personne ne savait comment étaient les feuilles de bonnets d'évêque et Tom poursuivit sa route, disant qu'il lui fallait vraiment rentrer, il avait tant de choses à faire.

« Pauvre Tom, je suppose que Daphné lui manque », dit Béatrix, « bien qu'ils ne se soient jamais très bien entendus. Maintenant il n'a plus de contact avec personne au presbytère, à part Mrs Dyer qui vient faire le ménage. Tu devrais avoir pitié de lui ».

« Je ne vois pas ce que je pourrais faire », dit Emma, « et après tout, personne n'aime être pris en pitié ».

Béatrix jeta un regard à sa fille, surprise par la virulence de sa voix. Elle se demanda si on avait pitié d'Emma au village. A en juger par la mesquinerie et les idées reçues de ses habitants, c'était bien possible. Tom aussi — ils allaient bien ensemble. Elle sourit. Prendre quelqu'un en pitié n'était pas forcément la même chose qu'éprouver cette pitié dont on pense qu'elle est proche de l'amour. « La pitié est la servante jurée de l'amour », cita-t-elle. « Tu connais ? »

« De qui est-ce ? Quelque obscur poète victorien ? »

« Non, un élisabéthain, Samuel Daniel. Mineur, je suppose, mais tu connais probablement certains de ses sonnets... » Sa voix hésita, car Emma ne les connaissait probablement pas. Il arrivait à Béatrix d'être affligée que sa fille n'eût pas une meilleure connaissance de la littérature anglaise, avec tout le réconfort que cela pouvait apporter. Quelques poèmes tristes de Thomas Hardy, un peu d'Eliot, un vers de Larkin, cela semblait bien insuffisant pour soulager ses peines.

« Nous allons visiter le château ce soir », dit Emma, comme si le fait d'avoir parlé de Tom le lui avait rappelé. « Je suppose que tu viendras ? » Elle baissa les yeux vers le tas de mûres luisant et sombre qu'elles venaient de ramasser et remarqua qu'il y avait un petit ver de terre qui remuait.

« Je vais y mettre du sucre, et on pourra les manger crues », dit Béatrix qui n'avait pas vu le ver. « Oui, je viendrai ce soir. » Elle aimait bien les grandes maisons, même quand elles avaient connu des jours meilleurs, car elles n'étaient pas sans rapport avec ses intérêts littéraires.

C'était le groupe habituel qui visitait le château, dominé par Miss Lee, qui « avait connu la famille » et était, comme d'habitude, tout à fait prête à faire remarquer en quoi les choses étaient différentes d'autrefois. Même les livres qui se trouvaient sur une petite table basse dans l'une des pièces habitées par Sir Miles et sa famille lui inspirèrent une remarque désapprobatrice. « Les chevaux, oui, ça ne m'étonne pas, mais feu Sir Hubert n'aurait pas toléré ce genre de niaiseries dans sa maison », marmonna-t-elle, en désignant le dernier roman d'un auteur populaire américain, un livre de poche à l'aspect hideux. « Et Miss Vereker n'aurait jamais permis aux filles de lire de telles choses. »

Elle avait, de toute évidence, oublié que la littérature populaire de ce genre n'était pas accessible en ces temps reculés, mais personne ne prit la peine de le lui rappeler.

« Une des filles faisait des bouquets », poursuivit-elle, « et Miss Vereker faisait toujours ceux de l'entrée ».

« Pas Madame de Tankerville ? » demanda Béatrix.

« Non, Madame n'a jamais aimé faire des bouquets. Et Miss Vereker avait des idées si originales. Il y avait toujours un bouquet de graminées, différent pour chaque saison — séchées en hiver, bien sûr — et elle avait l'art de disposer les pommes de pin. »

« Et maintenant, nous arrivons à la chapelle », dit Tom, pour échapper à Miss Vereker et ses arrangements de fleurs, « un beau bâtiment de la fin du XVIIe siècle ».

Sir Miles s'était retrouvé avec cette merveille sur les bras quand il avait acheté la propriété, ou quand il « en avait fait l'acquisition », comme disaient certains ; il avait préféré la fermer, car il avait le sentiment qu'en l'utilisant à des fins profanes il attirerait le désastre sur la famille. Il aurait été pratique d'en faire une salle de billard ou même une bibliothèque — bien qu'ils ne fussent ni l'un ni l'autre de grands lecteurs — ou encore de la démolir, mais on découvrit que c'était un « monument classé » ou quelque chose de ce genre, avec ses sculptures qui étaient peut-être tout simplement de Grinling Gibbons, et le sol d'un marbre très rare.

Il n'avait pas envie qu'un retraité bien intentionné ou une vieille femme autoritaire viennent y fourrer leur nez et menacer de « faire quelque chose », mettre sur pied une pétition, par exemple. La chapelle fut donc fermée, mais elle restait ouverte aux groupes qui visitaient la maison, comme ce soir de septembre, alors que les jours diminuaient et qu'il faisait presque nuit à sept heures et quart. L'idée d'enterrer les gens dans de la laine était assez séduisante dans l'obscurité froide de la chapelle, pensa Tom, alors qu'il rappelait au groupe l'édit de 1678, date à laquelle on pensait que la chapelle avait été construite. Mr Swaine, le régisseur, qui faisait officiellement visiter la maison, resta en retrait, se disant que le pasteur connaissait bien mieux que lui l'histoire du lieu, même s'il ne la connaissait pas tout à fait aussi bien que cette femme, Miss Lee, qui semblait tout savoir sur un passé plus récent.

« Au temps de Sir Hubert », disait-elle, « on faisait une prière en famille dans la chapelle matin et soir ».

« Est-ce que Sir Hubert est enterré dans le mausolée ? » demanda Emma, et sa question résonna dans la chapelle un instant silencieuse.

« Mais bien sûr », dit Miss Lee avec enthousiasme. « Il faudra que je vous le montre un jour. »

« Et les filles ? Je veux dire les filles de Sir Hubert, et Miss Vereker — elles y sont enterrées aussi ? » demanda Magdalen Raven avec gourmandise.

Il y eut un silence outré pendant que Miss Lee donnait des explications sur « les filles » — l'une tuée en 1941 pendant le raid aérien du Café de Paris, l'autre qui habitait aujourd'hui dans le Sud de la France, et Miss Vereker, bien vivante avec son neveu et sa femme à West Kensington.

« Wood est venu ici, bien sûr », dit Tom. « Et le Docteur Plot a trouvé une pierre particulièrement intéressante dans le parc — ça a été sa seule remarque sur la maison et le jardin... » Elle avait une forme qui rappelait beaucoup un sexe de femme, il s'en souvenait, mais il ne mentionna pas ce détail.

Béatrix aurait bien encouragé Tom à leur en dire davantage sur ce qui dans la maison datait du XVIIe et du XVIIIe siècle, mais avant même qu'elle ait eu le loisir de poursuivre dans cet ordre d'idée, la conversation était revenue à des futilités, et quelqu'un demanda à Tom des nouvelles de sa sœur.

« Daphné ? Oh, elle a l'air de s'être bien faite à sa nouvelle vie », dit Tom avec chaleur. « Elle et son amie Miss Blenkinsop — vous vous souvenez, elle venait souvent passer quelques jours ici — ont maintenant fait l'acquisition d'un chien. »

« De quelle sorte de chien ont-elles " fait l'acquisition " ? » demanda Béatrix d'un ton sec.

Tom n'avait pas l'air de très bien savoir de quelle sorte de chien il s'agissait. « Un gros, je crois. Daphné m'a bien dit la race, mais malheureusement, j'ai oublié ce que c'était. »

« Elles pourront le promener dans ce ravissant parc boisé », dit Emma, et leurs regards se rencontrèrent dans une espèce d'élan de sympathie. Peut-être qu'elle apporterait à Tom un pot de gelée de mûres après tout, si la prochaine fournée était bonne.

« Est-ce que vous avez trouvé beaucoup de mûres cet après-midi ? », demanda Magdalen. « Je vous ai vues revenir. Mon gendre aime bien que je marche un peu tous les jours et j'ai failli y aller moi aussi, puis je me suis dit qu'il serait peut-être préférable d'attendre un jour ou deux si beaucoup de gens en avaient ramassé. »

« Miss Vereker était connue pour son vin de mûres », dit Miss Lee. « Feu Sir Hubert disait qu'il était meilleur que... » Elle s'arrêta, n'arrivant pas à se rappeler le nom exact du célèbre vin français qui ne le valait pas. « Château ceci ou cela », conclut-elle. « Je serais étonnée qu'elle puisse cueillir beaucoup de mûres à West Kensington... »

« Si cette sculpture n'est pas de Grinling Gibbons », disait Tom, « elle est certainement de l'un de ses disciples — regardez donc ces guirlandes de fleurs... ».

Mais personne ne regardait. Il faisait frais dans la chapelle (« frisquet ») et elle sentait le moisi à force d'être tout le temps fermée. On allait peut-être voir certaines chambres et cela serait beaucoup plus intéressant. Puis, à la fin de la soirée, on devait prendre le café chez Miss Lee et tout le monde attendait cela avec impatience. Il y aurait également du thé pour ceux qui n'aimaient pas le café ou qui étaient influencés par la superstition populaire selon laquelle il était censé vous empêcher de dormir.

« Comme si du café aussi léger que celui-ci pouvait empêcher qui que ce soit de dormir », chuchota Emma à sa mère.

« Dommage que Graham ne soit pas parmi nous ce soir », dit Béatrix. « Il aurait peut-être eu une heureuse influence sur le niveau de la conversation. »

« Oui, en effet », dit Tom, qui les avait rejointes. « Le docteur Pettifer aurait été tout à fait le bienvenu, mais naturellement, il écrit un livre... »

« Oh, il écrit un livre, votre ami ? » demanda Miss Lee. « De quoi s'agit-il ? »

« Rien de bien intéressant, je le crains », dit Emma, déloyale, mais pourquoi aurait-elle dû faire preuve de loyauté envers Graham ? Pourtant, tout en parlant, elle eut l'impression de rencontrer le regard du chanoine Grundy, dans son cadre d'argent sur le piano, la lumière brillant sur son haut col de pasteur, et sa vue provoqua en elle un léger sentiment de honte. « Je veux dire que c'est le genre de livre qui s'adresse plutôt à des spécialistes », ajouta-t-elle.

« Oh, je vois, pas populaire », dit Miss Lee avec une espèce de confort dans la voix, comme si elle avait été soulagée de ne plus avoir à le lire.

Pour la deuxième fois de la soirée, Emma se rendit compte qu'elle échangeait avec Tom un regard de connivence.

XXII

Alors que la fin de l'été approchait, on ne pouvait pas s'y tromper — matins brumeux, les premières feuilles qui tombaient, les jours qui diminuaient inexorablement — Graham en arriva à la conclusion qu'en ce qui concernait Emma, il avait eu « les yeux plus gros que le ventre », pour reprendre une expression que sa mère utilisait parfois (même ses ambitions universitaires avaient été rangées dans cette catégorie, il s'en souvenait). Pourtant, l'idée de la revoir n'était pas vraiment venue de lui, Emma lui avait tendu la perche quand elle lui avait écrit après son passage à la télévision. Mais il n'était pas obligé de répondre — il aurait pu passer sa lettre sous silence, faire comme s'il ne l'avait jamais reçue, à ce moment-là. Pourquoi avait-il envoyé cette carte postale ? Un mélange de vanité et de curiosité ? Il avait été flatté qu'Emma lui eût écrit et curieux de voir comment elle était maintenant. Eh bien, il avait vu, et maintenant il savait. Leurs retrouvailles n'avaient certainement pas été une de ces rencontres romantiques qu'il s'était plu à imaginer — pas romantique, c'était sûr, même pas amusante, bien qu'Emma eût une espèce d'ironie désabusée.

Ç'avait été une idée « amusante » de prendre la maison dans les bois et il avait réussi à travailler pas mal, son livre avait considérablement avancé, mais l'atmosphère du village et le rôle qu'Emma semblait y jouer avaient, curieusement, été une entrave à sa spontanéité. En fait, tout était de la faute de Claudia. Rien de ce qui touchait à Emma n'aurait eu lieu si le comportement déconcertant de Claudia n'avait pas coïncidé avec le débat télévisé et la réaction qu'il avait provoquée chez Emma. Il ne serait certainement pas aujourd'hui en train de se promener dans les bois avec Emma par un après-midi étouffant de la fin du mois de septembre après un déjeuner insuffisant.

« Cette partie des bois, je ne l'ai pas vraiment explorée », disait-elle. « J'ai toujours été intriguée par ce nom — Sangreal Copse — quelle peut être son origine, qu'en penses-tu ? Le pasteur dit que ça vient du fait que ces terres ont fait partie de St Gabriel's College autrefois. »

« Tout à fait possible, effectivement », dit Graham sur un ton d'ennui. Il n'avait pas très envie de faire une promenade, et maintenant il avait l'impression de traîner les pieds comme un gosse — encore un souvenir d'enfance.

« C'est dommage que tu ne sois pas venu visiter le château avec nous », dit Emma. « C'était une soirée intéressante. »

« J'essayais de terminer ma première version », dit-il, « et je ne voulais pas m'interrompre ». Mais en réalité, c'était l'idée d'avoir à affronter la conversation de personnes comme celles dont il avait eu l'expérience au déjeuner pour la faim dans le monde qui l'avait fait renoncer à l'excursion. D'autre part, il ne voulait pas être considéré par les gens du village comme une sorte de prolongement d'Emma, ou même un « petit ami ».

« Je crois qu'il y a des gens qui habitent ici », dit Emma, changeant de sujet. « Regarde à travers les arbres. »

Un toit bas apparut, puis un autre et encore un autre, et voilà que se dessinait un petit groupe de bungalows, chacun avec son beau petit garage comme une boîte.

« Quelle horreur ! » s'exclama Emma. « Ce n'est pas exactement ce à quoi on pouvait s'attendre ou ce qu'on pouvait espérer quand on pense à ce nom si évocateur. »

« Et alors, il faut bien que les gens habitent quelque part », dit Graham avec agressivité, mais en fait, était-ce la peine de discuter de ça ? Il ne faisait pas de doute que les bungalows — on aurait presque pu dire « les logements » — étaient laids et déplacés.

« Tant pis pour mes idées romantiques sur Sangreal Copse », dit Emma tristement.

Ils continuèrent à marcher le long d'une route mal entretenue qui reliait les habitants des bungalows au village, et s'enfoncèrent dans les bois où un sentier menait, à travers des herbes rabougries et de misérables broussailles envahissantes, à un autre bâtiment bas un peu plus loin. Et soudain, il y eut une odeur épouvantable. Au début, il était impossible de dire ce que c'était, pourtant, au fur et à mesure qu'ils s'en rapprochaient, Graham se rendait compte que cela lui rappelait les visites qu'il faisait à sa grand-mère à la campagne et l'odeur du poulailler quand il avait aidé à le nettoyer. Qu'est-ce que ça pouvait donc être ? Ni Graham ni Emma n'avaient encore fait de remarque sur l'odeur, comme si les circonstances le leur interdisaient ou comme s'ils ne se connaissaient pas assez bien ou n'avaient pas des relations suffisamment intimes pour pouvoir en parler. Graham pensa de nouveau au poulailler de sa grand-mère, mais que cette puanteur eût une telle origine semblait peu probable ici dans ce cadre désolé ; pourtant, l'explication, quand elle vint, était une évidence, et il ne s'était pas trompé. Une carcasse de bois sinistre apparut, et le silence fut rompu.

« Ciel ! » dit-il. « Un poulailler — vide apparemment, abandonné, mais il n'y a pas de doute, l'odeur persiste. »

« Evidemment, je me souviens maintenant », dit Emma. « Daphné me l'a dit un jour — le fils de Mrs Dyer avait une éleveuse par ici — c'est sûrement ça. »

« Son affaire n'a pas marché ? »

« Je suppose que non, ça n'a rien d'étonnant... Alors il s'est tourné vers le commerce des objets d'occasion et maintenant, il a ce qu'il appelle un magasin d'antiquités. » « On débarrasse les affaires des morts », se rappela-t-elle, mais elle ne prononça pas la phrase à haute voix. D'une manière bizarre, amère même, cette phrase aurait pu qualifier la promenade qu'elle et Graham étaient alors en train de faire, leurs relations en général qui se terminaient en queue de poisson en cette fin d'été.

« Les poulets... On dirait qu'ils sont associés à l'échec et au désastre, tu ne trouves pas ? » remarqua-t-il en passant, pour dire quelque chose. « Dans la littérature, je veux dire — ces histoires d'élevages qui ont échoué à la fin de la Première Guerre mondiale. »

« Mais il ne s'agit pas de ce genre d'élevage de volailles. Celui-ci a quelque chose d'artificiel. Les animaux emprisonnés », déclara-t-elle, puis elle se demanda pourquoi elle avait employé une expression aussi ridicule.

« Non, bien sûr que ce n'est pas la même

chose. Il ne s'agit pas de poulets de ferme. »

Elle se demanda s'il pensait aux œufs à la coque, le jour où il était arrivé à l'église pendant la Fête des Fleurs. Mais il ne fut plus question de poulets ni d'œufs pendant qu'ils poursuivaient leur promenade en silence en s'éloignant de l'odeur.

« Naturellement, je vais partir d'ici maintenant », dit-il, « maintenant que mon livre est pratiquement fini ».

« Ton séjour ici a donc été profitable », dit-elle, méditant sur le fait qu'il eût employé le mot « pratiquement ».

« Oh, oui, je ne suis pas mécontent des résultats. »

« La maison d'Islington sera prête pour ton retour », dit-elle.

« Je l'espère bien ! Sinon je serais obligé de rester ici plus longtemps. »

Ils avaient parcouru une espèce de cercle et étaient presque revenus à la maison des bois maintenant. Graham proposa à Emma d'entrer boire quelque chose. Il avait décidé de ne pas travailler ce soir.

Peut-être a-t-il décidé de me faire l'amour, pensa-t-elle, mais quand elle vit qu'avec la bouteille de scotch il avait sorti quatre verres, elle se rendit compte qu'elle s'était manifestement fait des idées. Elle fit une remarque sur le nombre de verres.

« Oui, j'attends les Barraclough — ils sont rentrés, tu sais. »

« Et ils sont allés à... », commença-t-elle, mais à cet instant ils apparurent, tout à leur voyage en Afghanistan par voie de terre, se demandant ce qu'ils pourraient en tirer. La barbe de Robbie était plutôt plus longue et plus touffue qu'avant, mais les cheveux crépus et la longue robe de coton sans forme de

Tamsin étaient toujours les mêmes. Ils se mirent à parler université avec Graham, car Robbie devait prendre un nouveau poste à l'automne, et on critiqua ou on éreinta selon le cas diverses personnalités de la section dans laquelle il travaillerait. Emma commença à regretter d'être restée prendre un verre — il aurait mieux valu qu'elle rentre tranquillement chez elle et regarde la télévision, entreprenne quelque tâche domestique utile ou même continue son propre travail. Combien de fois ce genre de pensée ou de réflexion avait dû venir à l'esprit d'une femme confrontée à une situation où, obligée de choisir entre deux lignes de conduite, elle n'a manifestement pas choisi la bonne ! Car maintenant, la tâche ennuyeuse qui consistait à faire de la gelée de mûres semblait infiniment préférable à ces bavardages universitaires arides, et elle se demanda soudain si Graham n'avait pas délibérément combiné cette situation et n'avait pas invité Robbie et Tamsin parce qu'il ne voulait pas être seul avec elle.

« Et comment ça marche ton travail ? » demanda Robbie poliment, se tournant vers Emma.

« Il change de direction, apparemment », dit Emma, pensant autant à la gelée de mûres qu'aux notes qu'elle avait écrites sur le village. « Il y a certainement beaucoup à découvrir dans plusieurs autres domaines. » C'était sans aucun doute une façon possible de formuler les choses.

« J'ai souvent pensé qu'on pourrait faire une étude de ce village », dit Tamsin innocemment. « Mais je suppose qu'on a fait tant de choses dans ce domaine qu'il n'y aurait rien de nouveau à dire. »

« Emma trouverait quelque chose de nouveau », dit Graham d'une manière assez possessive. « Même si elle devait l'inventer. »

« Mais, on n'a pas vraiment le droit de faire ça », dit Robbie. « Après tout, nous ne sommes pas des romanciers », ajouta-t-il, en souriant dans sa barbe d'un air supérieur.

Soudain, Emma se sentit agacée d'une façon intolérable par cette situation et elle se leva pour partir.

« Déjà ? » dit Graham. « Tu ne veux pas un autre verre ? » Puis, devant son refus, il se leva aussi, avec l'intention manifeste de l'accompagner pour traverser les bois, ce qui ne fit qu'agacer Emma davantage, tout comme sa politesse conventionnelle et l'idée qu'une femme devait être accompagnée si elle se promenait à la campagne la nuit. Pourtant, elle savait que s'il n'avait pas eu ce geste, elle aurait été encore plus irritée. Les femmes n'étaient pas encore si égales que ça.

« Je t'en prie, ce n'est pas la peine », dit-elle. « Ça ira très bien. Il ne fait pas particulièrement sombre ce soir, de toute façon. »

« Peut-être, mais là n'est pas la question », dit Graham mal à l'aise.

« Quelqu'un pourrait surgir des broussailles et lui bondir dessus », dit Robbie, confortablement installé dans la certitude qu'il n'avait aucune obligation dans cette affaire.

« Je vous en prie, ne vous dérangez pas », répéta Emma. « Ça ira très bien. »

Elle et Graham descendirent l'allée de la maison, Emma protestant toujours. C'était vrai qu'il ne faisait pas particulièrement sombre, car c'était la pleine lune. Délicieuse soirée pour faire une promenade, si la situation s'y était prêtée, pensa-t-elle, mais Graham ne pouvait pas vraiment abandonner ses invités.

A cet instant, une silhouette se dessina dans

la semi-obscurité, quelqu'un de grand qui approchait lentement. Emma vit que c'était Tom.

« Mais, c'est le pasteur », dit Graham. « Vous veniez me rendre visite ? »

Tom parut très surpris. Il n'était manifestement pas dans son intention de s'arrêter et cette supposition touchait apparemment un point sensible en lui, comme s'il se sentait coupable de n'avoir pas fait son devoir de pasteur. « Ça ne me paraissait pas être une heure convenable », dit-il faiblement. « Je faisais simplement une promenade du soir dans les bois. »

Une espèce de comique de situation, pensa Emma, et elle faillit dire qu'il devait être à la recherche du village médiéval abandonné. « J'allais juste rentrer chez moi », dit-elle. « Peut-être auriez-vous la gentillesse de me raccompagner — seulement pour traverser les bois, naturellement. »

« Avec plaisir », dit Tom.

« Si vous voulez bien reconduire Miss Howick », dit Graham cérémonieusement. « Elle doit rentrer... »

« Etiez-vous vraiment obligée de rentrer ? » demanda Tom quand ils furent seuls.

« La conversation des Barraclough m'ennuyait et il faut que je fasse de la gelée de mûres. »

Tom manifesta un intérêt poli et exprima l'espoir qu'elle en apporterait à la prochaine vente de charité. Emma ne révéla pas qu'elle avait l'intention de lui en donner un pot, car il était possible que la gelée soit ratée et il ne fallait pas lui donner un faux espoir.

« Vous vous promenez souvent dans les bois ? » demanda-t-il.

« Oh, ça m'arrive — comme Miss Vereker. »

Tom rit. « Oh, Miss Vereker. Miss Lee ne se lasse jamais de nous dire ce que faisait Miss Vereker. »

« Voulez-vous entrer un moment ? » demanda Emma devant la porte de la maison.

Tom hésita, non pas à cause de l'heure tardive ou par peur du scandale, mais parce qu'il craignait qu'Emma ne lui offrît une tasse de café léger ou même du thé.

« Nous pourrions boire quelque chose », dit-elle, se demandant s'il fallait proposer du thé ou du café. Mais elle sortit une bouteille de vermouth et ils s'assirent, la bouteille posée devant eux sur une petite table. Emma se sentait déprimée, car elle avait imaginé que cette soirée se terminerait différemment. Le jus des mûres n'avait pas encore fini de s'égoutter dans le sac, il n'y avait donc rien d'autre à faire que s'asseoir et boire avec Tom, « le pasteur », et dire ce qui vous venait à l'esprit, peu importait. Elle pensa poser une question sur la visite de Wood au château en seize cent soixante-dix et quelques, mais en fin de compte, elle se rabattit sur Daphné, demandant comme toujours si elle se faisait à sa vie à Birmingham.

Le visage de Tom parut s'assombrir — les gens lui posaient toujours cette question. « C'est son amie Heather qui décide de tout », dit-il, « du régime du chien et de ce genre de choses. Daphné m'a raconté qu'elles avaient eu un différend sur un point précis : fallait-il donner à l'animal des conserves ou bien de la viande fraîche, ou encore quelque chose qui avait l'apparence et le goût de la viande mais qui n'en était pas... » Il fronça les sourcils et ajouta : « Qu'est-ce que cela pouvait bien être ? » comme s'il avait été important qu'il le sache.

Emma nomma un produit dont elle avait vu la publicité à la télévision — des chiens mangeaient dans plusieurs plats, et ne faisaient pas la différence.

« Ah, c'est sûrement ça. » Tom parut soulagé.

« Ce n'est pas la première fois que votre sœur partage un appartement avec son amie, je crois ? »

« Non, alors elle connaît ses défauts. Heather était bibliothécaire », ajouta-t-il, comme si cela pouvait être une explication.

« Je suppose qu'elle a l'habitude de prendre des décisions, d'agir — vous comprenez ? »

« Vous parlez du régime du chien ? » dit Tom, et ils se mirent à rire. La tension et l'agacement, qui s'étaient installés pendant la promenade avec Graham à Sangreal Copse, semblaient ne plus gâcher la soirée.

« Sangreal Copse », dit Emma. « Cadre idéal pour une fin d'été, vous ne trouvez pas ? »

Tom se serait volontiers lancé dans les subtilités de l'histoire de cet endroit, alors qu'Emma aurait préféré qu'on lui relate le déclin et la chute de l'éleveuse du fils de Mrs Dyer. Mais lorsqu'elle regretta, d'une manière un peu conventionnelle, que ce fût la fin de l'été, il se rappela les brèves vacances qu'il allait prendre — quelques jours à Londres, en milieu de semaine, il logerait chez le frère du docteur G. dans son presbytère — et il se mit à expliquer cela à Emma.

« J'irai passer du temps au British Museum. »

« Oh, oui ? » Emma ne demanda pas ce qu'il ferait. Il se contenterait sans doute de s'installer dans la salle de lecture, simplement pour changer de cadre. « Vous auriez pu aller dans un de ces hôtels du quartier, mais je suppose qu'ils sont à des prix exorbitants maintenant. »

« Oui, c'est vrai. En fait, c'est Christabel G. qui avait eu l'idée que j'aille chez son beau-frère la première fois que j'ai décidé d'aller à Londres il y a quelques années. »

« C'est vraiment curieux ! Je n'aurais pas cru... »

« Non, vous avez raison. » Tom sourit. « Londres pour elle, c'est Onslow Square et Harrods, évidemment — bien qu'elle ait moins de respect pour Harrods qu'avant — alors c'était vraiment une grande preuve d'imagination de sa part que de penser que quelqu'un puisse aller dans une autre partie de Londres. Et le père G., comme on l'appelle, est très gentil... »

Si l'on sentait chez Tom une légère hésitation, un subtil manque d'enthousiasme à la perspective de loger chez le père G., c'était seulement parce qu'il se rappelait certains détails inconfortables dans le presbytère, et aussi parce qu'il craignait qu'on fasse appel à son concours pour servir une messe du soir en semaine. Mais, en consultant le calendrier liturgique, il s'était assuré qu'il n'y avait aucune chance que cela se produise pendant la semaine qu'il avait choisie — il n'y avait encore rien d'autre que tous ces longs et chauds dimanches après la Trinité. Aucun saint particulier à fêter.

L'été se terminait aussi pour Adam Prince, par des aventures désagréables, troublantes même. La première, dans un café au bord de l'autoroute où, entouré de consommateurs plus jeunes et moins difficiles que lui, il avait essayé (dans le cadre de son travail) une sorte de « High Tea » qui n'était pas du tout à son goût. La deuxième, dans le cadre impersonnel d'un motel ou « Relais », où il avait certes été nourri correctement, mais avec une absence de chaleur humaine consternante. Pas de vieille dame charmante (et les conversations avec ce genre de personnage procuraient souvent du plaisir à Adam pendant ses voyages) qui tricotait dans le salon après le repas ; pas de cordial « Buon giorno, signore » de la part d'un jeune serveur souriant, qui lui aurait apporté son plateau de petit déjeuner au-dessus de son épaule, comme dans une « pensione » romaine assez proche des escaliers de la Place d'Espagne, se rappela-t-il avec nostalgie. Le petit déjeuner « continental », empaqueté dans du plastique, apparut tôt et mystérieusement devant sa porte comme s'il avait été programmé sur un ordinateur, ce qui était bien possible. Ce dernier détail pourrait faire l'objet d'une note intéressante dans le rapport qu'il écrirait en rentrant chez lui.

Mais ce besoin de contact humain, est-ce que cela n'était pas ce qu'il y avait de plus troublant ? Etait-ce qu'il vieillissait ?

XXIII

Malgré les jours qui raccourcissaient, les dahlias autour du mausolée offraient un beau spectacle dans le soleil de cette fin d'été.

« Un beau spectacle », dit Magdalen Raven à son gendre alors qu'ils étaient assis à déjeuner, « les dahlias qui entourent le mausolée — quelles couleurs éclatantes ! »

« Vous avez été au cimetière ce matin, mère? » demanda Martin. Il ne voulait pas avoir l'air de dire que le fait d'aller au cimetière avait quoi que ce soit de répréhensible. Il s'était forgé sa propre façon, raisonnable, d'aborder la mort, et il essayait de la transmettre à ses patients et à toutes les personnes âgées avec qui il se trouvait en contact. C'était une bonne chose que de ne pas se sentir mal à l'aise devant une tombe — il était tout à fait normal de se promener dans le cimetière (en vérité, cela pouvait souvent être un raccourci utile pour se rendre ailleurs — au pub, par exemple) — mais en faire une habitude, s'y attarder pour examiner les tombes, comme sa belle-mère semblait le faire, était-ce à encourager ?

« Oui, j'y suis allée — le pasteur veut que nous rédigions quelques notes sur les tombes

— je veux dire, quelles pierres on utilise en fait, et nous devons également déchiffrer et retranscrire les inscriptions quand c'est possible. Bien sûr, ça ne l'est pas toujours — certaines sont assez usées, les plus anciennes, et il y a des pierres qui semblent s'être enfoncées dans le sol si bien qu'on ne distingue plus rien. Il faut se mettre à quatre pattes si on veut les voir ! » Magdalen rit. « Les gens doivent se demander ce que nous faisons — enfin, si quelqu'un nous voit. »

« Le pasteur s'imagine que vous allez faire ça ? Il s'imagine que des personnes âgées vont se mettre à quatre pattes sur un sol humide, simplement parce qu'il en a envie ? » Martin semblait indigné.

« Oh, ce n'est pas parce qu'il en a envie, lui — c'est pour le registre historique des cimetières du comté, et vous savez à quel point cela lui tient à cœur. »

« Eh bien, je pense que c'est tout à fait déplacé », grommela Martin. « Il devrait faire faire ça à des gens plus jeunes — ou le faire lui-même. »

« Il n'y a pas assez de gens plus jeunes — et je trouve ça intéressant, de découvrir qui est enterré ici ou là, et quel genre de tombes ont les gens. Une partie de la famille de Miss Lee est là, vous savez. La matinée a été bonne au cabinet ce matin ? »

« Eh bien, dire qu'elle a été " bonne " n'est peut-être pas très approprié. Bien remplie, ça c'est sûr, comme toujours. »

« Avec vous, ce n'est pas demain qu'ils iront au cimetière ! » dit Magdalen, gaie comme un pinson. « En fait, il y a encore beaucoup de place dans la partie la plus récente. Mais je voudrais vraiment que vous voyiez ces dahlias près du mausolée, quelle splendeur ! »

Martin se leva de table. Parler avec sa belle-mère, même si cela avait sur elle une action thérapeutique, était bien souvent une perte de temps. « Une promenade dans les bois ou dans les champs vous ferait plus de bien que de vous mettre à quatre pattes dans un cimetière humide », finit-il par dire, sur le ton de la mise en garde, « quoi que puisse en dire le pasteur ».

« Je me demandais si nous ne pourrions pas l'inviter à dîner un soir », dit Magdalen. « Il a l'air un peu seul, maintenant que sa sœur est partie. »

« Eh bien, c'est à vous de voir, et à Avice », dit Martin. Ce n'était pas son rôle que de s'occuper de ce genre de mondanités et des menus détails du ménage — savoir ce qu'il y avait dans le garde-manger ou dans le congélateur, ce qu'il conviendrait d'offrir au pasteur, et tout le reste. Malgré tout, ce n'était peut-être pas une si mauvaise idée que d'avoir des rapports amicaux avec cet homme, Martin essaierait de savoir où il en était, s'il faisait maintenant des projets pour s'installer dans une maison plus petite, et dans ce cas, si le vieux presbytère avait des chances d'être mis à la vente. « Dr. Martin Shrubsole, le Vieux Presbytère », c'était une adresse parfaite pour un jeune médecin plein d'avenir.

Avice, évidemment, fut d'accord avec lui quand les choses lui furent présentées sous cet angle, et sans tarder ils se mirent à discuter de ce qu'on mangerait.

« Tu te rappelles cette lettre dans le bulletin de la paroisse ? » dit Avice. « Il voulait être invité à un repas en famille *simple*, ou quelque chose comme ça, il n'attendra donc pas quelque chose de spécial. Mais je ne pense pas qu'il mange très bien si c'est Mrs Dyer qui lui fait la cuisine, alors nous devrions faire un petit effort. » Et naturellement, elle se disait aussi qu'il serait sans doute judicieux de bien le nourrir et de le mettre de bonne humeur au cas où le sujet du presbytère se présenterait. Mais Tom était-il le genre de personne qui se laisse influencer par la nourriture et la boisson ? — après tout, ce n'était pas Adam Prince — et l'avenir du presbytère dépendrait-il de lui, même s'il se décidait à le quitter pour une maison plus petite ? Est-ce que ce n'était pas la Commission de l'Eglise ou bien un quelconque organisme du diocèse qui décidaient de ce genre de chose ?

« Il faudra faire un plat avec le reste du rôti », dit Avice, « alors pourquoi pas un hachis Parmentier — ou bien de la moussaka, mais Daphné a dû lui en faire bien assez, je suppose. Non, je crois qu'il vaut mieux faire un poulet — ça semble évident. »

« Et peut-être un de tes délicieux desserts », suggéra Magdalen. « Je suis sûre que ça lui ferait plaisir. Il ne doit pas souvent manger un bon dessert. »

Tom oublia momentanément la lettre du bulletin paroissial et le passage qui avait trait au simple repas en famille quand il vit Martin prêt à découper le poulet. Cela lui rappela l'époque où il était vicaire. On considérait encore que la volaille était une viande qui convenait au clergé et pourtant, à cette époque-là, c'était plutôt quelque chose qu'on mangeait tous les jours. Maintenant, on prisait davantage la dinde. On en faisait la réclame à la télévision, non seulement pour les menus de Noël, mais pendant la semaine Sainte — c'était la chose à acheter pour Pâques — et on voyait toute une famille, sourire aux lèvres, devant une dinde quasiment inépuisable. Tom se rappela que Mrs Dyer et sa famille mangeaient habituellement une dinde pour Pâques, et quelquefois aussi pour la Pentecôte, ou « le week-end de printemps », comme on disait aujourd'hui.

« Je suppose que vous êtes un peu privé de cuisine grecque, maintenant », dit Martin pour plaisanter.

« Oui, Daphné exerce son art dans la banlieue de Birmingham. »

« Est-ce qu'elle s'y plaît ? » demanda Avice.

Tom hésita : « Eh bien, elles ont un chien, vous savez », rétorqua-t-il, comme si c'était une réponse à la question. « Il faut le promener tous les jours, bien sûr. Elle et son amie s'en occupent à tour de rôle. »

« Miss Blenkinsop est bibliothécaire, n'est-ce pas ? » demanda Magdalen.

« Elle l'était, mais elle est à la retraite maintenant. Ce sont " deux dames à la retraite " ». Tom sourit. « Est-ce qu'il n'y a pas une pièce de théâtre qui avait ce titre il y a quelques années ? »

Magdalen était la seule à s'en souvenir.

« Mais elle était contente de quitter la campagne, n'est-ce pas ? » insista Avice. « J'ai toujours eu l'impression qu'elle ne se plaisait pas ici. »

« Oh, je ne dirais pas ça », protesta Tom. « Heather lui manquait, peut-être, je crois qu'elles avaient déjà habité ensemble avant qu'elle vienne ici. »

Une affection homosexuelle ? se demanda Martin, comme il l'avait déjà fait, son esprit classificateur mettant consciencieusement ce détail en fiche, mais c'était sans doute improbable. « Votre sœur ne voulait-elle pas aller vivre en Grèce ? » dit-il.

« Oui, je crois », dit Tom, « mais il s'est

avéré que c'était un rêve impossible — comme le sont tant de rêves. » Il s'interrompit, les laissant méditer sur cette question délicate qui menaçait un peu le doux ronron de la conversation. Il y eut un moment de silence, car les autres ne savaient pas vraiment quoi faire de cet aveu encombrant, peu disposés qu'ils étaient à en apprendre davantage sur les rêves impossibles de Tom, ou même à se poser des questions sur ce qu'ils pouvaient bien être.

« Je suppose que votre sœur vous manque », dit finalement Magdalen, « être seul dans cette grande maison ».

Tom eut l'air surpris, car cet aspect du départ de Daphné ne lui était pas venu à l'esprit. Etre seul dans une grande maison, c'était plutôt banlieusard comme concept.

« Est-ce que vous avez déjà envisagé d'aller vous installer dans une maison plus petite ? » demanda Avice.

« Ma foi, non. *C'est* le presbytère, après tout, et je suppose qu'en tant que pasteur, je suis censé y habiter. »

« Je crois qu'il y a des membres du clergé qui prennent des maisons plus petites, vous savez, qui en font même construire spécialement pour eux », poursuivit Avice. « Les femmes ont tellement de mal à s'en sortir dans ces vieilles maisons qui n'en finissent pas. »

« Vraiment ? » dit Tom poliment. « Je n'y avais jamais pensé. N'ayant pas de femme, je suppose que je ne suis pas concerné. »

« Il y a ces pavillons qui se bâtissent en face de l'église », déclara Martin.

« Oh, oui — là où les vieilles voitures étaient entassées. »

Etait-il sarcastique ? se demanda Martin — il ne se comparait tout de même pas, lui, pasteur d'une paroisse de campagne, à une vieille voiture abandonnée ? Mais non, c'était un homme trop bien pour ça, il était trop droit. « Je ne peux pas vous imaginer là-dedans », lui concéda Martin généreusement. « Je ne voulais pas laisser entendre... »

« Non — à vrai dire, ça ne me conviendrait pas. J'ai tellement de livres et de papiers — j'ai vraiment besoin d'un peu plus d'espace. Mais ce serait près de l'église et du cimetière, n'est-ce pas ? »

« Ces pavillons sont destinés aux personnes âgées », fit remarquer Avice avec le tranchant qui était le sien. « Ils ont été conçus pour en reloger une partie. »

« Alors, vous voyez, Martin, je serais encore plus près des tombes si j'allais m'installer là », dit Magdalen. « Mon gendre m'a grondée de passer tant de temps au cimetière », expliqua-t-elle à Tom.

« Oh, j'en suis désolé. Mrs Raven a fait un travail très précieux pour notre étude », dit Tom. « J'espère sincèrement que ce n'est pas trop pour elle. »

Martin se contenta de sourire et remplit de nouveau le verre de Tom. « Qu'en pensez-vous ? » lui demanda-t-il. « Pas mauvais, à mon avis. »

« Délicieux », dit Tom. Il avait apprécié que Martin les eût resservis généreusement, Avice et sa mère buvant très peu. C'était une excellente chose chez les femmes, cette sobriété pour ce qui était du vin, mais ce n'était pas exactement ce que Lear ou Shakespeare avaient voulu dire en prononçant cette phrase.

« C'est Adam Prince qui me l'a recommandé », dit Martin. « Alors, j'en ai fait venir une caisse. »

« Vous avez une cave ? » demanda Tom.

« Malheureusement pas — c'est une des raisons qui font que nous cherchons une maison plus grande — mais bien sûr, ce n'est pas la seule. » Il jeta un regard amusé à sa belle-mère.

Mais ils ne revinrent pas à la question du pavillon ou à la possibilité pour Tom d'aller s'installer dans une maison plus petite. Le sujet avait été abordé, on avait posé des jalons, peut-être lui avait-on mis cette idée dans la tête — il n'y avait rien d'autre à faire pour le moment qu'attendre pour voir ce qui allait se passer.

Tout en appréciant l'admirable porto de Martin, Tom se fit la réflexion que le reste de ses paroissiens aurait du mal à égaler l'hospitalité dont il avait joui ce soir. Il était plutôt soulagé de voir que l'appel qu'il avait lancé pour qu'on lui offre un simple repas en famille, tout à fait ordinaire, n'avait pas été interprété de manière trop littérale. Il rentra chez lui, et tout en regardant les nouveaux pavillons en face de l'église, et en souriant intérieurement à l'idée d'en habiter un (Anthony à Wood dans un lotissement !), il se mit à se demander qui serait la prochaine personne à l'inviter à dîner. Plusieurs avaient murmuré des demi-invitations, manifestement aiguillonnées par leur conscience, et il avait récemment mangé des œufs brouillés avec Miss Lee et Miss Grundy (« simplement ce que nous mangeons nous-mêmes ! »), devant une émission de télévision sur la vie des animaux ; Adam Prince également l'avait invité pour la semaine suivante. Mais il n'y avait rien eu jusque-là de la part d'Emma, excepté le verre qu'ils avaient pris ensemble le soir où il l'avait accompagnée pour traverser les bois. Et, bien sûr, il y avait le docteur Pettifer, cet homme qui habitait la maison des bois. Est-ce qu'il n'allait pas retourner quelque part bientôt ? Qu'y avait-il entre lui et Emma, de toute façon ? Apparemment, personne ne le savait, bien que Mrs Dyer eût fait quelques allusions comme d'habitude. Tom n'avait pas écouté, il avait changé de sujet, il lui avait demandé si elle se rappelait quelques-unes des vieilles chansons qu'elle chantait quand elle était petite fille. Mais Mrs Dyer n'avait pas été d'un grand secours, elle ne se rappelait que « Cours, lapin, cours », et « Nous irons pendre notre linge sur la ligne Siegfried », chanson qui datait du tout début de la guerre, et ce n'était pas exactement ce qu'il recherchait.

Alors que Tom arrivait au presbytère, Daphné sortait son chien et pensait à la gravure de la vente de charité, « Ton serviteur, le chien ». Mais n'était-ce pas l'inverse, n'étions-nous pas, nous, les serviteurs, surtout des chiens et des chats ? pensait-elle en l'attendant à proximité d'un buisson non loin de la maison. C'était une soirée humide et froide, une de ces soirées qui lui faisaient se demander pourquoi elle et Heather n'étaient pas parties vivre en Grèce après tout, réaliser ces ambitions qui avaient été les leurs. Ou bien était-elle seule à les avoir eues, seule à rêver encore d'un village grec, même d'un village grec moderne avec un garage et une place hideuse entourée de bâtiments en béton cuisant au soleil, et un petit parc poussiéreux avec pour seule ombre celle d'un arbre noueux ? Ce soir même, elles avaient utilisé les couverts à salade qu'elles avaient achetés l'année dernière lors de leur passage aux Météores, et Heather avait réprimandé Daphné pour les avoir mis dans l'eau en faisant la vaisselle — la décoration des manches pouvait s'abîmer et elles ne pourraient s'en procurer d'autres. « Oh, nous y retournerons bien une autre fois », avait protesté Daphné, mais maintenant, debout à attendre son chien dans l'obscurité humide, elle commençait à en douter. Peut-être ne retourneraient-elles jamais voir les monastères, mais elles iraient certainement ailleurs ? Pourtant, en ce moment, Heather parlait d'une maison en Cornouailles pour l'été prochain — une collègue bibliothécaire en connaissait une qui pouvait loger quatre personnes, et elle et son amie, Heather et Daphné, cela ferait quatre — tout près de Tintagel, des falaises splendides et quelle mer par mauvais temps ! Il avait fait tellement chaud en Grèce l'été dernier, et le seul souvenir qu'Heather semblait avoir gardé de ces merveilleuses vacances était que ses chevilles avaient enflé à Athènes.

« Allons, viens », cria Daphné impatiemment à Bruce, le chien. « Tu dois avoir fini maintenant ? »

Dans le salon, Heather avait fait une tasse de thé.

« Je me demande comment va Tom », dit-elle, bavarde. « Il ne doit pas être seul, avec toutes les dames qu'il y a dans la paroisse. Je vois ça d'ici. »

« Oui, les membres du club d'histoire doivent s'occuper de lui », acquiesça Daphné. Et il pouvait « mener sa propre vie », quelle qu'elle puisse être, tout comme elle le faisait.

« As-tu remarqué quelque chose d'inhabituel à propos de ce thé ? » demanda Heather. « Il a l'air moins fort ? »

« Exactement — *moins fort !* Ce sont de nouveaux sachets. Je n'en reprendrai pas. Des économies de bouts de chandelles. »

XXIV

Les dahlias près du mausolée avaient atteint la perfection dans leur floraison quand Graham Pettifer acheva son livre, comme c'était son intention, et se prépara à retourner à Londres. Après quoi, les fleurs tomberaient et mourraient, et quand elles seraient noircies par les premières gelées, Graham serait parti. La maison d'Islington était maintenant prête à être occupée et il n'y avait donc rien pour le retenir au village. Quel changement ce serait que de retrouver la civilisation ! Ce n'était pas que la maison des bois n'avait pas eu son charme, bien sûr, mais avec l'hiver qui approchait, il se rendait compte que ces mêmes charmes se changeraient peut-être en inconvénients, voire en inconfort pur et simple. Il chargea donc l'arrière de sa voiture de vêtements et de livres, il attacha une table sur la galerie — la table qu'il avait fait venir pour poser sa machine à écrire — et il partit.

Quand ce fut le moment de se dire au revoir, il prit Emma dans ses bras avec une chaleur et une affection qu'il n'avait pas manifestées pendant son séjour à la maison (sauf le jour où ils avaient fait l'amour dans l'herbe et où Adam Prince les avait vus), donnant l'impression qu'il lui était presque insupportable de la quitter. Et il lui était tellement reconnaissant de tout ce qu'elle avait fait pour lui — les provisions, les petits plats, même le pain en tranches. Et naturellement, ils se reverraient bientôt. Tous les trois, pensa Emma, bien qu'il n'eût pas été question de Claudia si ce n'est indirectement — il était évident qu'elle l'attendrait dans la maison d'Islington. Il avait également dit quelque chose à propos des rideaux de la pièce qui devait être son bureau — était-il possible que ce fût ce même imprimé Golden Lily que celui du couvre-lit de la chambre d'ami d'Emma ? C'était Claudia qui avait dû le choisir.

L'amitié entre hommes et femmes était une belle chose, pensa Emma alors qu'elle se tenait dans l'allée du jardin. Elle avait traversé les bois pour aller revoir cet endroit, peut-être pour la dernière fois, et aussi pour voir si les tomates qu'elle avait plantées dans des pots devant la maison mûrissaient. En soulevant les feuilles, elle vit que Graham les avait cueillies toutes, même les vertes. Est-ce que Claudia allait faire du chutney aux tomates vertes alors ?

Elle s'approcha de la porte et essaya de l'ouvrir, mais la clef n'avait jamais bien marché et elle eut du mal à entrer. Le salon était en ordre, seulement un vieux numéro du *Guardian* et un paquet de cornflakes vide dans la corbeille à papiers, quelques boîtes de conserve à jeter dans la cuisine. Elle s'assit dans un fauteuil délabré recouvert d'un affreux tissu rouge et dont le rembourrage sortait. Elle remarqua un morceau de papier sur la cheminée, une liste polycopiée des offices à l'église pour le mois en cours. Tom — ou quelqu'un d'autre — avait-il fait l'effort de traverser les bois pour lui apporter cette information inutile ? Ou bien cela avait-il été le prétexte que le messager avait choisi pour s'introduire chez Graham, dans l'espoir de voir « ce qui se passait » ? Emma ne le saurait jamais.

Elle se leva et monta dans la chambre. Rien ici. Graham était désespérément ordonné, mais il y avait un livre sur la table de bambou bancale près du lit — un recueil de poésie du XVIIe siècle. L'avait-il laissé volontairement et cela avait-il une signification ? Le livre s'ouvrait non pas sur un poème d'amour mais sur un poème de Richard Crashaw au titre curieux « Sur deux abricots verts envoyés à Cowley par Sir Crashaw ». Elle commença à le lire, mais les poètes métaphysiques avec leur ironie désabusée n'avaient pour elle aucune signification, elle craignait seulement que le poème eût quelque rapport cruel avec leur liaison. Mais il n'aurait jamais pensé à ça. Il avait certainement emprunté ce livre à quelqu'un et oublié de le rendre...

Il y eut un bruit au rez-de-chaussée. Quelqu'un était entré dans la maison.

« Qui est là ? » cria Emma, pensant un instant que c'était peut-être Graham qui revenait pour une raison quelconque.

« Le régisseur de Sir Miles Brambleton », fit une voix forte et assurée. « Et vous ? Qu'est-ce que vous faites ici ? Cette maison est censée être fermée. »

« Exactement ! » dit Emma, apparaissant en haut de l'escalier. « Et la serrure est cassée. On aurait dû s'en occuper depuis longtemps. C'est extraordinaire que des vandales ne soient pas entrés, maintenant que le docteur Pettifer est parti. »

« Oh, c'est Miss Howick — excusez-moi... » Emma s'étonna du changement dans le ton du régisseur. Il était plein de respect maintenant, et elle comprit que c'était à cause de la façon dont elle l'avait abordé, l'entreprenant avec vigueur sur la serrure cassée si bien qu'elle était apparue comme une de ces maîtresses femmes qui s'occupent de tout, inquiète qu'elle était à l'idée que la propriété de Sir Miles puisse être saccagée.

« Ce n'est pas grave », dit Emma aimablement, « mais je pense tout de même qu'il faudrait s'occuper de cette serrure. Un menuisier du château, peut-être... ».

« Vous voulez rire ! » répondit-il avec un peu moins de respect. « Ce n'est pas comme autrefois, maintenant. »

« Non, j'imagine. Est-ce que cette maison était habitée par l'un des gardiens à cette époque ? »

« Oui, et je crois que c'était une des promenades préférées des demoiselles et de la gouvernante. »

« Ah oui, les filles et Miss Vereker. Je les imagine bien ici... »

« Est-ce que le docteur Pettifer reviendra ? » demanda le régisseur, dans un esprit pratique.

Il ne reviendra jamais, pensa-t-elle, mais elle se contenta de dire à voix haute qu'elle ne savait pas et qu'il fallait vraiment s'occuper de cette serrure.

« Puis-je me permettre de vous reconduire au village ? » Mr Swaine désigna sa Land Rover garée dehors.

« Non merci, ça me fera du bien de marcher. » Et de passer le reste de la matinée à avancer mon « travail », pensa Emma, et même, puisque Graham était parti et que l'été touchait à sa fin, songer à l'avenir. Qu'allait-elle faire maintenant ? La seule chose concrète qui lui vint à l'esprit fut de faire quelque chose qu'elle avait sur la conscience depuis un certain temps, inviter Tom à dîner. Il viendrait ce soir, un repas simple assurément, suivant l'inspiration du moment. Après tout, ils étaient seuls tous les deux à présent et il était normal qu'ils se retrouvent.

Elle donna à Tom le reste d'un gigot d'agneau froid et des pommes de terre en robe des champs, avec du chutney aux pommes de la vente de Miss Lee. Ensuite, il y eut du gâteau de riz en conserve (ce qu'Emma se garda bien d'avouer) avec de la gelée de mûres qu'elle avait faite. Le repas fut arrosé d'une bouteille de ce vin qu'elle avait bu le jour où elle avait vu Graham à la télévision il y avait de cela des mois. Au dernier moment, Emma sortit un petit morceau de fromage, mais il était si peu tentant qu'ils ne le goûtèrent ni l'un ni l'autre.

Tom eut envie de dire qu'il était content qu'elle n'eût pas fait d'effort particulier pour ce repas, et c'était vrai et c'était tout à fait le genre de choses qu'il aimait, mais il craignit de paraître discourtois.

« Alors, votre ami est parti », dit-il, au moment du café. « Le docteur Pettifer s'en est allé », corrigea-t-il avec raideur, se demandant si cette formulation était préférable.

« Oh oui, il est de retour à Londres maintenant. »

« Il m'a emprunté un livre. »

« Il y avait effectivement un livre dans la maison quand j'y suis passée — un recueil de poésie du XVIIe siècle, c'est ça ? »

« Oui, il est venu me voir un jour et il voulait vérifier quelque chose, alors je le lui ai prêté. »

Cela semblait peu vraisemblable étant donné

le genre de chose que Graham écrivait, tout aussi invraisemblable que le fait que Graham fût passé au presbytère. Il n'en avait jamais parlé.

« Il avait reçu une lettre de sa femme », expliqua Tom. « Je suppose qu'elle avait peut-être cité quelques vers. »

Repensant à Claudia dans le restaurant grec, Emma eut des doutes, mais rien n'était impossible entre époux. Elle s'aventura en territoire inconnu, se faisant cette banale réflexion : la communication entre Graham et Claudia n'avait pas porté seulement sur les rideaux de son bureau. Et le poème n'était pas celui des deux abricots verts non plus.

« Laura aimait bien ce livre », disait Tom. « Elle aimait les poètes métaphysiques... »

C'était la première fois qu'il parlait de sa femme et Emma ne savait pas trop comment réagir. Ce n'était pas comme s'il était encore sous le coup de sa disparition. Emma n'avait pas à craindre d'être indiscrète. Il y avait plus de dix ans que Laura était morte, c'était du moins ce qu'on disait, et il ne s'était pas remarié. Alors peut-être qu'elle avait été son premier et unique amour ?

« Je suppose qu'elle vous manque toujours », risqua Emma, se disant que même si cette remarque n'était pas à la hauteur, l'honnêteté était moins gênante que des civilités poliment murmurées. Elle fut récompensée par la réponse simple et directe de Tom.

« Oui, je suppose, d'une certaine manière », dit-il. « Mais après tout, on s'habitue même à ce que quelqu'un vous manque, et en tant que personne, elle semble si lointaine maintenant. Parfois, j'ai du mal à me la rappeler. »

« Comment était-elle ? »

Tom hésita. Il était peut-être moins capable

de décrire comment était Laura que de décrire le village à la fin du XVIIe siècle, mais Emma comprit qu'elle avait été à Oxford en même temps que Tom, qu'elle était intelligente, drôle, sociable comme Tom ne pourrait jamais l'être. Il était difficile de se représenter quel genre de personne elle était ou de se demander si on l'aurait aimée. Peut-être n'était-elle pas aussi gentille que Tom — une femme intelligente et vive mariée à un homme plein de bonté ? De quoi était-elle morte ? De quoi les gens mouraient-ils, en fait, aujourd'hui ? Pas de la tuberculose ou d'une de ces maladies victoriennes comme la typhoïde ou la scarlatine — mais le cancer et diverses formes d'affections cardiaques n'étaient jamais bien loin, alors il s'agissait probablement d'une de ces maladies.

« Elle a eu une leucémie », dit Tom, « et à cette époque, il n'y avait rien à faire. Peut-être que ça aurait été différent maintenant ».

Et il y aurait peut-être eu une épouse terrible au presbytère, pensa Emma.

« Vous n'avez pas — en temps voulu, bien sûr — songé à vous remarier ? »

« Eh bien, Daphné est venue, comme vous savez. »

Emma eut le sentiment qu'elle ne pourrait pas supporter une nouvelle conversation sur Daphné et son chien, mais à son soulagement, Tom continua à parler de la période qui avait suivi la mort de Laura, et il semblait même qu'il cherchait de bonnes raisons de ne pas s'être remarié.

« L'occasion ne s'est pas présentée, apparemment, ou bien je n'ai pas rencontré quelqu'un qui me convenait... » Il se rendait certainement compte qu'il était loin d'être convaincant. Comme si un homme, surtout quand c'était un homme d'église, ne pouvait pas rencontrer de femmes s'il le désirait, même avec une sœur pour entraver sa liberté !

« Mais les gens de votre paroisse — à Londres et ici — il doit bien y avoir eu... » protesta Emma.

« Oh, il y en a eu, bien sûr. Dans toutes les paroisses il y a beaucoup de femmes, des femmes seules même, mais allez savoir pourquoi... Après tout, vous non plus vous ne vous êtes pas mariée, n'est-ce pas ? » Tom se tourna vers Emma comme s'il l'attaquait. « C'est le docteur Pettifer ? C'était lui ? »

Emma rit. « Je l'ai cru à un moment donné, c'est vrai, au début de notre rencontre. Mais ça n'a rien donné, et puis il s'est marié avec quelqu'un d'autre. Je ne l'ai pas vu pendant des années, puis un soir je l'ai vu à la télé et je lui ai écrit. Les gens parlent tout le temps des effets nuisibles de la télévision sur les enfants, mais quand on pense au danger que courent les téléspectateurs plus âgés ! »

« C'était donc ça ! Votre premier amour a resurgi. »

« Eh bien, en un sens, je suppose que oui. »

« Il devait être intéressant à l'époque où vous l'avez rencontré. »

« Qu'est-ce que vous voulez dire ? »

« Il m'a toujours un peu fait l'effet d'un bonnet de nuit — les quelques fois où nous nous sommes rencontrés. »

L'idée que Graham puisse être comparé à un bonnet de nuit fit rire Emma de nouveau. En fin de compte, la soirée commençait à être assez réussie, après ce début de journée peu prometteur. Elle et Tom finirent la bouteille de vin et ils cessèrent de parler de Graham pour se tourner vers des sujets plus confortables, dont l'un, de façon assez surprenante, concernait le mausolée et l'inquiétude qu'il causait à Tom. Miss Lee avait insisté pour qu'il se mette en relation avec les gens qui devaient s'en occuper. Il avait besoin d'une « révision », exactement comme une voiture, et personne n'y était allé depuis un certain temps.

« Quoi qu'en dise Miss Vereker si elle pouvait le voir maintenant. » Ils étaient bien d'accord là-dessus.

XXV

Quand la petite fourgonnette de Terry Skate arriva finalement au mausolée, il était évident qu'il était « mal luné ». Tom se demanda avec inquiétude s'il n'allait pas lui réclamer davantage d'argent ou bien lui annoncer une grève ou un arrêt de travail quelconque. Les choses se passaient généralement comme ça aujourd'hui. Peut-être avait-il l'intention de faire une « grève du zèle », avec les conséquences que cela aurait probablement sur l'entretien du mausolée. Mais, en fin de compte, ce n'était rien de tout cela. Il s'agissait d'un problème simple mais tout à fait fondamental. La vérité était que Terry Skate n'était pas prêt à continuer à travailler au mausolée car il avait perdu la foi.

Tom fut tellement surpris, abasourdi même, par cette nouvelle, qu'il fut d'abord pris d'un rire nerveux, mais naturellement, il n'y avait pas de quoi rire. Il était manifestement de son devoir d'examiner ce problème plus à fond, et même de tenter de rendre ce qui avait été perdu. Devant l'inquiétude de Tom, Terry avoua qu'il y avait certains aspects de la foi qui le gênaient depuis quelque temps.

« Ah, vous avez lu un livre qui vous a

tracassé ? » suggéra Tom. C'était vrai qu'il y avait eu pas mal de livres récemment, se rappela-t-il, qui pouvaient bien avoir eu un impact analogue à celui de *Parole d'honneur* au début des années soixante, bien qu'il semblât peu vraisemblable que Terry les eût lus.

« Oh, ce ne sont pas des livres », dit Terry. « Ce sont des discussions à la télé. »

Ils se tenaient à l'intérieur du mausolée, embarrassés par la présence des froides effigies de marbre, qui convenaient pourtant tout à fait à une telle discussion.

« Je veux dire, des professeurs d'université, vous voyez le genre, et l'un d'eux était le Révérend je ne sais plus trop quoi — mais il avait un pull vert à col roulé — vous vous rendez compte ! »

Que le pull vert à col roulé eût remplacé le col romain semblait avoir produit sur Terry une impression profonde et durable. Il continua à se plaindre que des « gens comme ça » fassent irruption dans votre salon par le biais des médias, semant le doute sur les croyances qu'on vous avait inculquées depuis toujours.

Tom qui n'avait ni poste de télévision ni salon, se demandait bien ce qu'il allait pouvoir dire ensuite. Puis il se souvint que le fait de douter n'était pas un phénomène nouveau. Ça arrivait à tout le monde. Adam Prince avait douté de la validité des ordres anglicans, mais discuter de cette question ne serait pas d'un grand secours pour Terry maintenant. Il fit de son mieux pour le consoler, pour l'assurer que cette période d'incertitudes passerait bientôt et que sa foi reviendrait, plus forte que jamais. « Après tout », remarqua-t-il, « des hommes autrement célèbres que vous et moi ont été assaillis par le doute et ont surmonté cette épreuve ».

« Oh, mais c'était il y a longtemps, n'est-ce pas ? Darwin et les vieux victoriens. » Terry eut un rire de dérision.

Il y avait probablement eu une pièce à la télévision sur ce sujet, pensa Tom, en arrivant à la conclusion que Terry n'était pas aussi tracassé que ça par ses doutes. Il les acceptait — les hommes qui avaient parlé à la télévision avaient balayé la foi de son enfance et il n'avait pas l'intention de se laisser rassurer par Tom. Il y avait sûrement du vrai dans ce qu'Emma avait dit de l'influence dangereuse de la télévision sur les téléspectateurs adultes. Ce que Terry avait voulu dire était qu'il ne pouvait plus s'occuper du mausolée. C'était cela, plutôt que ses problèmes de doute, qu'il essayait de faire comprendre à Tom.

« Bien sûr, ça ne veut pas dire que nous ne serions pas heureux de vous aider si vous organisiez une autre fête des fleurs ou autre chose du même genre », ajouta Terry. « Et nous faisons les mariages, vous le savez. Alors salut, pasteur. »

Tom regarda la voiture de Terry s'éloigner et retourna à l'église, où Miss Lee faisait ce qu'elle appelait « ses cuivres » alors que Miss Grundy s'occupait des fleurs de l'autel.

« Je trouvais qu'il était temps que ce jeune homme fasse acte de présence », dit Miss Lee sur un ton plus que critique. Elle portait des gants de coton noirs, sans doute pour protéger ses mains du produit qu'elle utilisait, et les gestes qu'elle faisait lui donnaient un air sinistre.

« Il ne reviendra probablement plus », s'entendit dire Tom, bien qu'il n'eût pas été dans son intention de se confier à Miss Lee.

« Oh, ils sont tous pareils maintenant. Personne ne veut travailler », dit-elle d'un ton féroce.

Les cuivres n'avaient jamais paru aussi brillants qu'aujourd'hui, dans la mélancolique pénombre de novembre, pensa Tom, et il savait qu'il fallait frotter fort pour obtenir cela. Mais il ne se sentait pas d'humeur à aborder le problème du travail avec une dame qui était aussi peu au fait que lui de la situation industrielle actuelle. Une si grande partie de sa vie de pasteur de campagne semblait se perdre en discussions sans profit comme celle-ci.

« Je pense que nous n'aurons pas de difficulté à trouver quelqu'un d'autre pour s'en occuper », dit-il avec légèreté, mais avec une assurance qu'il ne ressentait pas vraiment. Un agnostique compétent qui s'y connaîtrait un peu en horticulture — n'était-ce pas tout ce qu'il fallait ? On n'a rien contre les non-croyants ? Comme une annonce dans le *Church Times* autrefois ?

« Miss Vereker en a toujours pris un tel soin », commença Miss Lee, mais Tom ne l'encouragea pas à poursuivre. Au lieu de cela, il se posa la question de savoir si Miss Lee avait eu des « doutes », si, tout en frottant la tête de cuivre de l'aigle du lutrin, elle s'était déjà dit que tout ça n'était peut-être qu'une subtile invention de l'esprit, et si elle ne s'était pas demandé ce qu'elle faisait ici, dimanche après dimanche, et même parfois les jours de la semaine, à souscrire à quelque chose dont elle n'était pas sûre. Pouvait-il se permettre de lui poser la question ? se demanda-t-il, alors que son regard parcourait l'église et trouvait des preuves de son zèle où qu'il se posât.

C'est ainsi que ses yeux s'arrêtèrent sur le lutrin, l'oiseau de cuivre qui le faisait rêver, et il se rendit compte tout à coup qu'il n'était pas en cuivre mais en bois. C'était un lutrin de chêne dont l'origine, selon une légende locale inexacte, était un arbre du domaine des de Tankerville. Il avait dû le confondre avec un autre lutrin, probablement celui de l'église de son enfance. Comment avait-il pu être aussi distrait et inattentif ! Et la question qu'il posa finalement à Miss Lee n'avait rien à voir avec la foi ou l'absence de foi, mais était quelque chose de beaucoup plus simple. « Est-ce qu'il vous arrive de regretter que nous n'ayons pas un lutrin en cuivre ? » demanda-t-il. « Comme il y en a dans certaines églises ? »

« Oh, non, pasteur », répondit-elle. « J'adore cet oiseau de bois, et j'adore le faire briller. S'il était en cuivre, il serait peut-être plus brillant, mais avec le bois on est parfois bien récompensé, vous savez, et je crois que je peux dire sans me vanter que personne ne sait le faire reluire aussi bien que moi. »

Tom se détourna, rendu modeste par les paroles de Miss Lee. C'était presque une idée de sermon ce qu'elle avait dit, que le cuivre était plus brillant que le bois, mais qu'on était parfois bien récompensé avec le bois. Bien sûr que Miss Lee n'avait jamais eu de doutes ! Et s'il lui arrivait d'en avoir, elle était beaucoup trop bien élevée pour jamais songer à aller ennuyer le pasteur avec ce genre de chose.

Il se dirigea vers l'autel où Miss Grundy mettait la dernière main à une gerbe de roses.

« Des roses en novembre, ça c'est quelque chose ! » dit-il avec un enthousiasme forcé, mais il se sentait toujours obscurément coupable à l'égard de Miss Grundy et il avait donc tendance à avoir avec elle un comportement peu naturel. Elle faisait partie de ces gens pour qui il faudrait « faire » quelque chose, bien qu'il fût difficile de trouver quoi, et ajouté à cela, il avait conscience que le genre d'office qu'il célébrait n'était pas vraiment à son goût, et il en éprouvait du malaise.

« Oh, il y a encore des roses dans notre jardin », dit-elle de sa voix flûtée, « et je crois que celles-ci tiendront encore une semaine si l'on y ajoute un brin de verdure. Un brin de verdure, ça change bien des choses. »

Encore une idée de sermon ! pensa Tom, entre ça et le bois qui vous récompensait ! Mais d'une certaine manière, c'était déprimant cette façon qu'avaient ces vieilles femmes de donner sans arrêt des idées de sermon. Il décida fermement de ne pas s'en servir.

« Vous faites des merveilles avec les fleurs et les plantes », dit-il, s'en prenant au talent solitaire de Miss Grundy. Peut-être était-elle la seule personne capable de faire germer un grain de blé trouvé auprès d'une momie. Il avait lu dans un livre d'histoire de la région que quelque chose de ce genre s'était produit dans un village à moins de vingt miles. Si seulement on pouvait se procurer un grain de ce « blé de momie », Miss Grundy réaliserait peut-être sa destinée.

XXVI

Pendant toute la durée de son exil à West Kensington, Miss Vereker avait chéri le souvenir de l'époque où elle était installée au château comme gouvernante des filles, et avant de mourir, elle tenait à faire une dernière visite au village pour revoir la maison, l'église, le mausolée, et les quelques personnes qui se souvenaient encore d'elle. Elle choisit une belle journée de novembre, avec un soleil lumineux et quelque chose de presque printanier dans l'air, une de ces journées comme il y en a dans l'imprévisible automne anglais. Elle prit le train à Paddington pour la gare la plus proche du village, sans dire à son neveu et à sa femme ce qu'elle faisait. Après tout, elle ne partait que pour la journée (demi-tarif avec sa carte vermeil) et elle serait de retour tôt dans la soirée. Elle ne préviendrait personne au village non plus — elle leur ferait la surprise simplement, peut-être prendrait-elle un déjeuner léger avec Miss Lee, mais elle n'avait pas envie de penser que quelqu'un se dérangerait pour elle. Un morceau de pain et du fromage lui conviendraient, ce qu'on appelait en plaisantant une « assiette paysanne », mais y avait-il au monde quelqu'un de moins paysan qu'elle, si l'on exceptait les gens qui en faisaient généralement leur déjeuner au pub que fréquentait son neveu.

Elle pensa à son neveu alors qu'elle était assise dans le train. Bien sûr, en théorie, il se serait fait un plaisir de la conduire où elle voulait avec sa voiture, mais en pratique ça n'était apparemment jamais le bon moment. Pour commencer, il n'était libre que le samedi et le dimanche, et il y avait toujours quelque chose de plus urgent le samedi, tandis qu'il consacrait le dimanche matin à laver sa voiture et l'après-midi à rendre visite aux parents de sa femme. Naturellement, elle avait eu beaucoup de chance qu'on l'eût « prise » comme ça ; une tante ne figurait pas aux premiers rangs sur la liste d'obligations de la plupart des gens, mais elle avait été la sœur préférée de la mère de son neveu quand celle-ci était en vie et on éprouvait donc pour elle une sorte de vénération superstitieuse. Et puis, bien sûr, quand elle avait dépassé l'âge de soixante-dix ans, bien qu'elle fût formidable pour son âge à part un peu de bronchite en hiver, elle était devenue une personne âgée et était donc entrée dans une autre catégorie sacrée, celle des « vieux ». Par conséquent, tout bien considéré, Miss Vereker n'avait à se plaindre de rien dans sa vie actuelle, sauf de ce qu'elle ne fût pas le passé.

Après Oxford, le train sembla ralentir comme si plus rien ne pressait maintenant, comme s'il n'était pas nécessaire d'arriver où que ce fût à quelque heure que ce fût. Il s'arrêta dans diverses localités que Miss Vereker se rappelait d'autrefois, bien que les gares eussent un air d'abandon bien attristant, pas de jolis petits jardins, seulement des touffes d'herbes folles avec çà et là des restes de plantes vivaces qui avaient repoussé spontanément. La « famille » n'aurait pas approuvé cela, se dit-elle, alors qu'elle sortait et tendait sa moitié de billet à un jeune homme qui semblait responsable de la gare. Il n'y avait pas, bien sûr, de voiture de la grande maison qui l'attendait, pas de voiture du tout en vérité, pour la conduire où que ce fût, bien qu'il y en eût un grand nombre dans la cour de la gare, beaucoup plus qu'elle ne se souvenait d'en avoir jamais vu. Sans doute que les gens partaient de cette gare pour se rendre à leur travail à Oxford ou même à Londres, et rentraient le soir.

Elle se mit en route vers le village. Il y avait moins d'un demi-mile jusqu'à l'orée du bois, et elle y arriverait sans difficulté. Ensuite, après une marche agréable dans les bois, où elle verrait la maison, elle arriverait dans le village et prendrait Miss Lee par surprise, ou même le docteur G. — pas le pasteur, elle ne connaissait pas le titulaire actuel — il y aurait sûrement quelqu'un qui se souviendrait d'elle.

Dans le village, la consultation du matin touchait à sa fin — le docteur G. et le docteur Shrubsole avaient eu tous deux une matinée chargée. Dès l'ouverture, la salle d'attente était pleine de gens qui se connaissaient et étaient peut-être surpris de se rencontrer dans ces circonstances, même si ce n'était pas une réaction qu'on pouvait exprimer. La conversation dans ces moments-là était réduite au minimum — on ne parlait pas en ce lieu. Adam Prince et Emma, assis chacun à un bout de la pièce, lui avec un numéro du *Daily Telegraph,* elle avec un exemplaire tout abîmé de *Woman's Own* vieux d'au moins un an, qu'elle avait pris sur la table de la salle d'attente, se saluèrent d'un sourire et se plongèrent ensuite immédiatement dans leur lecture. Adam lisait avec une indignation et une consternation croissantes un article sur les femmes qui étaient ordonnées « prêtres » outre-mer, tandis qu'Emma avait du mal à venir à bout des difficultés sexuelles des gens qui avaient écrit au courrier du cœur. Aurait-elle pu parler de ses propres problèmes avec Graham à cette sympathique conseillère ? Mais il y avait si peu à confier. Il valait mieux, certainement, passer aux pages de cuisine où elle trouverait peut-être des idées pour le dîner qu'elle ferait à Tom si elle l'invitait de nouveau. Les illustrations aux couleurs vives parlaient aussi à l'imagination.

Le docteur G. avait commencé sa journée de fort bonne humeur. Une belle matinée d'automne ensoleillée, mais l'air était piquant, il n'y avait pas de doute, et les jours diminuaient, c'était sûr. Le réconfort douillet de ces nuits fraîches donnerait peut-être une bonne récolte de bébés pendant l'été... Il fut donc déçu quand Adam Prince pénétra dans le cabinet, éclatant de santé, gras et luisant comme un chat châtré bien nourri. Quel pouvait bien être son problème à celui-là, pensa-t-il agacé, quand il le salua avec sa cordialité habituelle en lui demandant comment il allait. Et Adam Prince se mit à parler.

« Je suppose que vous appelleriez cela de la tension ou du stress — c'est comme cela qu'on dit aujourd'hui ? Et je souffre d'insomnie depuis quelque temps — on dirait que j'ai facilement le “ moral à zéro ”. » Cette expression d'argot le fit sourire.

« Vous ne dormez pas, c'est bien ça ? » Le docteur G. ne lui accorda pas le droit à « l'insomnie ». « Si vous preniez à l'heure du coucher une boisson chaude avec du lait... » ajouta-t-il vaguement, mais au moment où il disait cela, il se rendit compte que ce remède — la simple idée de chaleur et de lait — rebuterait Adam Prince plus qu'il ne l'aiderait. Et un homme de son âge n'avait apparemment pas non plus une « heure de coucher ».

« Je ne crois pas, dans mon cas... » commença Adam.

« Quelles sont donc les choses qui vous tracassent, vous mettent le moral à zéro ? » demanda le docteur G.

« Oh, c'est-à-dire... » Adam sourit de nouveau. Il s'agissait bien sûr de choses moins sérieuses que le doute qu'il avait éprouvé quant à la validité des ordres anglicans ou d'autres problèmes de ce genre, mais elles étaient néanmoins une source d'inquiétude, de tension, de stress, comme on voulait. Pourtant, quand on les énumérait vraiment, elles semblaient dérisoires, de simples bouffées d'agacement. Il poursuivit en racontant au docteur G. la fureur démesurée qu'il éprouvait quand il voyait une bouteille de vin posée sur un radiateur pour être réchauffée (« chambrée ») ou quand on lui proposait de la mayonnaise vinaigrée en pot au lieu de la faire soi-même, ou du pain pré-découpé ou du fromage sous cellophane, ou encore quand il demandait de la moutarde de Dijon et qu'il n'y en avait pas, ou du café en grains, et pour finir, l'usage du thé en sachets — tout cela le bouleversait au-delà de ce qui était raisonnable.

Le docteur G. l'arrêta alors — car la liste menaçait d'être interminable — pour lui rappeler que l'usage du thé en sachets dans les restaurants était maintenant universel, tellement fonctionnel et pratique, et qu'il épargnait aux femmes bien de la peine, leur évitant d'être « stressées » elles aussi, si l'on pouvait dire.

« Il me semble », déclara-t-il, « que c'est le genre de travail que vous faites qui vous déprime. Vous avez besoin de vous en reposer. Tous ces déplacements pour faire des repas et en faire des comptes rendus... » Il donnait l'impression de réduire le métier d''Adam à une activité sans la moindre importance. « Ce n'est pas naturel, vous comprenez, non ? » Il retrouva son parler direct et jovial. « Essayez d'être un peu moins critique — apprenez à aimer le fromage sous cellophane, le thé en sachets et le café soluble, et puis les hamburgers et les croquettes de poisson aussi — la plupart des gens de ce village vivent de ça et ils ne s'en portent pas plus mal. Quant à dormir ou ne pas dormir — les insomnies, c'est ce que vous avez dit ? Eh bien, comme je vous l'ai conseillé, soyez moins critique — faites une courte promenade d'un bon pas avant d'aller vous coucher, et puis une boisson chaude avec du lait, ça calme bien les nerfs. Je le recommande souvent. » Il ne jugea pas nécessaire d'ajouter que c'était ce que l'on conseillait en général aux jeunes futures mamans. Quand Adam suggéra du bout des lèvres qu'il pourrait lui prescrire des somnifères, il griffonna quelque chose, un placebo plus qu'autre chose, lui conseilla de nouveau de ne pas se tracasser, et le congédia. Il avait vu Emma Howick dans la salle d'attente et il trouverait certainement plus d'intérêt et de plaisir à converser avec une femme qu'avec un raseur imbu de lui-même comme Adam Prince.

Mais Emma était là pour voir Martin Shrubsole et elle entra dans le deuxième cabinet, laissant le docteur G. avec une femme assommante qui voulait seulement faire contrôler sa tension.

Martin avait jusque-là eu une matinée difficile. Il avait été obligé de dire à une vieille femme que ses jours étaient comptés, car, selon son habitude, il n'avait pas reculé devant la vérité. Son opinion était qu'il était inutile de cacher les choses à quelqu'un d'intelligent. Mais elle était revenue à la charge en lui demandant s'il croyait à la vie après la mort. La stupéfaction l'avait d'abord laissé sans voix, car il était indigné qu'on lui eût posé une telle question. Puis évidemment il s'était rendu compte que ce n'était pas son rôle à lui de répondre à des choses de ce genre — c'était le travail du pasteur. Le fait que la mort nous concernait tous semblait être hors de propos à ce moment. Il fut soulagé quand elle sortit discrètement de la pièce et qu'Emma entra.

Emma avait de légères rougeurs sur une main, probablement provoquées par une allergie quelconque — à du détergent, certainement — mais cela pouvait tout aussi bien avoir une autre cause — le stress, peut-être — qu'en pensait le docteur ?

A la mention du mot « stress », Martin fut tout de suite vigilant. Même si la gériatrie, en tant que spécialité, était ce qui l'intéressait le plus, il avait tout de même conscience qu'il était important d'accorder toute son attention à tous ses malades, car les gens de quarante ans seraient eux aussi un jour des personnes âgées. D'autre part, il était intéressé et intrigué par Emma, qui n'avait apparemment pas sa place dans ses catégories toutes faites.

« Avez-vous été dans une situation particulièrement stressante récemment ? » demanda-t-il.

On aurait dit qu'Emma allait partir d'un éclat de rire.

« Eh bien, qui ne l'a pas été, si on réfléchit », dit-elle. « La vie est pleine de situations stressantes, vous ne croyez pas ? »

« Oui, on vit à un tel rythme de nos jours », commença Martin, mais cela ne semblait pas pouvoir s'appliquer au village à proprement parler, elle faisait manifestement allusion à quelque chose de précis dans sa propre vie. Cet homme qui habitait la maison des bois, Graham Pettifer (Docteur Pettifer) qui les avait tous fait mourir d'ennui un soir au pub, avec ses discours sur je ne sais quoi en Afrique centrale. Se pouvait-il que ce soit lui, la cause de son stress ? « Même dans une vie apparemment paisible », poursuivit-il, « le stress n'est pas exclu ».

Emma lui accorda que c'était possible.

« Quand on a un parent âgé à charge, par exemple. Je l'ai constaté tant de fois. »

« Oui, je veux bien le croire », dit Emma compatissante. « Vous vous êtes spécialisé dans la gériatrie, n'est-ce pas, avant de venir ici ? »

Martin lui répondit que oui, mais ça commençait à être le monde à l'envers, le malade qui posait des questions au docteur. Puis, il se rappela qu'Emma était anthropologue, ou du moins qu'elle avait fait un travail qui supposait qu'on interroge les gens, et il se sentit moins médiocre. Il fallait qu'il insiste et trouve l'origine de son problème. « Montrez-moi votre main », dit-il.

Emma posa sa main, à plat, sur la sienne.

« Elle n'est pas bien belle », dit-il. Etait-ce une insulte ? Suggérait-il qu'elle ne prenait pas bien soin de ses mains, qu'elle négligeait de mettre de la crème après avoir fait sa lessive comme le faisaient sa femme et sa belle-mère ? Et les mains étaient si différentes les unes des autres au toucher — celles des femmes, des enfants, des personnes âgées... « Quelquefois une liaison difficile peut être cause de stress », dit-il avec audace.

Emma leva les yeux vers son visage jeune et sérieux, penché vers elle. Il faisait vraiment un effort pour trouver la cause de ses problèmes. « Je suppose que je devrais mettre des gants en caoutchouc pour faire la vaisselle et tout ça », dit-elle.

« Oui, vous pourriez essayer. » C'était peut-être un soulagement qu'elle eût refusé son invitation à se confier à lui. « Et je vais vous faire une ordonnance — revenez me voir dans trois semaines si les choses ne s'arrangent pas. »

La façon dont il avait dit « les choses » laissait la porte ouverte, à vrai dire. Elle pourrait lui raconter toute sa vie, si c'était nécessaire.

Martin se demanda si sa femme ne serait pas capable d'aller au fond de ces choses dont il était question, et il les imagina marchant dans les bois, Avice rabattant les orties avec sa canne pendant qu'Emma lui ouvrirait son cœur.

Emma quitta le cabinet de consultation en serrant son ordonnance — « script », comme disent les drogués — reconnaissante qu'il ne lui eût pas posé de question sur la vie sexuelle qu'elle avait ou n'avait pas.

Ce matin même, dans la banlieue de Birmingham, Daphné amenait Bruce chez le vétérinaire. Ce qui se passait dans une salle d'attente de vétérinaire était très différent de l'atmosphère feutrée du cabinet médical, où personne ne parlait à personne. Il flottait ici un air d'amitié et de curiosité inquiète, aiguë même, pour les maladies et les malheurs des patients, tendrement blottis dans les bras de leur maître ou bien couchés bien au chaud dans des paniers ou des boîtes posés sur le tapis taché d'urine (un animal nerveux qui avait dû s'oublier). Châtrer un chat ou opérer une chatte, le meilleur traitement pour les vers, les diverses piqûres contre la grippe des chats, maladie de Carré ou coussin charnu, autant de sujets de conversation possibles, et on en discutait avec passion.

Quand vint son tour, Daphné constata qu'elle aurait affaire au plus jeune des vétérinaires — il y en avait trois dans ce cabinet — et qu'il avait cet air de sollicitude inquiète qui lui rappelait Martin Shrubsole. Son attitude pleine de bonté quand il prépara Bruce à recevoir sa piqûre — « C'est une piqûre de rien du tout, ça te fera pas mal, mon vieux » — lui donna le sentiment qu'il saurait comprendre ses propres problèmes et la conseillerait au mieux. C'était un don que possédaient certaines personnes, un atout important, aussi bien pour un vétérinaire que pour un médecin généraliste. Combien de fois cet homme jeune avait-il dû rassurer et réconforter des propriétaires d'animaux anxieux et affligés, combien d'années encore de ce dévouement attentionné avait-il devant lui ! Mais naturellement elle ne pouvait pas lui ouvrir son cœur comme elle le faisait avec Martin Shrubsole, elle ne pouvait pas l'encombrer de ses problèmes — lui dire que Birmingham, même cette maison aux abords du délicieux parc boisé, n'était en fin de compte pas vraiment la solution, ne remplaçait pas vraiment la sobre maison blanche sur les rives de la mer Egée. Et puis, il y avait Heather — tellement plus autoritaire avec l'âge — et Tom — elle se faisait parfois du souci pour Tom et se demandait s'il allait bien, n'avait-elle pas commis une erreur en le laissant comme elle l'avait fait... Mais elle ne pouvait rien révéler de tout cela au jeune vétérinaire sympathique.

« Allons, Bruce », dit-elle, « donne ta patte au docteur ».

Le vétérinaire rit. « C'est drôle, moi aussi je m'appelle Bruce », dit-il.

Cela sembla créer un lien entre eux et c'était presque comme si elle lui avait vraiment confié ses soucis. Mais elle se contenta de dire que c'était une honte ces écriteaux qu'on voyait partout et tout le temps pour interdire l'entrée de certains endroits aux chiens. Bruce était si bien élevé, il ne ferait jamais quelque chose qu'il ne devait pas faire. Pas comme un chat.

« Oh non », acquiesça-t-il. « C'est impossible de faire obéir un chat. Vous avez déjà eu un chat ? »

« Non », dit-elle, « pourtant je pense que mon frère aurait aimé en avoir un », ajouta-t-elle, et une ombre passa sur son visage à la pensée de Tom.

« Ils grandiront en âge comme un vêtement », lut Tom. *Lanatus* — enterré dans de la laine. La laine, étant une fibre animale, devait sûrement pourrir ? Il y aurait donc peu ou pas de trace de cette laine réglementaire dans laquelle chacun devait être enterré selon l'édit d'août 1678. Combien de temps la laine mettait-elle à pourrir ? se demanda-t-il. Il n'avait pas le souvenir d'un seul cas où l'on avait trouvé de la laine en ouvrant une tombe de cette période pour en sortir les os. Et naturellement, personne parmi ses connaissances n'avait été enterré dans de la laine, sauf le hérisson de Miss Lickerish, et cela n'avait pas grand-chose à voir.

La faim le tenaillait et il s'interrompit dans ses spéculations. Il pensait que Mrs Dyer lui avait laissé de la viande froide pour son déjeuner, et il y avait une boîte de soupe à réchauffer. Elle saurait peut-être combien de temps la laine mettait à pourrir, elle, et aussi dans quoi on enterrait les gens aujourd'hui, quel tissu on utilisait pour les linceuls. N'avait-elle pas un parent éloigné qui travaillait aux pompes funèbres ? Les tissus synthétiques n'avaient certainement aucun secret pour Mrs Dyer. Mais il recula à l'idée de le lui demander.

Tout en déjeunant, il lut la dernière page du *Daily Telegraph*, le journal préféré de Daphné, qui continuait à arriver au presbytère. Il y avait tant de personnes qui mouraient, il se rendait compte, et pas une seule enterrée dans de la laine ! Le décret avait été abrogé au début du XIXe siècle, s'il avait bonne mémoire, mais rien n'interdisait à quelqu'un de se faire enterrer dans de la laine, si tel était son désir — il lui suffisait de le mentionner dans son testament... Il mangea de l'agneau froid, du pain, et grignota des oignons au vinaigre, tout en parcourant machinalement par ordre alphabétique la liste des décès. Driver, Fabian Charlesworth, lut-il, « Mari dévoué de Constance et Jessie... » curieuse façon de présenter les choses. Est-ce que cet homme avait eu deux femmes qui étaient encore en vie aujourd'hui ? se demanda Tom. Et s'étaient-elles retrouvées après sa mort ? Et auprès de laquelle serait-il enterré ? Avec sa première femme ou avec la seconde ?

Il restait de la place ici dans le cimetière pour sa propre tombe, se dit-il, s'il venait à mourir brusquement. Il oubliait à cet instant que Laura était enterrée ailleurs. Mais à supposer qu'il se remariât, comme ça avait dû être le cas pour ce Driver, que se passerait-il alors ?

XXVII

Après son voyage en train, Miss Vereker trouva qu'il ne faisait pas bien chaud en arrivant dans les bois, mais c'était tout de même une journée radieuse et la légère montée en sortant de la gare lui donna un petit coup de fouet. Elle n'avait pas exactement froid, c'était simplement que cet exercice inhabituel — ses promenades à West Kensington avaient lieu essentiellement en terrain plat — lui avait fait prendre conscience d'une douleur aiguë dans le dos et elle avait du mal à respirer. En partant, l'air lui avait semblé presque doux, mais maintenant elle sentait un vent glacial qui soufflait à travers les arbres.

Elle s'arrêta un instant pour se reposer. Cette maison était bien celle où Clegg, l'un des gardiens, avait habité, mais elle était dans un triste état maintenant, le jardin à l'abandon, et les rideaux des fenêtres qui avaient manifestement besoin d'être lavés. Miss Vereker inspecta les lieux, d'une manière qu'elle aurait en temps normal jugée indiscrète, mais c'était sans importance puisque la maison était de toute évidence inhabitée. Où vivaient donc les gardiens maintenant ? Probablement dans un de ces pavillons modernes ou bien dans des

H.L.M., leurs femmes n'aimant sans doute pas beaucoup être isolées dans les bois. Une tasse de thé ou un verre du vin de sureau de Mrs. Clegg, qu'elle lui aurait offerts autrefois, seraient les bienvenus maintenant, mais il ne fallait pas y compter. Elle devait poursuivre sa route, « continuer envers et contre tout », comme son neveu aimait à le dire. Le village ne pouvait plus être bien loin et elle arriverait bientôt à l'orée du bois. Consultant sa montre, elle vit qu'il était une heure et demie — ce n'était pas vraiment le bon moment pour rendre visite à quelqu'un. Elle était surprise qu'il fût si tard — elle avait dû s'arrêter à la maison plus longtemps qu'elle ne l'avait cru.

Elle continua à marcher avec sa détermination habituelle, bien droite et la tête haute. Le sentier restait assez visible malgré la végétation qui l'envahissait par endroits, plus qu'autrefois. Enfin, c'était bien le sentier, il n'y avait pas de doute là-dessus. C'était seulement que cette douleur dans le dos était plus aiguë et plus continue maintenant, cela lui rappelait la fois où elle avait eu un point de pleurésie, le docteur avait écouté avec son stéthoscope, et il avait entendu ce qu'il avait décrit comme un bruit de feuilles mortes. C'était ce genre de bruit qu'elle entendait maintenant en reprenant son souffle, ou n'était-ce que le bruissement des feuilles qui étaient tombées sur le sentier ?

Elle se rendit compte qu'elle commençait à marcher plus lentement. Peut-être le chemin était-il plus long que dans son souvenir, et il semblait maintenant qu'elle l'avait quitté pour aller s'égarer sur une piste plus boueuse, pleine de marques de sabots, de vaches ou de chevaux. Les filles étaient souvent venues ici à cheval, et sans doute que les gens y venaient toujours. Elle regretta de ne pas avoir pensé à apporter une canne ; cela aurait été utile, moins pour soutenir son pas hésitant, se dit-elle en souriant, que pour écarter un peu les branches et les ronces qui se mettaient en travers de son chemin. Il y avait si longtemps qu'elle ne s'était pas promenée dans ce bois, ni dans aucun bois en fait, qu'elle avait oublié combien une canne pouvait être utile.

Elle arriva alors dans une sorte de clairière ouverte où il y avait de grosses pierres posées çà et là, le genre de pierres sur lesquelles on pouvait s'asseoir pour se reposer un instant. Ce n'était pas qu'elle était vraiment fatiguée, c'était seulement cette douleur qui était agaçante et — surtout — qu'il n'était pas très opportun de rendre visite à Miss Lee et Miss Grundy à deux heures de l'après-midi. Miss Lee était de ces personnes qui font « la sieste » et il était possible qu'elle n'accueille pas très bien un visiteur imprévu, fût-ce une vieille amie d'autrefois.

« Maman dort toujours un peu après le déjeuner », disait Avice Shrubsole, « même si elle jure que non. Elle commence par écouter *Les Archers,* mais *Femme d'aujourd'hui* n'a pas commencé qu'elle est déjà assoupie. » Avice rit. « J'aime beaucoup sortir marcher un peu quand c'est possible, alors je me faufile hors de la maison sans qu'elle s'en aperçoive, bien que Martin dise toujours à Maman que ça lui ferait le plus grand bien d'aller se promener dans les bois. »

« Je le crois volontiers », murmura Emma. Avice était la dernière personne qu'elle s'attendait à rencontrer à un tel moment et dans de telles circonstances, et elle avait été incapable de faire mine d'aller dans la direction opposée, elle avait été prise de court — car, après tout, elle était seulement là, perdue dans ses pensées — et Avice l'avait regardée sévèrement et lui avait fait remarquer qu'il faisait un peu froid pour traîner dans les bois (bien que ce fût une journée radieuse pour le mois de novembre). Elles s'éloignaient donc du village d'un pas vif, Avice rabattant les broussailles avec sa canne de chaque côté du sentier.

« Je crois savoir que vous et Martin vous êtes vus ce matin », dit Avice d'un ton aimable et chaleureux, car bien sûr on ne montrait pas qu'on était au courant d'une visite au cabinet médical, et Martin avait également vu Emma quand elle avait fait son plein d'essence au garage.

« Oui — et je suis allée au cabinet médical à cause de ces rougeurs que j'ai aux mains », avoua Emma.

« Oh, vraiment ? C'est ennuyeux pour vous — je suppose que ce sont les détergents. »

« Oui, c'est possible. Ou bien de noirs secrets en sont peut-être la cause, le stress, ce genre de chose — vous savez ce qu'on dit. »

« Naturellement ! »

Elles rirent toutes deux et Avice donna un coup de canne particulièrement féroce à une touffe d'herbe inoffensive. Sans trahir aucun secret, car il était scrupuleux pour ce genre de choses, Martin lui avait plus ou moins dit qu'Emma était le genre de personne qui avait peut-être besoin d'aide et avait laissé entendre qu'Avice était probablement en mesure de la lui procurer. L'occasion semblait se présenter maintenant.

« Vous êtes-vous demandé ce que je faisais à errer dans les bois ? » fit Emma.

Avice fut interloquée par sa façon d'aborder le sujet. « Je suppose que vous preniez un peu d'exercice », dit-elle.

« Mais vous avez certainement deviné ce qu'il y avait entre Graham et moi — ou ce qu'il n'y avait pas — vous avez peut-être même entendu ce qu'on disait dans le village. »

« Je ne pense pas qu'on *disait* quoi que ce soit, exactement... »

« Oh, alors, si on n'a rien dit, ça rend toute cette histoire encore plus humiliante. »

Emma semblait décidée à en rester là, ce qui ne facilitait pas les choses à Avice qui était censée trouver la meilleure façon de l'aider si elle en avait besoin, comme Martin l'avait suggéré. Mais elle avait prononcé le mot « humiliation », il fallait peut-être s'en servir — pouvait-on amener Emma à en dire davantage ?

« Peut-être avez-vous trop attendu de cette histoire ? » se risqua-t-elle.

« Oh, je n'ai rien attendu — de quel droit aurais-je attendu quelque chose ? » dit Emma avec virulence.

Il n'y avait sans doute rien à gagner à poursuivre dans cette direction et Avice décida qu'elle dirait à Martin que les problèmes d'Emma n'avaient pas un bien grand intérêt, frustration sexuelle ou même amour non partagé pour cet homme dont ils avaient tous pensé qu'il était assez ennuyeux. Mais enfin, des goûts et des couleurs... Pourtant, en tant que femme, Avice pensait que c'était peut-être là une explication un peu simpliste. Elle ne trouvait rien à ajouter, alors elle se contenta d'observer qu'on n'avait pas toujours tout ce qu'on voulait dans la vie, et de laisser entendre qu'elle aussi avait ses problèmes. Les confidences partagées mèneraient peut-être à quelque chose.

« Oui, naturellement », acquiesça Emma. « Même la femme qui a fait un mariage heureux, qui a un gentil mari attentionné et de superbes enfants peut avoir malgré tout le sentiment qu'il lui manque quelque chose. Si elle a abandonné une carrière prometteuse — de pianiste, de journaliste à la télé, ou même d'assistante sociale... »

Il sembla à Avice qu'Emma se moquait ouvertement.

« Eh bien, on peut avoir une vie à soi, même avec un mari et des enfants », dit Avice d'un air de défi, et bien sûr c'était vrai qu'elle avait beaucoup d'activités bénévoles dans la région. « Mais il y a d'autres problèmes », continua-t-elle. « L'endroit où l'on habite, par exemple. Notre maison actuelle est beaucoup trop petite, surtout maintenant que Maman vit avec nous. »

« Oui, j'imagine. Voyons » — Emma faisait un effort — « vous ne pouvez pas avoir plus de quatre chambres dans cette maison. »

« Non. Il y a notre chambre, bien sûr — les garçons sont ensemble pour le moment, Hannah a la petite chambre de devant, et Maman occupe ce qui était la chambre d'ami. »

« Et cela fait les quatre chambres dont on a parlé », approuva Emma. « Vous n'avez donc pas de chambre d'ami, et si quelqu'un vient passer quelques jours... »

« Exactement ! Il n'y a tout simplement aucun endroit où mettre des invités. »

« Et c'est tellement horrible de dormir dans le salon de quelqu'un, entouré de fauteuils rembourrés et de lampadaires. »

« Nous avons bien une espèce de canapé-lit dans la salle à manger... »

« Oh, dormir dans la salle à manger serait encore pire ! Naturellement, vous pourriez mettre votre mère à la porte — oh, je ne veux pas dire pour de bon », suggéra Emma. « Est-ce que ça ne lui conviendrait pas, une petite maison dans le village par exemple, s'il y en avait une de libre, ou bien dans le lotissement en face de l'église ? Ça pourrait être une solution. »

Avice sourit, se rappelant la conversation qu'ils avaient eue le jour où Tom était venu dîner. « Vous savez, ce qui serait la vraie solution ? » dit-elle.

« Que vous trouviez une maison plus grande, de toute évidence — mais vous ne voudriez pas partir d'ici, si ? »

« Il ne serait pas nécessaire de partir — pas si nous habitions le presbytère. » La canne d'Avice cingla si furieusement une branche au-dessus d'elles qu'on aurait dit que c'était Tom lui-même qu'elle abattait.

« Mais vous n'allez tout de même pas faire ça ? Et le pasteur — où irait-il ? Tout de même pas dans un de ces pavillons en face de l'église ! »

« Non, bien sûr que non. » Avice se lança dans un discours sur les presbytères trop grands, et expliqua que beaucoup d'ecclésiastiques habitaient aujourd'hui dans des maisons plus petites et plus pratiques. Maintenant que Daphné était partie, on pourrait trouver une maison individuelle pour Tom, ou même quelque chose dans le lotissement. On avait tort d'imaginer les ecclésiastiques seulement dans des vieux presbytères, ça allait tout à fait à l'encontre de la mode actuelle qui voulait que les pasteurs soient plus proches de leurs paroissiens, qu'ils aient davantage l'air de gens ordinaires, qu'ils soient pour tout dire moins isolés et moins à part. Tiens, elle avait même entendu parler d'un pasteur de Londres qui habitait au sommet d'un immeuble ! Avice était sûre que Tom serait bien plus heureux ailleurs qu'au presbytère.

« Plus heureux ? Je ne sais pas pourquoi, mais on ne pense pas à lui comme à quelqu'un d'heureux », commença Emma, mais ce qui aurait pu être une conversation intéressante et profonde fut interrompue par Avice qui désignait quelque chose avec sa canne et s'exclamait : « Mais, regardez ! Il y a une vieille femme étendue dans cette clairière — la voyez-vous ? »

« Mon Dieu, c'est vrai ! Est-ce qu'elle dort ou bien est-elle malade ? Et qui est-elle ? Sûrement pas une vagabonde, si l'on en croit son apparence. »

C'était une femme grande, pour autant qu'on pouvait en juger, habillée d'un long manteau de fourrure ancienne, qu'elle avait dû acheter il y avait des années, à une époque où les gens ne s'indignaient pas encore de ce genre de chose et où on pouvait trouver un manteau d'ondatra pour vingt livres. Il était ouvert et laissait voir un tailleur de jersey à motifs beiges et bleus, un foulard de soie Liberty de bonne qualité, des bas de laine à côtes, et des bottillons marron qui lui arrivaient à la cheville. A côté d'elle, se trouvaient un sac à main et une paire de gants, l'un et l'autre apparemment en « bon cuir » marron plutôt qu'en plastique. Elle avait manifestement eu sur la tête un feutre bleu qui avait glissé et se trouvait à présent près d'une pierre. Le visage, quand elles furent en mesure de l'inspecter de plus près, était celui d'une femme aux cheveux gris qui avait passé soixante-dix ans, elle portait des lunettes, et apparemment elle dormait. A l'approche d'Avice et d'Emma, elle se réveilla, sembla-t-il, et fit un geste pour mettre de l'ordre dans sa mise, elle se leva même, tendit la main pour prendre son chapeau et ses gants, et commença à expliquer qui elle était, ce qu'elle faisait et pourquoi elle était dans les bois. Mais elle semblait perdue, dans un état de détresse évident, et elle avait manifestement besoin de secours.

Une vieille personne pour Martin Shrubsole et quelque chose à faire pour Avice également, pensa Emma, et elle partit chercher sa voiture.

XXVIII

Le téléphone sonna dans le bureau du presbytère avec la soudaineté brutale de quelque chose qui vient rompre le cours d'une pensée, qu'elle soit profonde ou anodine. Tom était en train de réfléchir à l'évangile du dernier dimanche après la Trinité — Stir-up Sunday, comme on l'appelait — et se demandait comment Adam Prince, pendant sa période anglicane, avait traité le miracle des cinq pains d'orge et des deux petits poissons. Quel genre de sermon il avait fait sur ce texte et lequel il ferait maintenant, avec la riche expérience qu'il avait de l'art culinaire.

Tom souleva le combiné, un vieil homme parlait d'un ton fébrile. Il ne comprit pas d'abord que c'était la voix du docteur G., car lui et le docteur ne communiquaient pas souvent par téléphone.

« J'ai pensé qu'il fallait que vous sachiez », dit la voix, « on a trouvé Miss Vereker qui errait dans les bois ».

Qui errait dans les bois... Comme cette phrase sonnait bien. Mais qui était « Miss Vereker », et en quoi ses errances pouvaient-elles le concerner, pourquoi « fallait-il » qu'il sache ?

« Miss Lilian Vereker », répéta le docteur G., « on l'a trouvée qui errait dans les bois ».

« Oui, c'est ce que vous avez dit. » Tom se creusait la tête. « Doit-on... ? »

« J'ai pensé que vous deviez être informé, en tant que pasteur — même si vous ne l'avez pas connue, bien sûr. Miss Vereker était gouvernante au château, vous vous rappelez... »

« Ah oui ! » Miss Vereker était l'institutrice des filles, ces figures légendaires, ces petits génies, qui sont devenues par la suite...

« Martin Shrubsole est là — lui et Avice sauront quelle est la meilleure chose à faire. »

« Puis-je être utile en quoi que ce soit ? » Tom se sentit obligé de poser la question. Il se demanda si Miss Vereker avait exprimé le désir de voir le pasteur, réclamé les services d'un prêtre.

« Eh bien, il semble que ce soit plus de notre ressort que du vôtre », dit le docteur G. « Martin a le sentiment que Miss Vereker va peut-être avoir besoin de l'aide d'un psychiatre — vous savez bien que c'est la première chose à laquelle pensent ces jeunes médecins aujourd'hui — mais elle me paraît parfaitement saine d'esprit à moi. Juste un peu de bronchite, à mon avis. Apparemment, elle est descendue du train, elle est partie de la gare et a commencé à traverser les bois. Il n'y a pas de mal à ça — si seulement il y avait davantage de gens qui marchaient ! Il semble que Miss Howick se trouvait là et elle est allée chercher sa voiture — elle et Avice se promenaient ensemble — une chance — quand elles sont tombées sur Miss Vereker... »

Tous ces gens qui se promenaient dans les bois ! Le docteur G. avait raison — nous aurions tous intérêt à le faire davantage. Il écarta le souvenir assez vague qu'il avait de sa promenade vespérale avec Emma et de ses propres errances à la recherche des restes du village médiéval.

« Je crois que je vais venir », dit-il.

Quand il arriva chez les Shrubsole, Tom vit qu'on avait fait du thé et que la belle-mère du docteur était en train de découper un grand gâteau glacé.

« On a trouvé Miss Vereker qui errait dans les bois », dit Avice, comme s'il était possible que Tom ne soit pas déjà au courant.

« Vous faisiez une promenade ? » demanda Tom poliment.

« Exactement ! " errer " donne une idée tout à fait fausse, n'est-ce pas ? J'avais pris ce que je me rappelais être un raccourci pour aller de la gare au village, et je me suis égarée. » Miss Vereker, assise bien droite sur une chaise près du feu, eut un rire bref. « Alors peut-être que dans ce sens, j'errais effectivement. »

Tom se surprit à penser à « Conduis-moi, douce Lumière », mais Newman, il se le rappelait, était dans un bateau encalminé dans le détroit de Bonifacio quand il avait écrit le poème qui était devenu cet hymne, pas perdu dans un bois anglais.

« J'ai vu cet amas de pierres, des pierres assez grosses », poursuivit Miss Vereker, « alors j'ai décidé de m'y asseoir pour m'y reposer ».

« Les bois sont pleins de pierres », dit Avice pour empêcher Tom de poser la moindre question sur la localisation exacte et la nature des pierres dont elle parlait. Cela lui aurait tout à fait ressemblé d'être plus intéressé par son fichu village médiéval abandonné que par les problèmes d'une vieille personne en difficulté. « Je pense que Miss Vereker a besoin de se reposer maintenant », dit-elle avec fermeté, « après tout ce qui s'est passé ». Alors, naturellement, Tom ne pouvait décemment pas continuer à parler des pierres.

Ce même soir, il y eut une coupure de courant qui dura de 6 h 30 à 9 heures, perturbant la vie et la soirée de télévision de la plupart des gens du village. Par chance, ils étaient déjà nombreux à avoir préparé ce repas du soir qu'ils s'obstinaient à prendre de bonne heure. Emma n'avait pas commencé à faire sa cuisine quand le courant s'arrêta, et elle fit un repas d'œufs à la coque et de pain grillé sur le feu, accompagnés d'un gin tonic. Que pouvait-il exister de meilleur ? se demanda-t-elle, en s'installant avec contentement. Elle faillit appeler Tom pour savoir comment il se débrouillait mais, se rappelant sa récente expérience avec Graham, elle décida de ne pas agir précipitamment.

Tom aussi décida de boire quelque chose — il lui restait un fond de whisky dans une bouteille que lui avait offerte le docteur G. à Noël et il trouva du pain et du fromage, fier de se découvrir tant de ressources. Puis, en examinant les étagères du buffet avec une lampe torche, il tomba sur une bouteille de liqueur d'abricot, intacte — mais d'où pouvait-elle bien venir ? — et il se dit qu'elle pourrait faire un cadeau parfait pour l'organiste, histoire de l'inciter à jouer à l'office du soir pendant les mois d'hiver. Il la poserait discrètement devant sa porte un jour — inutile d'en parler à la réunion du conseil paroissial. A la lumière de la bougie, il sortit le journal qu'il essayait de tenir depuis le départ de Daphné, nota les événements de la journée — et quelle journée ça avait été ! — et ajouta une ou deux remarques personnelles. Il ne se voulait pas l'émule d'un Woodforde ou d'un Kilvert, mais il aurait été dommage que le clergé d'aujourd'hui fût trop pris par les activités sociales pour noter ces petits riens de la vie quotidienne qui auraient peut-être de l'intérêt pour l'historien du XXIe siècle. Il était encore en train d'écrire et en était juste arrivé aux questions qu'il se posait sur l'emplacement possible du village médiéval, en relation avec la découverte de Miss Vereker, quand la lumière revint.

Miss Lee et Miss Grundy ne furent que brièvement déconcertées quand la lumière s'éteignit et que l'écran de télévision devint noir. L'excitation de la journée avait été presque trop forte pour Miss Lee, avec la promesse de voir Miss Vereker le matin, et elle et Miss Grundy avaient pris de bonne heure un repas léger avant de s'installer devant *Crossroads*. Mais peu après, elles étaient assises résignées près du feu, les mains occupées par leur tricot et leur crochet. Les vieux s'en sortaient mieux que les jeunes dans ces circonstances. Il n'était pas impensable de mettre une bouilloire à chauffer sur le feu ou même de faire la cuisine sur un réchaud à pétrole. Il y avait toujours des bougies dans la maison et on avait bien sûr la possibilité d'écouter la radio si on ne trouvait pas dans ses pensées une source de distraction suffisante.

Adam Prince était peut-être la seule personne qui aurait pu être sérieusement perturbée, car il préparait un repas un peu spécial pour le curé de l'église catholique qu'il fréquentait. Mais il avait déjà préparé sa mousse de saumon, et le bœuf en daube et les pommes de terre en robe des champs (de la bonne nourriture traditionnelle franco-anglaise) cuisaient doucement depuis deux heures quand le courant avait été coupé, et continueraient à mijoter dans le four un moment. Quant aux fromages — achetés spécialement au marché d'Oxford le matin même — il ne pouvait rien leur arriver, et il y avait toujours toutes sortes de choses à boire. En fait, juste au moment où l'on passait au café, le courant fut rétabli.

« La lumière est revenue, Dieu merci ! » dit le père Byrne avec de riches inflexions dignes de l'Abbey Theatre, donnant à sa déclaration une signification quasi religieuse. « Et il n'y a pas eu de mal. »

Dans la maison d'à côté, Miss Lickerish n'avait pas pris la peine d'allumer l'électricité à l'heure habituelle. Elle fit chauffer la bouilloire sur le feu et s'assit ensuite dans un fauteuil, une tasse de thé posée près d'elle et un chat sur les genoux. Mais à un moment donné pendant ces heures obscures le chat la quitta pour aller chercher la chaleur de son panier, les genoux de Miss Lickerish s'étant étrangement refroidis.

Miss Vereker était couchée dans un dur lit d'enfant dans une chambre inconnue de la maison du docteur Shrubsole. Ils avaient été gentils de la prendre chez eux, mais elle aurait préféré passer la nuit chez Miss Lee. Un des enfants avait été délogé de sa chambre et dormait dans le salon, la maison étant effectivement trop petite pour recevoir une personne supplémentaire. Autrefois, naturellement, ce n'était qu'une petite maison où avait habité l'un des jardiniers, et aujourd'hui, même avec « l'agrandissement » ajouté sur le côté, elle n'était toujours pas assez grande pour la famille Shrubsole. Quelque chose, curieusement, n'allait pas dans la façon dont les maisons étaient occupées aujourd'hui — les petites où les gens s'entassaient et les grandes, comme le château, presque vides ou habitées seulement pendant les week-ends ou, pire encore, transformées en appartements. Et voilà qu'il y avait cette coupure de courant — qui ajoutait l'insulte à la blessure, pouvait-on dire, bien que Mrs Shrubsole eût été tout à fait efficace naturellement, et eût offert un excellent dîner. On avait proposé à Miss Vereker d'aller au château, mais elle n'était pas sûre d'en avoir envie, avec tous ces changements maintenant, et ses souvenirs. Mais elle était sûre d'une chose — demain elle irait voir le mausolée. Lui ne changeait pas.

XXIX

Avec la mort de Miss Lickerish, Tom eut le sentiment qu'il trouvait sa pleine justification. S'il avait eu conscience de n'être pas à la hauteur en ce qui concernait Miss Vereker, il était aujourd'hui évident qu'il y avait des situations que seul le clergé savait prendre en mains. Les médecins avaient joué leur rôle et maintenant c'était au tour de Tom. Il se fit la réflexion que si Miss Vereker avait été trouvée morte, au lieu d'être simplement assise à se reposer sur une pierre, les médecins lui en auraient laissé la charge, car même un psychiatre ne lui aurait alors été d'aucun secours.

« Miss Lickerish est morte ! » Il y avait la note habituelle de triomphe dans la voix de Mrs Dyer quand elle annonça le décès au bureau de poste. Emma, qui achetait des timbres, reconnut aussitôt cette voix qui leur avait dit à elle et à sa mère qu'elles ne trouveraient pas beaucoup de mûres à l'endroit qu'elles avaient choisi pour en cueillir. Emma avait déjà vu le fils de Mrs Dyer, Jason, rôder autour de la maison de Miss Lickerish, comme un vautour, avec ses cheveux raides qui lui arrivaient aux épaules et ses jambes grêles perdues dans ses jeans. Il attendait sans doute avec espoir pour se jeter sur les « affaires » que la vieille femme avait laissées, pratiquement tout étant vendable et « collectionnable » aujourd'hui.

« Est-ce que Miss Lickerish avait des parents ici ? » demanda Emma avec son innocence habituelle, ce qui lui valut un nouveau grognement de triomphe de la part de Mrs Dyer. Apparemment, le village en était plein — Miss Lickerish avait plusieurs neveux et nièces qui habitaient dans le nouveau lotissement. « Aucun risque qu'ils viennent voir leur vieille tante ! »

Emma espérait que sa présence à l'enterrement ne serait pas déplacée — c'était essentiel pour sa « documentation » sur le village après tout. Et quand, s'étant renseignée, elle sut que c'était peut-être même ce qu'on attendait d'elle — ce serait une marque d'elle ne savait pas trop quoi — le problème des fleurs lui causa du souci. En envoyait-on généralement, un bouquet ou une gerbe de quelque chose, ce qui serait de saison ? Il était peu probable que la famille de Miss Lickerish soit de celles qui spécifient « Fleurs de jardin uniquement » — ce qui n'aurait pas été pratique en novembre — ou demande des dons pour une œuvre de charité, bien que quelque chose en rapport avec des animaux eût sans doute été approprié pour Miss Lickerish. Les gens de la campagne dans leur ensemble ne mettaient pas les animaux sur le même plan que les êtres humains — c'était peut-être une idée de bourgeois ?

Le matin de l'enterrement, Emma vit que les gens se rendaient à la maison de Miss Lickerish avec des fleurs, elle prit donc son bouquet d'œillets chez le fleuriste et elle se conforma à ce qui semblait être l'usage.

Quand elle arriva, elle vit deux jeunes femmes élégamment vêtues, dont elle se dit qu'elles étaient les nièces, assises dans la pièce de devant — un petit salon plutôt conventionnel, avec du grillage pour empêcher les chats et les hérissons d'entrer — qui se préparaient à recevoir les fleurs. Elles avaient des vêtements de couleurs vives — personne ne portait le deuil aujourd'hui, Emma le savait — et l'une d'elles fumait subrepticement une cigarette qu'elle tenait cachée au creux de sa main. Les fleurs d'Emma furent reçues avec amabilité et on la convia à regarder les autres fleurs. Les nièces semblaient particulièrement contentes d'une couronne de chrysanthèmes blancs et jaunes, apportée par le régisseur au nom des gens du château, et il y avait une autre couronne, d'immortelles mauves et d'œillets roses, de la part du docteur et de Mrs G. Adam Prince avait envoyé une grande gerbe d'œillets roses et blancs enveloppés dans du plastique.

Dans l'église, Emma crut reconnaître un groupe de gens qui étaient vraisemblablement des parents, sur les bancs de devant, plutôt serrés les uns contre les autres quand on pensait à la place qu'il y avait dans le reste de l'édifice. Miss Vereker, qui avait connu Miss Lickerish quand elle avait travaillé au château, était restée quelques jours de plus chez Miss Lee et Miss Grundy pour assister aux obsèques. Elle semblait s'être complètement remise de l'épreuve qu'elle avait subie et regardait autour d'elle avec un air de propriétaire. Emma s'était mise vers le fond de l'église mais elle avait une vue d'ensemble de tout ce qui se passait. Quand Tom entra avec le cercueil, elle éprouva quelque chose qui était peut-être de l'émotion, mais sans doute n'était-elle émue que par la beauté du sermon de la messe d'enterrement et par Tom, qui était si beau et parlait si bien.

On chanta avec vigueur. Les parents avaient suggéré un choix de cantiques bien conventionnel, mais Tom les avait dissuadés d'y inclure *Ta volonté, pas la mienne, O Seigneur,* car la soumission aveugle que prônait ce cantique n'était pas du tout en accord avec la personnalité de Miss Lickerish (« Choisis mes amis pour moi » — c'était impensable !). Il leur avait accordé *Une vie brève ici-bas est notre lot* — personne ne pouvait contester ça — et avait inclus *Tu es mon berger, O Seigneur,* dans la version de George Herbert.

Emma suivit le cortège jusque dans le cimetière où la tombe avait été préparée et resta avec les quelques personnes qui étaient là à regarder la terre tomber sur le cercueil. Elle se réjouit de ce qu'on ne le verrait pas disparaître dans les flammes, comme pour une incinération. Toutes ces fleurs — les couronnes, les bouquets, les gerbes — seraient abandonnées et pourriraient et se gorgeraient peu à peu de pluie comme celles des enterrements précédents, jusqu'au jour où on les jetterait finalement dans la poubelle métallique où on mettait les fleurs mortes de l'église. Arrivait-il que les fleurs des enterrements soient envoyées aux malades des hôpitaux ou aux résidents des maisons de retraite, comme l'étaient quelquefois les fleurs des mariages ? Cela pourrait constituer un changement intéressant dans les coutumes, pensa Emma, quelque chose à mentionner dans ses notes. « Coutumes funéraires dans une communauté rurale. »

Plus tard, tout le monde le savait, le chagrin et la tension, bien normaux en cette occasion, se dissiperaient dans le confort universel des tasses de thé, qui conduirait à la consolation plus puissante encore de l'alcool. Ceux qui n'avaient pas l'intention de se joindre aux parents du défunt dans cette prolongation des rites funéraires s'étaient réfugiés près du mausolée, et Emma vit que Miss Vereker y entrait. Elle sè contenta, en ce qui la concernait, de retourner doucement chez elle, remarquant au passage que la construction des nouveaux pavillons en face de l'église avait bien avancé (une maison pour Tom ?) et que les vieilles automobiles couvertes de bâches dans le verger étaient maintenant plus visibles avec les arbres dénudés.

Les rites funéraires étaient également complétés par un office qui devait avoir lieu à l'église le dimanche après les obsèques. Ce jour-là l'un des bancs de devant fut occupé par quelques membres de la famille de Miss Lickerish. Ils étaient assis bien droits sur une rangée, plutôt plus serrés les uns contre les autres qu'il n'était habituel de le voir chez les pratiquants plus assidus, penchés en avant pendant les prières plus qu'agenouillés, la main devant les yeux. Apparemment, comme Tom l'apprit plus tard à Emma, la coutume voulait que la famille du défunt soit présente à l'église le dimanche après les obsèques. On ne reverrait pas ces gens à un office jusqu'au prochain enterrement, mariage ou baptême. Lorsque Emma s'indigna, Tom, à sa manière plus généreuse et plus tolérante, lui fit remarquer que cela conférait une espèce de continuité à la vie du village, comme les saisons — on fauchait, puis on moissonnait, puis il y avait les nouvelles semailles, et tout recommençait.

« Si j'avais su — mais les obsèques doivent

être terminées maintenant », dit Daphné. « J'aurais pu y aller si Tom me l'avait fait savoir à temps. »

« Ce n'était tout de même pas une amie à toi, cette vieille femme excentrique ? » Heather était plus vive que nature. Elle jugeait souvent nécessaire d'adopter ce ton avec Daphné pour l'empêcher de ruminer et de geindre.

« Pas une amie — Miss Lickerish n'avait pas d'amis au sens où nous l'entendons. Seulement ses chats et ses hérissons, et une fois même un crapaud... » Et, d'une certaine manière, on la comprenait — on n'avait pas de déceptions avec les animaux, ils ne vous trompaient pas, peut-être parce qu'on attendait moins d'eux. On n'allait pas se mettre à attendre quoi que ce soit d'un hérisson ou d'un chat...

« Je n'ai jamais été une personne à chats », dit Heather avec suffisance, « et on sait bien que les hérissons sont pleins de puces ».

« La lettre de Tom contenait beaucoup de nouvelles », poursuivit Daphné. « Tu imagines, la vieille gouvernante, la personne qui était gouvernante au château autrefois, a été trouvée à errer dans les bois. Et Tom *pense* qu'elle est tombée par hasard sur les restes du village médiéval. »

« Seigneur, ce serait vraiment formidable, n'est-ce pas ? » dit Heather. « Il *doit* être content. » Quel homme assommant, pensa-t-elle, et il ne nous a même pas donné la satisfaction de se remarier. « Les gens d'en face, la mère et la fille », ajouta-t-elle sur un ton plus enjoué, « font une soirée Tupperware mercredi prochain, et elles nous ont invitées. » Elle sourit. « Je sais, cette forme de distraction n'est pas vraiment notre genre — si on peut appeler ça une distraction — mais pourquoi ne pas avoir des relations de bon voisinage, et elles ont deux chiens et seront sans doute au courant de ces séances de dressage... Tu sais, cette voiture jaune, avec cette grille pour chiens à la fenêtre arrière, c'est la leur. »

« Ah, oui, je les ai vues. » Daphné se demandait quel genre de distraction elle aurait trouvé le soir dans un village grec. Probablement pas une soirée Tupperware, bien que les Grecs fussent parfaitement au fait des progrès de la technologie moderne. Tous ces sacs en plastique au bord de la mer, et elle avait vu un jour un prêtre qui portait un sac en plastique bleu, mais tout cela semblait très loin maintenant, comme si ça n'avait jamais eu lieu.

XXX

Noël amena Béatrix et Isobel au village, et Emma se résigna à de paisibles festivités féminines avec les boissons et la nourriture de rigueur. Il semblait y avoir peu d'espoir de se distraire autrement.

« Nous aurions pu inviter ton amie, Ianthe Potts », dit Béatrix quand il fut trop tard pour y faire quoi que ce soit. « Ça t'aurait fait plaisir ? »

« Non », dit Emma, se rappelant la visite de Ianthe l'été précédent.

Béatrix n'arrangea pas les choses en demandant à Emma si elle pensait que Graham et Claudia passeraient Noël ensemble dans leur nouvelle maison d'Islington. Noël était le moment où les gens avaient tendance à se retrouver, n'était-il pas vrai, déclara-t-elle de son ton acerbe.

Emma avait trouvé au courrier le matin une carte de Graham. « Je t'embrasse », avait-il ajouté au message imprimé. Emma avait la carte dans les mains, se demandant si le fait qu'il eût choisi d'envoyer un paysage de forêt avait une signification quelconque (au profit de la caisse des gardes forestiers ou des jardiniers). Cela pouvait-il être considéré comme un rappel subtil du temps qu'il avait passé dans la maison des bois ? Mais les hommes n'étaient généralement pas subtils de cette manière-là — les femmes avaient trop tendance à lire dans leurs actes des choses auxquelles ils n'avaient même pas pensé, et encore moins voulu y mettre.

« C'est une jolie carte. Pas vraiment appropriée pour Noël peut-être, mais une photo agréable. C'est Claudia qui l'a choisie ? »

Emma se dit alors que c'était sans doute le cas. Les femmes achetaient des cartes pour leur mari, les envoyaient même.

« Il aurait pu t'envoyer un cadeau, quand on songe à tout ce que tu as fait pour lui », dit Béatrix.

Emma aussi avait eu cette pensée, mais elle avait préféré ne pas la formuler. « Je n'ai pas fait tant de choses que ça », dit-elle.

« Tu l'as aidé à trouver la maison, ce qui l'a aidé à finir son livre — tu l'as consolé quand il était en froid avec sa femme — je suis sûre que tu lui as fait de la cuisine. Je trouve que c'est beaucoup. »

« Et pourtant, tout ça est relatif — regarde. Miss Vereker en a fait bien davantage pour Tom en tombant sur le site du village médiéval, et sans le savoir », remarqua Emma.

« C'est vrai qu'il sait tellement de choses sur ce sujet », dit Isobel avec déférence. « Est-ce que sa femme s'intéressait à l'histoire quand elle était vivante ? Ça a dû les rapprocher. »

« C'est possible. Mais il faut espérer que ce n'était pas la seule chose qui les liait. Peut-être qu'il ne s'est mis à étudier l'histoire qu'après sa mort, mais nous ne savons pratiquement rien sur cette pauvre Laura, n'est-ce pas ? » Béatrix se tourna vers Emma.

« Je n'en sais pas plus que vous », dit Emma,

presque avec indignation. « Il y a tellement longtemps qu'elle est morte — je crois qu'il se souvient à peine d'elle maintenant. »

« C'était déjà beaucoup de savoir ça à mon avis », dit Béatrix, « on dirait que vous en avez parlé ».

« Oh, je crois qu'il en a été brièvement question un soir », dit Emma sans insister.

« Brièvement question... » répéta Béatrix.

« Il me semble que ça a été une erreur que sa sœur le quitte comme ça », dit Isobel. « Un pasteur a besoin d'une femme près de lui pour s'occuper des choses de la paroisse et de la maison, en fait. Ce n'est pas comme s'il avait une chance de se remarier... »

« Qui sommes-nous pour être au courant de ça ? » dit Béatrix. « Quand Laura est morte, Daphné est arrivée sur les lieux si rapidement qu'il n'a pas eu le temps de se demander ce qu'il voulait faire, mais maintenant ce pourrait être différent. »

Isobel parut presque gênée, comme si ça avait pu la concerner d'une manière ou d'une autre, mais elle ne dit rien.

« Après tous, les veufs se remarient bien en général », poursuivit Béatrix.

« En fait, je n'ai pas connu beaucoup de veufs », dit Emma, abandonnant apparemment le sujet. Graham n'appartenait pas à cette catégorie, et Tom, en tant que pasteur de la paroisse, ne semblait pas faire partie à ses yeux des hommes à marier. Pourtant, par certains côtés, il n'y avait pas de doute qu'il pouvait être considéré comme tel.

« Tu dois avoir pratiquement fini la rédaction de ton travail maintenant », dit Isobel avec fermeté, comme si elle interviewait Emma sur son avenir, « alors tu vas sans doute retourner à Londres pour commencer un autre travail ? »

Emma ne dit rien. Cela semblait trop pour elle de devoir penser au-delà de Noël et d'envisager quelque chose d'aussi rébarbatif qu'un « autre travail ». Mais il ne fallait pas oublier qu'Isobel était une institutrice de la vieille école — il y avait toujours le soupçon de sévérité mêlée de bonté derrière le pince-nez.

« Si tu ne veux pas rester ici après Noël », dit Béatrix, « il y a justement une de mes anciennes étudiantes qui serait probablement contente de louer cette maison. Elle se remet d'une histoire sentimentale décevante et elle écrit un roman. »

Emma rit. « La personne idéale pour venir habiter ici », dit-elle. « Et si Daphné revient de Birmingham, elles pourraient se rencontrer et comparer leurs notes sur les espoirs déçus. »

« Oh, je ne crois pas que ce soit ce que nous souhaitons — pas le retour de Daphné », dit Béatrix avec fermeté. « Il faut que la vie de Tom prenne une direction nouvelle maintenant. »

En parcourant l'église du regard avant l'office de minuit (il n'osait pas dire « la messe »), Tom fut heureux de constater que les fidèles étaient plus nombreux que d'habitude. Il en était particulièrement content car l'une des cartes de Noël qu'il avait reçue de la part d'un ami était une espèce de « bulletin d'information » dans lequel il énumérait ses exploits, ceux de sa femme et de leurs cinq enfants, et Tom s'était senti encore plus médiocre que d'habitude. Et voici que l'entrée de Sir Miles et de ses invités du château coïncidait avec une somptueuse explosion de musique de la part de l'organiste qui jouait *le Messie*. Bien qu'il fût l'organiste de l'église, Geoffrey Poore n'était pas croyant, mais il appréciait l'occasion qui lui était donnée de jouer d'un bel instrument, comme une héroïne de Jane Austen, Jane Fairfax peut-être, qui avait un don pour le piano. Tom, se sentant emporté par *le Messie,* se demanda si cela était dû à la liqueur d'abricot qu'il avait déposée à la porte de l'organiste comme cadeau de Noël. Il n'y avait pas de doute, l'église était remplie d'un son exceptionnellement beau qui conférait de la grandeur à l'événement.

Remarquant la présence des gens du château, Emma se demanda s'ils avaient accueilli les chanteurs de Christmas Carols avec du vin chaud et des tartes au *mincemeat.* Miss Lee saurait certainement ce qui se faisait autrefois. Emma, assise entre sa mère et Isobel, se surprit à regretter de n'avoir pas un homme avec elle, bien que l'idée que cet homme puisse être Graham ne fût pas très tentante. Une silhouette imprécise, rassurante — belle, même — prit presque forme, et elle se rendit compte que même la femme la plus cynique et la plus blasée n'était pas, à l'occasion, sans affinité avec l'univers de l'écrivain romantique.

« Bien sûr que tu voudras aller à l'église », dit Heather d'un ton accusateur.

« Eh bien, oui, je pense », acquiesça Daphné, mais avec une absence d'enthousiasme évidente. Naturellement qu'elle voudrait aller à l'église à Noël, mais elle n'était vraiment attirée par aucune des deux églises voisines où elle s'était rendue en diverses occasions. L'une était d'une hauteur démesurée, avec des nuages d'encens étouffants, et un office mené d'une voix rapide et marmottante qu'elle trouvait difficile à suivre, tandis que l'autre affichait un militantisme trop zélé, trop de légèreté et de gaieté, avec un vicaire souriant pour vous accueillir, ce qui était plus qu'elle ne pouvait supporter. Ce vicaire avait aussi un chien, et on le voyait parfois dans le parc, vêtu de tweed mais très ecclésiastique tout de même. Aller à l'église n'était donc pas aussi facile qu'il pouvait y paraître. Pour finir, elle opta pour la Messe de Minuit sombre et trop fréquentée de la première église, alors qu'Heather l'attendait, plutôt maussade avec son peignoir et sa résille dans les cheveux, maugréant qu'elle ne pourrait évidemment pas dormir avant le retour de Daphné. Elle resterait éveillée dans son lit à attendre le bruit de la clef dans la serrure, et naturellement Bruce aboierait.

Le lendemain de Noël, Daphné se demanda, et ce n'était pas la première fois, si elle n'avait pas fait une erreur de laisser Tom « livré à lui-même », comme elle disait, particulièrement pendant une période comme celle de Noël. N'était-il pas de son devoir, en tant que sœur aînée, de s'occuper de lui, même si elle ne l'aidait pas dans son ministère ? Elle commença à envisager d'aller le voir, après le Jour de l'An, quand il ferait meilleur. Il n'y aurait aucun risque à laisser Bruce avec Heather quelques jours.

XXXI

La visite de début d'année de Daphné coïncida avec la réunion du vendredi soir du club d'histoire que Tom avait prévu de tenir au presbytère. Quand elle arriva, il fut moins heureux à la pensée de revoir sa sœur qu'à l'idée qu'elle pourrait faire le café que l'on offrait généralement à cette occasion.

La première pensée de Daphné en entrant dans le presbytère fut de se dire qu'il lui semblait bien froid après la douce chaleur du chauffage central de Birmingham. Et pourquoi Tom n'avait-il pas mis en route le radiateur de l'entrée ?

« Il faudra qu'il fasse plus chaud que ça pour la réunion de demain », dit-elle. « Qui est-ce qui parle ? »

« Le docteur G. », dit Tom.

« Qu'est-ce qu'il peut bien avoir à dire ? »

« Il a promis de donner une causerie sur l'histoire de la médecine, du XVIIe siècle à nos jours — et il a une assez belle collection d'instruments chirurgicaux. »

« Je ne crois pas que les gens vont aimer ça », dit Daphné d'un air de doute. « Comment en as-tu eu l'idée ? »

« J'étais en visite à l'hôpital et je me suis

mis à songer à la mort et comment les gens mouraient autrefois. » Une fois, au cours d'une visite, alors qu'il était au chevet d'un malade, il s'était surpris à penser à Anthony à Wood et à son incapacité totale à uriner — « si tu ne peux pas faire de l'eau, tu fais mieux de partir en poussière »... Il en avait parlé avec le docteur G. et ils s'étaient posé des questions sur la nature de l'affection de Wood. Le docteur G. avait paru content d'être invité à parler au club — cela semblait être une façon de reconnaître la place qui était la sienne dans le village comme Tom ne l'avait encore jamais fait.

Adam Prince fut l'un des premiers à arriver à la réunion et il choisit un bon siège près du feu que Daphné avait fait dans le salon. Ensuite arriva Béatrix avec Isobel et Emma, puis Miss Lee et Miss Grundy et le groupe habituel de femmes âgées d'un village voisin, les aides dévouées de Tom qui recopiaient les registres de la paroisse. Magdalen Raven arriva assez tard — il y avait eu un problème de dernière minute avec les enfants — mais la femme du docteur G., Christabel, arriva encore plus tard, et, accompagnée de son mari, elle s'installa au premier rang. Etant la seule femme à porter une jupe longue (d'un velours lie-de-vin), elle se sentait en droit de regarder autour d'elle d'un œil critique, pas tant pour voir comment les autres femmes étaient habillées que pour examiner les objets qui l'entouraient dans le salon du presbytère. Il y avait de beaux meubles (bien qu'ils eussent besoin d'être cirés), mais le choix des fleurs, une coupe de jacinthes qui commençaient à perdre de leur éclat, lui semblait être peu convenable pour cette époque de l'année. On aurait pu conserver des feuilles de hêtre dans de la glycérine, et les jardins et les haies à l'automne regorgeaient de plantes que l'on pouvait cueillir et faire sécher pour l'hiver. Mais Daphné n'était pas là — quoiqu'elle aurait pu commencer les bulbes de jacintes avant son départ — il n'y avait pas eu de présence féminine au presbytère ces derniers mois, à part celle de Mrs Dyer, mais ses services étaient bien hypothétiques. Cela se voyait, l'absence d'une femme de goût, bien que cette pauvre Daphné n'eût jamais été cela...

Béatrix avait momentanément oublié que Daphné était revenue pour rendre visite à son frère, et quand elle la vit, dans une de ses jupes de tweed de vente de charité mal ajustée, qui se tenait gauchement sur le pas de la porte, accueillant les gens comme si elle était toujours la maîtresse de maison du presbytère, elle fut consternée. Ce n'était pas ainsi que les choses devaient être...

Mais voici que Tom se levait et présentait le docteur G. (qu'il n'était naturellement pas utile de présenter), et le docteur G. commença à parler.

En examinant son auditoire, il vit qu'il était en majorité composé de gens âgés, que c'était un auditoire qu'on aurait dû adresser à Martin Shrubsole, qui, remarqua-t-il, n'était pas présent ce soir. Mais il était content de ne pas avoir à répondre aux éventuelles questions d'un médecin plus jeune, de ne pas avoir à « croiser le fer » avec lui, comme il disait, sur certains points de désaccord. Car la causerie, contrairement aux espoirs de Tom, fut moins une histoire de la pratique de la médecine au XVIIe siècle qu'une évocation sentimentale du « bon vieux temps », des années 30, avant la mise en place de la Sécurité sociale — à l'époque où les gens n'avaient pas tous des voitures et où les habitants du village voisin venaient au cabinet à pied. Si seulement les gens marchaient davantage — le docteur G. insistait sur son sujet favori — allaient se promener à la campagne, dans les bois, le cabinet serait pratiquement vide ! Il était heureux de constater que des hommes jeunes se mettaient à faire du « jogging », comme on disait, pensait-il, — c'était un beau spectacle que de les voir qui trottinaient les matins d'hiver. Les dames pouvaient le faire aussi, pas de mal à ça, mais sous surveillance médicale bien entendu. On n'allait pas laisser les dames courir le risque de tomber raides mortes, n'est-ce pas ?

Emma observa qu'un rire parcourait l'assemblée, et elle se dit que le docteur G. était en droit de plaisanter sur les vieux qui tombaient raides morts parce que, étant lui-même un vieil homme et proche de sa propre fin, il ne pouvait pas se permettre de prendre ce genre de chose au tragique.

« Donc, Mesdames, du jogging, mais sans forcer », répéta le docteur G., et sur cette note de plaisanterie, il mit fin à son discours et invita les gens à poser des questions.

Adam Prince se leva le premier et prit la parole. L'idée de faire du jogging n'était pas pour lui déplaire — si le temps le permettait, naturellement —, mais il n'était pas assez sot pour s'exposer au ridicule en posant une question sur le sujet. A la place, il l'interrogea sur la façon dont on mangeait autrefois, ce qui lança le docteur G. sur un autre de ses sujets favoris, bien qu'il fût difficile de savoir d'après ce qu'il disait si on mangeait mieux alors qu'aujourd'hui, parce qu'il n'y avait pas de produits surgelés ou de plats tout préparés, ou plus mal, parce qu'on n'avait pas le choix.

Tom essaya d'amener le docteur G. à parler d'une époque plus reculée, même la médecine victorienne aurait été plus appropriée pour un discours historique, mais le docteur G. s'y refusa. Il avait remarqué que Daphné et miss Lee s'affairaient avec des tasses au fond de la pièce et se disait que c'était sans doute l'heure du café. Les gens pouvaient examiner sa collection d'instruments chirurgicaux s'ils le souhaitaient. Ils étaient disposés sur la table devant la fenêtre, et il serait heureux de faire une démonstration si cela s'avérait nécessaire. On rit de nouveau, et on commença à faire circuler des tasses de café et des assiettes de biscuits.

« Ce n'était pas exactement ce que j'avais espéré », dit Tom à Béatrix, « mais je crois que les gens sont contents et je suppose que c'est l'essentiel. Est-ce que ce n'est pas ça, la vie ? » ajouta-t-il, sans vraiment attendre de réponse.

Béatrix ne se sentit pas capable de faire le commentaire que méritait cette observation et elle laissa la parole à Isobel qui fit remarquer que Tom devait être content d'avoir sa sœur avec lui.

« Content ? » Tom sembla réfléchir au sens de ce mot avant de répondre rapidement que oui, bien sûr qu'il était content d'avoir Daphné avec lui. Mais il ne savait pas vraiment ce qu'il éprouvait à voir sa sœur dans son ancien rôle. Ils n'avaient pas encore beaucoup parlé du but de sa visite ou évoqué plus en détail sa vie à Birmingham, bien qu'elle lui eût décrit les deux églises et lui eût même demandé conseil sur la question de savoir laquelle elle devait fréquenter. Et cela donnait l'impression qu'elle avait l'intention de faire de la maison proche du ravissant parc boisé son domicile permanent, comme il l'avait toujours pensé. Pourtant, au fond de lui, il se disait avec un certain malaise que les gens du village s'attendaient à voir Daphné revenir un jour. Et il ne pouvait pas non plus oublier qu'elle n'avait pas emporté son lit avec elle.

« Et comment trouvez-vous le village ? » demanda Béatrix à Daphné. « En février, il doit vous paraître lugubre après Birmingham. »

« Oh, Birmingham aussi peut être lugubre », dit Daphné. « Je suppose que février est un mois triste où qu'on soit — sauf sous des cieux plus cléments. » Elle employa cette expression délibérément guindée, un peu par humour, mais cela cachait en fait sa détermination de ne *pas* aller en vacances près de Tintagel cet été mais de retourner en Grèce.

« Je suppose que le presbytère jette un froid », dit Béatrix, utilisant aussi une expression qu'elle affectionnait. « Vous avez le chauffage central dans votre nouvelle maison, j'imagine ? »

« Oh, oui, mais... » Daphné hésita. « Il y a quelque chose qui a beaucoup de charme ici — la lumière sur les maisons de pierre grises... »

« Vous diriez qu'elles sont grises, vous ? » dit Béatrix. « On dit que la pierre de Cotswold se rapproche de la couleur miel, mais enfin, dans une lumière hivernale... »

« Et savez-vous », continua Daphné, « les iris stylosa sont sortis dans le jardin. Je les attends avec impatience chaque année ».

« J'imagine qu'il y a de jolis jardins là où vous habitez maintenant », osa Béatrix.

« Oui, les gens aiment beaucoup jardiner, mais ce n'est pas la même chose, je ne sais pas... C'est un peu... », elle hésita, puis ajouta d'une voix plus basse, « la *banlieue*, si vous voyez ce que je veux dire ».

« Mais il y a le parc en face de chez vous, n'est-ce pas ? Tous ces chiens qui courent... »

L'expression de Daphné se radoucit et elle sourit. « Ah, oui, le parc. Bruce aime tant ce parc — il y fait deux ou trois promenades chaque jour. Mais évidemment ici... » Elle sembla sur le point d'énumérer les avantages de la vie de village pour un chien, mais Béatrix se dépêcha de faire remarquer qu'il y avait vraiment beaucoup de circulation dans le village.

« Je pourrais l'emmener dans les bois », dit Daphné.

« Mais il faudrait le tenir en laisse. N'oubliez pas le gibier à plume de Sir Miles. »

« Oui, je n'y pensais plus. »

« Et puis évidemment, il y a le problème des moutons et des agneaux. »

Béatrix persévéra, essayant en douceur de faire sortir de la tête de Daphné l'idée qu'elle pourrait être plus heureuse si elle vivait de nouveau au presbytère. Le sentiment qu'elle avait éprouvé en voyant Daphné au début de la soirée s'était renforcé, et maintenant elle savait qu'elle était prête à faire tout ce qui était en son pouvoir pour empêcher Daphné de revenir au presbytère. Comme un personnage de roman victorien, une sorte de « méchant », elle pourrait aller jusqu'à envisager des mesures radicales, même si elle ne savait pas encore très bien quelle forme cela pourrait prendre. Une idée avait germé dans son esprit depuis Noël, peut-être cela avait-il commencé avec l'arrivée de la carte de Graham (était-ce Claudia qui l'avait choisie ?), et cette idée était qu'il était plus que jamais de son devoir de « faire » quelque chose pour Emma, puisqu'elle semblait incapable de faire quoi que ce soit toute seule. Ayant, comme elle le constatait, échoué avec Graham (mais valait-il la peine qu'on eût essayé ?), ne pouvait-elle pas faire quelque chose pour rapprocher Emma et Tom, quelque invraisemblable que puisse paraître une telle union ?

« J'ai appris que Miss Vereker avait fait une visite surprise », disait Daphné. « J'aurais aimé la rencontrer, j'ai tellement entendu parler d'elle. Tom m'a dit qu'on l'avait trouvée qui errait dans les bois, quelque part près du site du village médiéval abandonné. » Elle eut un petit rire. « Naturellement, c'est la seule chose à laquelle il pense, surtout quand il est seul. Je ne peux pas m'empêcher de me demander comment il se débrouille sans moi. Je suppose que c'est la raison pour laquelle j'ai parfois le sentiment que je devrais revenir — pour Tom. »

« Oh, cela vous arrive, vraiment ? » dit Isobel, participant de nouveau à la conversation. « Je crois que c'est une grave erreur que de retourner quelque part. Ce serait comme si vous viviez votre vie à l'envers ; vous ne croyez pas ? Il faut continuer et aller de l'avant ! » Elle fit un geste explicatif. Elle parlait de toute évidence en tant que directrice d'école, mais on ne comprenait pas vraiment ce qu'elle voulait dire.

« Mais Tom a toujours été si peu débrouillard », protesta Daphné.

Béatrix eut un rire un peu exagéré, comme pour écarter l'idée que Tom puisse avoir besoin de l'aide, quelle qu'elle fût, que Daphné était capable de lui donner. « Je ne m'inquiéterais pas pour votre frère », dit-elle avec fermeté. « Les hommes sont loin d'être aussi démunis que les femmes se plaisent à le penser », ajouta-t-elle, pour renforcer ses arguments.

« Je crois que vous vous rendrez compte que Tom a... » Elle allait dire « d'autres chats à fouetter », mais rejeta la comparaison animale qu'elle jugeait déplacée, et la remplaça par « des projets personnels ».

« Des projets ? » Daphné répéta en écho, incrédule. « Tom n'a jamais de *projets,* sauf en ce qui concerne les champs et les villages médiévaux. Il ne m'a pas parlé de *projets.* »

« Béatrix pense qu'il songe peut-être à se marier », déclara Isobel, disant les choses ouvertement.

« Vous ne voulez pas dire qu'il *vous* a demandé de l'épouser ? » s'exclama Daphné, d'une manière qu'on ne pouvait pas vraiment trouver flatteuse pour Isobel.

Isobel rougit mais ne dit rien, et de nouveau Béatrix se demanda si elle n'avait pas nourri l'espoir d'avoir Tom pour elle. Mais Isobel commençait peut-être aussi à comprendre ce qui se passait dans l'esprit de Béatrix. Les trois femmes — Béatrix, Isobel et Daphné — se turent et regardèrent dans la direction où Tom se tenait en compagnie d'Emma. Ils semblaient rire ensemble d'un des vieux instruments chirurgicaux du docteur G.

Béatrix se demanda comment Emma allait réagir aux projets qui étaient en train de se faire la concernant. Et, bien sûr, comment Tom allait réagir, car il fallait aussi en tenir compte. Mais il avait moins d'importance et on pouvait le manœuvrer plus facilement, pensa-t-elle — il ne serait peut-être même pas nécessaire de le manœuvrer.

En plus des instruments chirurgicaux du docteur G., quelques « vieilles choses » avaient été exposées sur la table près de laquelle se tenaient Tom et Emma — des exemples d'objets en bois, comme une cuillère à pommes avec une terrine et une écuelle, et une série de photographies sépia fanées qui représentaient des gens de la campagne occupés à des activités diverses qui pouvaient avoir lieu n'importe où.

« Est-ce que votre ami le docteur Pettifer a fini ce livre auquel il travaillait ? » demanda Tom. « Je me demandais si nous ne pourrions pas lui demander de parler un jour au club d'histoire. »

Emma hésita si longtemps et sembla si sceptique que Tom craignit d'avoir commis une indiscrétion, ou d'avoir fait une gaffe, comme il savait que les ecclésiastiques en commettaient parfois. La pensée de Graham Pettifer était-elle toujours douloureuse pour elle ?

« Il y aurait peu de chances qu'il fasse un discours très adapté », dit Emma avec raideur. Elle prit l'une des photographies sépia et se mit à l'examiner. « Des gens devant le château », dit-elle, « une réception quelconque, oubliée depuis longtemps ? »

« Ou alors, pourquoi pas vous ? » dit Tom comme pris d'une inspiration soudaine, « il y a maintenant un certain temps que vous êtes au village et vous avez dû prendre des notes sur certains aspects de notre vie ici, tirer vos propres conclusions. Vous pourriez faire le rapprochement avec des choses qui se sont passées autrefois » — il désigna les photographies qu'elle était en train de regarder — « ou même vous interroger sur l'avenir — comment les choses pourraient évoluer ».

« Oui, je pourrais », acquiesça Emma, mais sans révéler quel aspect elle se proposait de traiter. Elle se rappelait que sa mère avait parlé de louer la maison à une ancienne étudiante qui écrivait un roman et se remettait d'un amour malheureux. Mais cela n'aurait pas lieu, car Emma allait rester au village elle-même. *Elle* pourrait écrire un roman et même, comme elle commençait à l'entrevoir, s'engager dans une histoire d'amour qui ne serait pas forcément malheureuse.

ACHEVÉ D'IMPRIMER SUR LES PRESSES
DE COX & WYMAN LTD. (ANGLETERRE)

N° d'édition : 1956
Dépôt légal : octobre 1989
Nouveau tirage : juillet 1992
Imprimé en Angleterre